岩 波 文 庫

32-799-1

ラテンアメリカ民話集

三原幸久編訳

岩 波 書 店

まえがき

本書は、民話の国際的な比較研究に関心を持つ方がたのために、ラテンアメリカの民話の片鱗でも知っていただこうと、三十七の民話を選び、わずかながら、比較研究上の解説をつけたものである。民話の型の選択にあたっては、まず、わが国の民話に関係のありそうなものと、ラテンアメリカの伝承として広く分布し代表的と思われるものを選んだ。類話の選択にあたっては、各国から同じ割合で選び出そうとしたが、各国の民話採集の状態にいちじるしい差異があるので均等にはいかなかった。

ラテンアメリカとは、スペイン語、ポルトガル語、フランス語のいずれかを話すアメリカを意味するが、現地ではこのことばをそれほど使用せず、「イベロアメリカ」――スペイン、ポルトガル文化のアメリカ――を好んで使用する。本書にはフランス語を話すハイチの民話を含めなかったので、正しくは「イベロアメリカ」の民話とすべきであるが、このことばがあまりわが国では知られていないので、やむなく「ラテンアメリカ」ということばを使ったことを断わっておきたい。

読者はおそらく、本書の中にラテンアメリカの民話の独自性を見いだされるよりも、欧州の民話との共通性に驚かれるかも知れない。この地が四百数十年の植民の歴史しか持たず、また解説にも書いたように、その民話がほとんど祖国スペインやポルトガルから持ち来たったものであるとすれば、これも止むをえないことで、民話の世界に関する限り、インディヘニスモ(原住民文化再認識運動)はあまり問題になる余地がなかったのである。

最後にあたって、本書の執筆をおすすめくださった東洋大学教授大島建彦先生に心からお礼を申しのべます。

一九七二年一月

三原幸久

凡例

一、民話の配列の順序は、動物譚、本格民話、笑話、形式譚と大きく分類した後、アンティ・アアルネ＝スティス・トンプソンの『民話の話型 *The Types of the Folktale*』第二改訂版（一九六一）の番号（本書では Mt. の略号で記す）の順によった。

二、それぞれの民話の出典については、各話の末尾に記したが、解説中の引用等については、註をすべて省略した。エスピノーサとあるのは、アウレリオ・マセドニオ・エスピノーサ編『スペイン民話集』（一九五六、全三巻）からの意見の引用である。

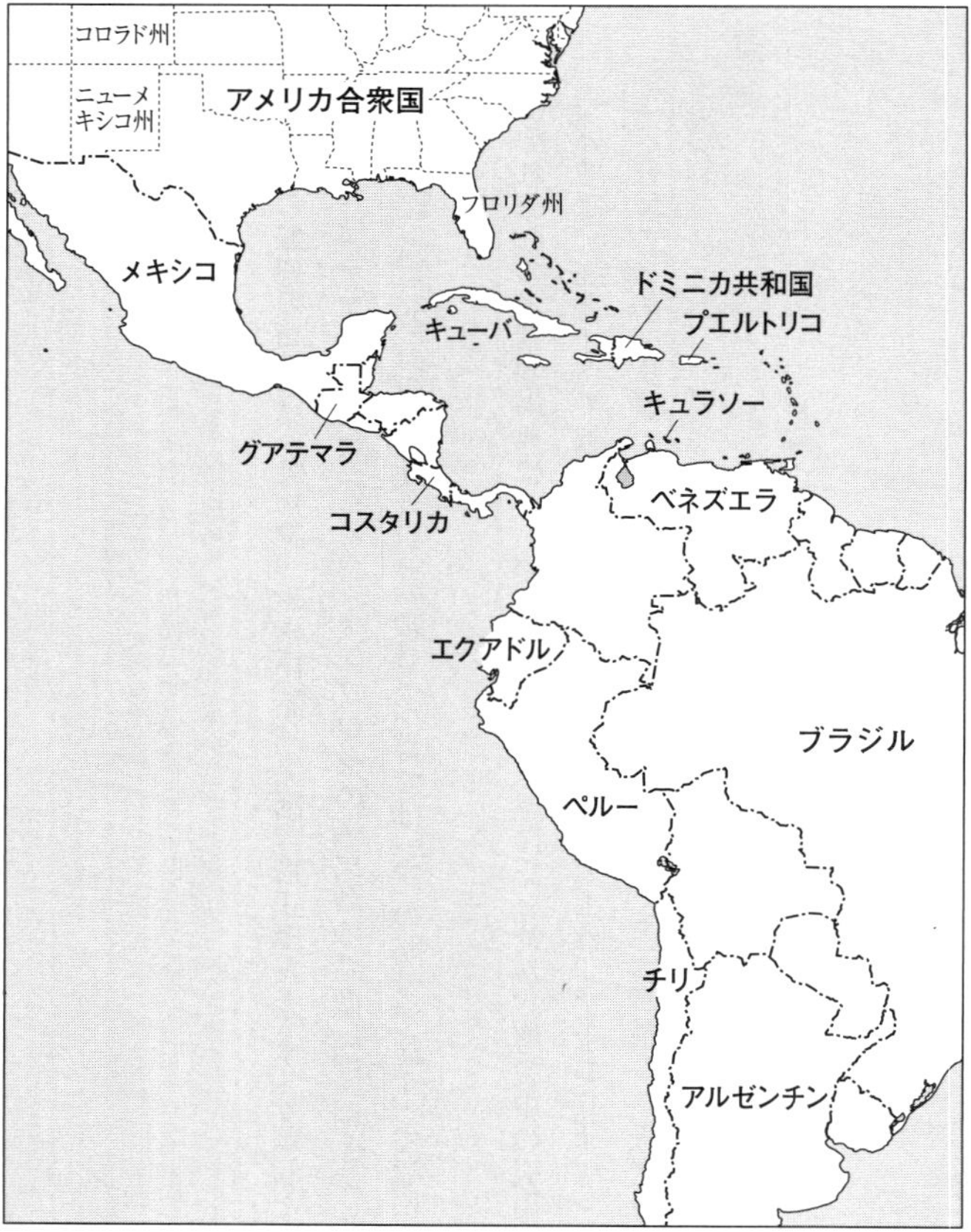

本書に民話がのっている国々

目　次

Ⅱ　本格民話

Ⅳ 形式譚

I 動物譚

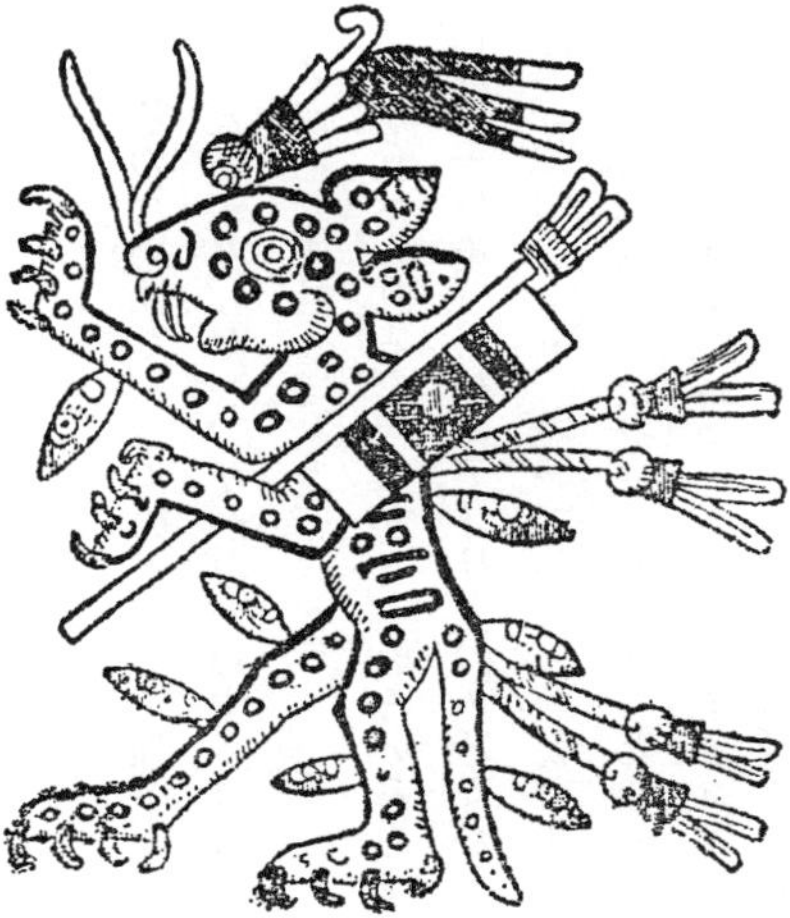

1 ネコの夫婦

アメリカ・コロラド州

昔、ネコの夫婦がいました。めすネコは冬のためにたくさんのゼリーを地下室にたくわえていました。おすネコはそのえさが大好きでしたが、なかなかめすネコにすきがないので、それを盗み食いするチャンスがありませんでした。

ある日、おすネコは、どうすればゼリーが食べられるだろうかと、いろいろ思案を巡らし、めすネコの所へ行っていいました。「ねえ、おれはアメリカのネズミから名付け親になってくれって招かれているんだ」「いいとも、急いでお行き」とめすネコは答えました。おすネコは行って、ガラスびんにはいったゼリーをちょっとなめて帰って来ました。「もう帰って来たのかい」「うん、うまくいったよ」とおすネコは答えました。「どんな名前を赤ん坊につけたんだい」と尋ねると、「『はじめちゃん《リル・ビット・ゴン》』さ」と答えました。

しばらくするとまた、「おれは別のネズミから名付け親になってくれって招かれているんだ」といいました。「いいとも急いでお行き」とめすネコは答えました。おすネコは地下室へ行ってガラスびんの中味を半分ほど食べて帰って来ました。「もう帰って来たのかい」「うん、うまくいって、もうすんだんだ」とおすネコは答えました。「どんな名前を赤ん坊につけたんだい」「『なかばちゃん《ハーフ・ゴン》』さ」「とってもすばらしい名前をつけたんだね」「そうさ」とおすネコはいいました。

しばらくするとまた、「たぶんおれのつける名前がみんなの気にいるんだろうよ、また名付け親になってくれと招かれたんだ」。こういって出かけて行き、びんの中味をみな食べつくしてしまいました。もどって来ると、めすネコは「どんな名前を赤ん坊につけたんだい」と尋ねました。「『しまいちゃん《オル・ゴン》』さ、そして明日また行かなきゃいけないんだ」とおすネコがいうと、「明日はわたしに行かしな。わたしも何かいい名を捜してつけるから」とめすネコが答えました。

そして次の日はめすネコが外出して、ネズミの来るのを待っていました。しかしネズミは来ませんでしたので、外出したついでにゼリーのびんのおいてある所をのぞいて見ると、びんはからになっており、夫がいつも外出したのは名付け親に行ったのではなく、ゼリーを盗み食いに行ったのだということを知りました。

めすネコがもどって来ると、夫は「おや、もう帰ったのか」「そうさ、悪かったかい」「どんな名前をつけたんだ」「何をいっているんだい。この食いしん坊め、お前がゼリーを皆食っちまったくせに」とめすネコはいいましたとさ。

ラエル『コロラドとニューメキシコのスペイン系の民話』第四〇二話
(Mt. 15　名付け親といつわりバターを盗む)

解説

欧米では比較的よく知られた動物葛藤を主題とする民話で、本話のようにネコの夫婦である場合はむしろ少なく、グリム昔話第二番「ネコとネズミのおつきあい」のようにネコとネズミ、あるいはクマとキツネ、クマとオオカミのように対立する二匹の動物である場合が多い。ラテンアメリカでは、本話のほかに、プエルトリコに一話(キツネとオオカミ)、アメリカ・ニューメキシコ州に一話(キツネとコヨーテ)、ブラジルに一話の計四話しか報告されていない。

本話はリオ・グランデ川の流域にあるコロラド州のマナッサで採集されたもので、話者は英語を充分理解できる二十五歳の青年であるためか、名付け子の名前が英語で表現されている。プエルトリコの empecé-la(はじめ) mitadé-la(なかば) acabé-la(しまい)は、それぞれ lil bit-gon (little bit gone) jaf-gon (half gone) ol-gon (all gone) と呼んでいる。

エスピノーサは世界中に分布するこの型の民話を比較し、主としてその前半によって三つのサブタイプにわけている。

Ⅰ型　盗み食いのたびに洗礼または葬式へ行くといいわけをする。奇妙な名前のついている場合が多い。

Ⅱ型　こっそりと盗み食いをするが、いいわけはしない。

Ⅲ型　Ⅰ型に同じ、ただ名前はない。キツネは腹を立てたオオカミに追われ、ほら穴に逃げこむが、オオカミをだまして、その場をのがれる。

本話、ブラジルの類話、プエルトリコの類話はⅠ型に属し、別のニューメキシコの類話はⅡ型に属する。

なおこの型の民話はそのままの形でわが国でも報告されているが(日本昔話集成第六「ネコとネズミ」)孤立伝承であるのと、あまりにもグリムに類似しているので、昔からあったものかどうか一抹の疑いが残る。

2 ウサギとトラ

プエルトリコ

昔、ウサギとトラがいました。二匹は友だちでした。ウサギは体は小さいけれどとても賢く、トラは間が抜けていました。トラはたくさんの鶏を飼っていたので、毎週土曜日になると卵を全部集めて、自分の作ったチーズといっしょに市場へ持って行きました。

ある土曜日にウサギは「今日は卵とチーズを食べてやろう」と思って、トラの通り道にやって来ました。トラがやって来るとウサギは死んだまねをしました。トラは「死んだウサギなんていらないぞ。おれの荷物の方がずっと値打ちがあるんだから」といって、歩き続けました。トラが遠くへ行ってしまうと、ウサギは起き上がって走り出し、トラに気づかれないようにずっと前の方でトラを追い越してしまいました。そこでウサギはまた死んだまねをしました。それを見てトラがいいました。「死んだウサギなんていらないぞ。おれの荷物の方がずっと値打ちがあるんだから」

こうしてトラは歩き続けました。しばらくすると、ウサギは起き上がり、ずっと前の方でまたトラを追い越して、トラの前で死んだまねをしました。トラはそれを見ていいました。「死んだウサギなんかいらないぞ。だがもう三匹目だ。もし仲間のウサギどんが死んでいたとすると……よし、荷物をここに置いて、最初に見たウサギを捜しに行こう」。そうしてトラが捜しに行ってしまうと、ウサギは起き上がり、トラの荷物を持って川の方へ行き、チーズと卵を食べてしまいました。

トラが最初にウサギの死体を見た所へ来てみると、そこにはもうだれもいませんでした。そこで荷物を置いていた所へもどって来ると、そこには荷物もなく、ウサギもいませんでした。そこでトラは腹を立て、「ここにいたのがあいつだったのだ。今日こそあいつを殺してやる」といいながら川へ向かいました。

川岸でウサギを見つけて「今日はお前を逃がさないぞ。今度こそお前を殺してやる」というと、ウサギがいいました。「トラどん、今何もいうてくれるな。おれはさっきチーズを食べていたのだ。そうすると川の中へ全部落としてしまったのさ。だけど今運よく、やっと一つだけ拾い上げられたところだ」。そのとき、水面に太陽がうつってチーズのように見えたのでトラはウサギに「お前はどのようにしてそれを拾い上げたんだい」と尋ねました。すると「首のところに石をしばりつけて川へ飛びこんだだけさ」とウサギが答えました。そこでトラは「それじゃおれに石をしばりつけて投げこんでくれよ」といいました。そこでウサギは二キンタル(九十二キロ)ぐらいの重い石をトラの首にくくりつけ、投げこみました。トラはもう少しでおぼれ死にそうになりましたが、投げこまれたとき、つる草がとても大きな太い幹の根元にあたって切れたので、やっと水の中から出ることができました。そしていいました。「やつがここへ水を飲みに来たところを捕らえて食べてしまうまでおれはここを動かないぞ」

ウサギは水を飲みに行くのは恐ろしいし、のどはかわいて来るし、もう倒れそうでした。とうとうたくさんの乾いた木の葉を見つけ、それで上に穴のあいた太い筒を作ってその中にはいり込みました。川へ行くまでに坂があったので、ウサギはその坂を転がり始めました。その物音を耳にしてトラが「ああ神聖な神さま。あれは何でしょう」というと、ウサギは「余は水を飲みに来た悪魔だ」と答えました。トラは恐ろしくなって走り出したので、ウサギは水が飲めました。そのあとでウサギはココやしの木に登りました。

ウサギを捜していたトラはウサギがやしの木に登っているのを見つけて「おい、お前、そこにいたのか。今日こそ逃がさないぞ」というとウサギが「トラどん、何もいうてくれるな。おれはとってもおいしいものを食っているんだから」といいました。トラが「それじゃ、ひとつほうってくれよ」といい、ウサギがトラに皮をむいたのを投げてやると、トラはそれを食べました。「トラどん、うまかったかい」「もちろん、もうひとつ投げてくれよ」。ウサギは二つ投げました。一つは皮をむいて、もう一つは皮をむいてありません。トラはいいました。「ウサギどん、とても堅いぜ」「いや、トラどん、それは皮をむいていないのさ」「じゃ、どうしてこの皮をむくのかね」「あんたの左手を広げて、ココやしの実を手のひらの上に置くのさ。そして右手で石をつかんで力一杯ココやしの実を持っている左手をたたけばいいのさ」。トラはいわれた通りたたきました。そして指も手も傷つけてしまいました。ウサギはトラが手と指を痛めたのを見て木から降りてつる草を採りに太い木の根元へ行きました。

トラがそこを通りかかったとき、ウサギを見つけました。「やいウサギ、今日こそお前を殺してやる。今日は逃げられないぞ」というと、ウサギは「トラどんよ、何もいうてくれるな、すぐそばまで来ているあらしから身を守るためにこんなにつる草を切っているんだから」といいました。そこでトラが「それじゃ、おれをまず縛ってくれよ。あんたは縛り方を知っているが、おれは知らないんだから」というと、ウサギは「それじゃ、ちょっとしんぼうしてくれ」といってトラになわをかけ、しっかり縛りつけました。

しっかりと縛りつけたあとで、ウサギはいいました。「トラどん、しっかり縛れているかい。実はおれを吹き飛ばすようなあらしなんて来やしないのさ」。ウサギは山へ行ってホアンカリエンの木の細いしなやかな枝を切りとって、トラにいいました。「さあむちをお見舞いするぜ。どうして身を守るんだい、トラどん」。そしてトラに石を投げつけ、半殺しにしたあとで、トラの畑へキャベツとレタスを食べに行きました。

それから、ウサギはトラを棒につないでこき使いました。子ヤギが通りかかったとき、トラはいいました。「子ヤギさん、おれを助けておくれ」。子ヤギは「いやだね。あんたはわたしを食べる気だから」と断わりました。しかし子ヤギになん度も頼みこんで、とうとう助けてもらいました。

子ヤギにほどいてもらったトラはウサギの小屋へ行き、ウサギがもどって来たとき、食べてやろうと隠れていました。ウサギは畑から自分の小屋へもどったとき「こんにちは、わたしの家さん」といいました。もちろん小屋はなんとも答えなかったのでウサギがいいました。「さようなら、おれの家が答えないのを見ると、家にだれかいるんだな」。そうして再び「こんにちは、わたしの家さん」といいました。するとトラはだまされて「こんにちは」と答えました。その声へ向かってウサギがいいました。「これこそ、おれの知りたかったことさ。おれの家にだれかがいるかいないかということをね」

そうしてウサギは小屋へはいらずに行ってしまいました。ウサギはすぐにトラの恋人の所へ行って「トラのことはあきらめな、やつなんかおれの乗る馬なんだから」といいました。トラの恋人は「そんなことはないでしょう」といいました。ウサギは彼女にいいました。「よし、それじゃ、もしおれがやつを馬にして乗ってくれば、やつをあきらめておれといっしょになるかい」。彼女は承諾しました。

夜になってトラが恋人の所へ来ると、彼女は「ウサギがわたしにあなたはウサギの馬だといいましたよ」と告げました。トラは「明日こそ、やつを見つけしだい、ここへ連れて来てここでやつを殺してやる」といいました。道でウサギを見つけ「今日こそはお前を殺してやる。おれの恋人におれはお前の馬だといったのはほんとうか」といいました。するとウサギは「これはこれは、だけどどうしてわたしがそんなことをあんたの恋人にいいに行けるものですかね。あんたも知っている通り、わたしはだれの悪口もいわないし、それに昨日からわたしは病気なんです。だから彼女のところへ行けやしないよ。歩けないんですから」といいました。トラはいいました。「それじゃ、おれの背に乗れよ。彼女のところへ連れて行くから」

　こうしてウサギがトラの背に乗るとき、とび上がって反対側へ落ちていいました。「トラどん、だめだ、だめだ。ひとつ足りないものがあるよ。それはね……くらというものさ」。トラはくらをつけました。背中に高々とウサギを持ち上げたとき、ウサギは反対側へまた落ちました。「トラどん、だめだ。もうひとつ足りないものがあるよ」「それはどんなものだい」「馬が口の中につけているくつわと呼ばれるものさ」。ウサギはもう一度とび上がって反対側へ落ちました。そしてトラにいいました。「トラどん、だめだ」「どうしたんだい。何が足りないのかね」「拍車というものさ」。拍車を捜してそれをつけました。またウサギはとび上がって反対側へ落ちました。「トラどん、だめだ」。ウサギはまたこういいました。「今度は何がいるんだい。お前のために四本の棒を用意してお前の背中を打ち砕くことかね」「トラどん、なんてことをいうのかね。病気のおれに同情してもらいたいね。おれのために細い枝を一本捜してくれよ。それから行こうよ」

そして細い枝を持ってウサギはトラに乗り、ふたりはゆるゆると歩きながら進んで行きました。そしてトラの恋人の家の近くまで来たとき、ウサギは彼女に「トラどんはおれの馬だといわなかったかね」といって、拍車をあてたので、トラはくらごとウサギをそこに残したまま走り出しました。

ウサギはこの上なくカード遊びが好きでした。そこでトラは一組のカードを持たせたタール人形をおきました。ウサギがタール人形とカードをすると、ウサギが勝ちましたが人形はかけのお金を払おうとはしません。そこで人形のそばへ行って左手でげんこつをくらわせますと、手が人形にくっついてしまいました。そこで「おれを離せ。右手でげんこつをお見舞いしてお前をひっくり返してやる」といいましたが、答えがないので近づいて右手をふり上げ、げんこつをくらわせると、右手もくっついてしまいました。そこで「おれを離せ、おれには両足が残っているんだ。けっとばせばお前を殺すことになるのだぞ」といいました。再び足をふり上げて全力でけりつけましたが、足もくっついてしまいました。「おれを離せ、おれには頭と腹が残っているんだぞ。一発くらわせば、お前はびっくりして死ぬかも知れんぞ」といって、頭をぶちあてましたが、くっついてしまいました。トラがやって来てウサギを捕えました。ウサギはトラにいいました。「あんたがおれを殺す気でいるんなら、この世のなごりに踊りを踊ってほしいね」。トラは承知しました。そこでトラは四つの戸口にそれぞれ番人として、バッタと、サソリと、小さなトカゲと、ガマを置くと、それらの虫は演奏を始めました。かれらが演奏を終えるたびにウサギは戸口まで出て来てあたりをながめ回しました。

しばらくして、ガマが居眠りをして舟をこいでいるのに気づき、ガマの頭の上を飛び越えて逃げてしまいました。そこでみんなが「ウサギの受ける罰をガマに与えることにしよう。だから、ガマを火の中にほうりこもう」というと、ガマは「おれを火にほうりこむ気なら、その方がいいよ。おれは熱いのは平気だからな」というので、みんなは「それじゃ、やつを水の中へほうりこもう」というと、ガマは黙っていました。そこでみんなはガマをつかまえて水の中へほうりこみました。するとガマはいいました。「グワッ、グワッ、ここそおれの天国さ。ガマを水の中へ投げこむなんて」

あかいベニヒワ(コロリン・コロラド)これでわたしの話は終わった。

メイスン＝エスピノーサ「プエルトリコの民俗」Vの一(米国民俗学雑誌第四〇巻、

（Mt. 175　タール人形）

三一三―三一六ページ）

解説

本話は九つの型の民話が複合してできた民話であり、アアルネ＝トンプソンのリストおよびハンセンの「スペイン系のアンチル諸島、南米の民話の型」の番号でいうと、㈠Mt. 1「キツネがバスケットを盗む」、㈡Mt. 34「オオカミが水に映ったチーズを見て水中にとびこむ」、㈢ハンセンNo. 74D**「のどのかわいたウサギがトラの見張る川で水を飲む」、㈣ハンセンNo. 74E**「ウサギがトラにココナツの割り方を教える」、㈤Mt. 7A「動物があらしに飛ばされないようくくってもらう」、㈥ハンセンNo. 74B**「トラはウサギの家へ隠れる」、㈦Mt. 72「ウサギがキツネに乗る」、㈧Mt. 175「タール人形」、㈨ハンセンNo. 122D**「トラに捕えられたウサギが踊る許しをえて逃げる」、㈩Mt. 1310「ザリガニを罰するのに水中に投じる」、の順に民話が並列されて、ウサギとトラの争いをテーマにした物語ができあがっている。

この物語のように強い動物にクマ、トラ、またはオオカミを配し、弱い動物にウサギまたはクモを配して、力で劣る弱者が、智恵の働きによって強者を打ち破る寓意的な民話はとくにカリブ海沿岸やアンチル諸島の黒人に好まれるテーマで、以前奴隷であったかれらがこの種の話に夢を托して語りあったものらしい。その上、こういった話の主人公である人気者のクモ(アナンシとトゥクマ)やウサギ(ラパンとコネホ)はいずれも故郷である西アフリカのアカン・アシャンティ族のトリックスター的な文化英雄であったり(クモ)、バンツー諸族の民話の主人公(ウサギ)であったという長い歴史をもっている。

本話を構成している九つの要素のうちもっとも重要なのは(八)の「タール人形」である。これはコールタール、またはその他の粘着物を塗った人形を利用してどろぼうを捕えるモチーフが特徴的で、ふつう、捕えられた者は奸計を用い、第三者を身替わりにして逃亡する。本話は動物譚の形をとっているが、捕える者も捕えられる者も、ともに人間である例も多く、魔法使いに人間が捕えられる例もある。この物語はアメリカの民話研究者エスピノーサが雑誌にくり返し研究を発表し、さらに『スペイン民話集』の註解では世界の三一六の類話(うちラテンアメリカ五二)を分析した結果、その起源については従来信じられていたようなアフリカ起源ではなく、インド起源であり、オリエントをへて、アフリカと西欧に伝播したものと結論づけられている。ラテンアメリカでは、イベリア半島を経由した型と、黒人によって伝えられたアフリカ型が混在して複雑に分布している。またタール人形については、畑の地境いに農神の像を立てて、鳥獣害を防ごうとした風習がその基底にあると考えられる。

この話は欧州の古典の中にはないが、インドではジャータカ五五番、およびサミュッタ・ニカヤの中に見いだされる。とくに後者は紀元一世紀のものとされ、この話の最古のテキストで、そこでは仏陀の前生である王子がガンダーラからベナレスへ帰る途中、森の中で粘着性の毛をもった怪物と争う物語として描かれている。王子は五つの武器も、両手両足も、頭さえも怪物の体にくっついてしまうが、腹の中に鋼の剣があるので、わしを食べると、お前の内臓はズタズタに切れるぞ、とおどして自由をえるのである。

なお、わが国の民話では、知里真志保《ちりましほ》編訳『アイヌ民譚集』第十話「パナンペの手足に浮袋がひっつく」がある。これは呪的逃走の要素も加わっているが、まぎれもない「タール人形」の一類話であり、ギリヤークやカムチャダール族の類話と関係あるものと考えられる。

3　子ヤギ

アルゼンチン

これは野菜畑を持っていた老婆の話です。ある日、子ヤギが一匹畑へはいって来て野菜を食べていました。老婆は子ヤギを引き出そうとすると、子ヤギは老婆に、足げにするぞといっておどし、老婆は逃げて行きました。老婆は道で泣きながら、だれか通りあわせた者に助けを求めようと思っていました。

少し行くとキツネに出会いました。キツネは泣いている老婆を見て「おばあさん、どうして泣いているの」と尋ねました。「子ヤギがわたしの畑にはいって来て野菜を食べているのを見ていても、自分の力で追っぱらえないのだよ。これが泣かずにおられましょうか」と答えると、キツネは「行きましょう。わたしが追っぱらってあげましょう」といいました。野菜畑について、キツネが「ヤイ、子ヤギ、そこから出て来い」と叫ぶと、子ヤギは「ぼくは出ないよ。ぼくは子ヤギの中でもえり抜きの強い子ヤギだ。出て行ったらお前をけとばしてやる」と答えました。そこでキツネはとても子ヤギを追い出すだけの力はないといって、去って行きました。

老婆がまた助けを求めて泣きながら歩いて行くと雄牛に会いました。雄牛は老婆に「おばあさん、どうして泣いてるんだ」と尋ねました。老婆は「子ヤギがわたしの畑にはいって来て、野菜を食べているのを見ていても、自分の力で追っぱらえないのだよ。これが泣かずにおられましょうか」と答えました。すると雄牛は「行ってみよう。わしが追っぱらってやる」といいました。野菜畑について、雄牛が「ヤイ、子ヤギ、そこから出て来い」というと、子ヤギは「ぼくは出ないよ。ぼくは子ヤギの中でもえり抜きの強い子ヤギだ。出て行ったらお前をけとばしてやる」と答えました。そこで雄牛は老婆にとても子ヤギを追い出すだけの力はないといって、去って行きました。

老婆がまた助けを求めて泣きながら歩いて行くと、小アリに会いました。小アリは老婆に「おばあさん、どうして泣いているんだね」と尋ねました。老婆は「子ヤギがわたしの畑にはいって来て、野菜を食べているのを見ていても、自分の力で追っぱらえないのだよ。これが泣かずにおられましょうか」と答えました。野菜畑について小アリが「子ヤギ、そこから出て来い」と叫ぶと、子ヤギは「ぼくは出ないよ。ぼくは子ヤギの中でもえり抜きの強い子ヤギだ。出て行ったらお前をけとばしてやる」と答えました。小アリも負けずに「ぼくもアリの中ではえり抜きの強いアリだ。お前を刺して泣かせてやることもできるんだぞ」といい返しました。

子ヤギは小アリのおどかしなど問題にせず、野菜を食べ続けました。小アリは畑の中にはいり、子ヤギに姿を見られないように、そっと草の茂みに身を隠し、子ヤギの足によじ登って行きました。そうしてここぞと思う所へ来ると、思いきり刺しました。子ヤギはあまり痛いのでびっくりして飛び上がり、畑から飛び出して野原を気ちがいのように走って逃げて行きました。

小アリは子ヤギの体からうまくすべり落ちて老婆の家へもどって来ました。うまくヤギを追い出してくれたので、老婆はたいへん喜んでお礼に一アルムー(約四・六リットル)の小麦をやりましたが、小アリはその中から一粒だけ受け取って、それをかつぎわが家へ帰って行きました。

アルゼンチン中央教育委員会民俗資料収集より

(Mt. 222　鳥と獣の戦い)

解説

本話は動物葛藤を内容とする民話の一種であり、もっとも弱いと思われる動物が、大きい動物も恐れる侵入者に対して勝利を収める寓話である。本話では被害者が老婆であるが、ふつう被害者は動物である場合が多い。

ラテンアメリカでは、本話のほかに、同型の話の報告を知らないが、スペインのアストゥリアス地方には、まったく同型の話の報告がある。その類話について、ボッグズは、Mt. 222を充てているが(ボッグズ『スペイン民話の型索引』一九三〇)、この番号の一般の類話は次のようなもので、本話とはかなり異なっている。

コオロギが木の葉の下でえさを捜していると、ライオンが来て踏みつける。コオロギが「みんなを連れて来て仕返しをしてやる」といって、クマンバチとミツバチとサソリに応援を頼む。ライオンはすべての猛獣に応援を頼んで、ヤギを使者としてコオロギのもとに送ると、ハチはヤギを殺してしまう。戦いが始まるとコオロギの仲間はライオンを殺して戦いに勝つ(ドミニカ共和国)。

本話とまったく同型のスペイン・アストゥリアスの類話は、加害者がネコでハチの巣箱にはいりこむ。ハチは犬、ヤギ、ヒツジ、牛、鶏、ロバに順に頼むが、みなネコにおどされて逃げる。ただアリだけが、ネコの目をつぶしてネコを巣箱から追い払う。

ロシアのアファナーシエフの民話集に同型の話があるが、そこではキツネが野ウサギの穴に侵入し、ウサギは犬、クマ、牛、鶏に助けを求め、鶏だけがキツネを追い出すことができる。

4 こがねの足をもったヒヨコ

アルゼンチン

昔、ある年より夫婦はただ一匹のめん鳥を飼っていました。その鶏は巣ごもりして、こがねの足をしたヒヨコをかえしました。すると近所のだれかがさっそくこのことを王様に知らせました。王様はそのヒヨコを持って来るように夫婦に命じ、夫婦がヒヨコを持って行くと、王はそのヒヨコの片足を切り取って、自分のものにしてしまいました。

ヒヨコは片足だけで成長してゆきました。もうかなり大きくなったとき、自分の片足を返してもらいに国王の所へ行こうと考えました。年より夫婦は「行かない方がいいよ。道中で大きい動物たちに食べられるかも知れないから」といって止めましたが、ヒヨコはそのことばを聞かずに出かけて行きました。

しばらく行くと、「クワッ、クワッ、クワッ」という鳴き声が聞こえて来ました。それはキツネでした。キツネは「いっしょに連れて行ってくれないかい、仲好しさん」といいました。ヒヨコが「だめだよ、君はきっと疲れちゃうから」といいましたが、「心配するなよ、なんてことはないさ」といったので、二匹はいっしょに行くことになりました。一日歩くとキツネは「ぼく、こんなに疲れちゃった」といいました。ヒヨコは「しかたがない、連れて行ってやろう」といって、キツネを口ばしでつまみ、飲みこんで、ヒヨコはひとりで歩き出しました。

しばらく行くと、ライオンが出て来て「いっしょに連れて行ってくれないか、仲好しさん」といいました。「だめだよ。ぼくは遠くへ行くんだから、君はきっと疲れちゃうよ」といいましたが、「ぼくはぜったい疲れないよ」といったので、いっしょに行くことになりました。二日歩くと、ライオンは「ぼく、こんなに疲れちゃった」といいだしました。ヒヨコは「泣きごとをいうなよ」といって、ライオンを口ばしでつまみ、飲みこんで、またひとりで歩き出しました。

ずっと歩いて行くと、トラが出て来て、「いっしょに連れて行ってくれないか、仲好しさん」といいました。「だめだよ、君はきっと疲れるよ。ぼくは遠くへ行くんだから」といいましたが、「心配するなよ、そんなことないさ」といったので、二匹はいっしょに行くことになりました。三日歩くと、トラは「ぼく、こんなに疲れちゃった」といいだしました。ヒヨコは「心配するなよ。ぼくが連れて行ってやるから」といって、トラを口ばしでつまみ、飲みこんでしまいました。

ずっと進んで行くと、川があって歩いて渡れません。「ぼくがとんでも、きっと川のまん中へ落っこちてしまうだろう」といって、ヒヨコは川に口ばしを突っ込み、川の水をみんな飲みこんでしまいました。

こうしてヒヨコはやっと王様の宮殿へつきました。「トン、トン」ととびらをたたくと、「だれだ」と声がしました。「ぼくはこがねの足をしたヒヨコだ。ぼくのもう片方のこがねの足を捜しに来たんだ」と答えました。王は家来たちに「ヒヨコをたくさんめん鳥のいる裏庭にほうり投げておけ」と命令しました。しかしヒヨコは口からキツネを出すと、キツネはそこのめん鳥をみな食べてしまいました。

また「トン、トン」ととびらをたたくと、「だれだ」と声がしました。「こがねの足を捜しに来たヒヨコだ」と答えました。王は家来たちに「ヒツジのいる庭へほうり投げて、ヒツジの角で突き殺させよ」と命じました。しかしヒヨコは口からライオンを出すと、ライオンはそこのヒツジをみな食べてしまいました。

また「トン、トン」ととびらをたたくと、「だれだ」と声がしました。「こがねの足を捜しに来たヒヨコだ」と答えました。王は家来たちに「ヒヨコをラバのいる庭へほうり投げて、ラバにけり殺させてしまえ」と命じました。しかしヒヨコは口からトラを出すと、トラはそこのラバをみな食べてしまいました。

また「トン、トン」ととびらをたたくと、「だれだ」と声がしました。「こがねの足を捜しに来たヒヨコだ」と答えました。王は家来たちに「たき木の山を作り、火をつけて燃やし、よく燃えたらヒヨコをほうりこめ」と命じました。しかしヒヨコは投げこまれると、口から川を出し、家来たちをみんなおぼれさせてしまいました。そして王に「こがねの足を返してくれたら、家来を助けてやろう」といいました。

王は「こがねの足を返し、その上持っている宝物をみんなさし上げます」と答えました。

そこでヒヨコは家に帰り、宝物をおじいさんとおばあさんにあげると、ふたりはたいそう喜びました。

スサナ・チェルトゥディ『アルゼンチンの民話』第二巻、第三〇話

（Mt. 715　半分のヒヨコ）

解説

この民話は、かつてはスペイン語圏とフランス語圏にだけ分布する物語だと思われていたが、その後フィンランド、リトアニアを中心としたバルト海沿岸と、ユーゴスラビアを中心とするスラブ民族のあいだで大量に採集された。現在では三五〇以上の類話が記録され、ラテンアメリカでは、十二話が発見されている。

一七五九年フランスで出版されたフィリップ・ネリコー・デ・トゥッシュの「カマトト娘《ラ・フォース・アニェース》」という脚本の中で、女主人公は「何か、おとぎ話を知っていますか」と尋ねられると、「わたし、『ろばの皮』や『半分のヒヨコ』それに『灰かぶりのマリア』を知ってますわ」と答えており、十八世紀中頃にこの話がよく知られていたことを証明している。

また十八世紀後半に創作活動をしたフランスのレティフ・ド・ラ・ブルトンヌ（一七三四年生まれ）は次のような話を書いている。

占星学者がふたりのむすこに、首を切られても、再びつなぐことのできる魔法のヒヨコを預ける。そのヒヨコを二つに切って分け、ひとりのむすこはそれを食べてしまう。生き残った半分のヒヨコは、金を奪った王子と戦い、なん匹かの動物の助力をえて王子に打ち勝ち、その後、同じように母親と娘を奪った悪者の手からふたりを救い出す。そのとき、半分のヒヨコの魔法がとけて美しい青年になる。実は魔法使いによってヒヨコに変えられていた、その母親のむすこであった。

アメリカの民俗学者ラルフ・ボッグズは一九三三年「フランスとスペインにおける半分のヒヨコの物語」をヘルシンキから発行し、この話をスペイン・カスティリア起源と断定して、スペインからフランスに伝わったものだと考えた。エスピノーサはフランスにプリミティブな形が多いことからフランスが発生地だと推定している。しかし、その後のバルト、スラブの多数の類話の発見によって、この結論は大きく変わることが予想される。

本話では、主人公が片足のヒヨコであるが、大半の類話では、ふたりが一匹のヒヨコを争い、二つに分割された半分のヒヨコが主人公である。この意味について、アルゼンチンやチリでは「半分のヒヨコ《メディオ・ポージョ》」ということばが、「弱々しい奴」という意味の代名詞になっているように、元来は主人公が半分の値打ちもない弱々しい少年であったことを示す奇抜な表現にすぎないという意見もある。その意味では、一種の「小サ子」の冒険成功譚であろう。ヒヨコの口から(多くの類話では肛門から)はいった一連の援助者は、『サルカニ合戦』の援助者と同じ性格を持っているが、類話によって多少メンバーに異同があり、キツネ、オオカミ、水(川)が全欧米の類話で上位三位をしめ、ラテンアメリカでもこの順位は変わらない。そのほか、棘《とげ》のある木(ブラジル)、イグアナ、ライオン、トラ(アルゼンチン)、雄牛(チリ)などがある。

5　シカと海ガメ

キューバ

これはカラバリ族のことばでシカを意味するアンベコと、海ガメを意味するアグァティの話です。

昔、シカと海ガメが出会って、どちらが速く走れるかお金をかけて競争をすることになりました。このかけはまったくばかげているように思えました。シカはとても速く走るし、海ガメはとてもゆっくりしか歩けないからです。シカは海ガメをばかにし、もうかけのお金をもらったも同じだといいました。

「お前に三日のハンディをやろう」とシカは相手にいいました。しかし海ガメは「ハンディは全然いらないよ。ただ十五日ほど競争の準備期間をくれないか」と答えました。

こうして競争の取り決めができました。それはその村を出発し、二つの隣りの村を横切り、長い距離を走って、二匹のうちどちらが早くもとの村に帰り着くかという競争でした。シカは海ガメの申し出た十五日の準備期間に同意し、二匹は競争の日を決めて、それぞれ自分の巣へ帰って行きました。

シカが村人やほかの動物たちに海ガメのばかさかげんをうわさして楽しんでいる間に、海ガメの方は友人の海ガメ二匹を呼んで、競争の日には、走るコースの途中にある二つの隣り村のそれぞれに待っていて、シカが横を走って通ったら、シカにことばをかけてくれ、そうしたらシカはきっと自分より海ガメの方が、その村に早く着いたんだと思うに違いないから、といって頼んでおきました。二匹の友人は承知しました。

競争の日がやって来ました。二匹の海ガメはそれぞれ隣り村へ行き、当の海ガメはシカといっしょに競争を始めようと、村で出発の合図を待っていました。

出発の合図がなりました。二匹は走り始めました。少し走るとシカはもう海ガメの姿が見えなくなっていました。実は海ガメは走らずに草むらの下に隠れてしまったのです。

シカは走り続けました。しかしとても愉快な気持ちだったので、絶えず次のような歌を歌いながら走っていました。

アンベコ・リマグェ・キンダンダ・コレニャオ

アンベコ・リマグェ・キンダンダ・コレニャオ
これは「シカは速い、競争に勝った」という意味です。
その当時シカは、今でも雄ヤギがはやしているような立派なあごひげをつけていましたから、最初の村に着いたとき、海ガメをうんと後ろに引き離しているので、ひげをそるだけの時間は充分あると思って床屋を捜しに行きました。床屋が見つかると、床屋にまで今日の競争のことを話し、歌を歌い続けました。
アンベコ・リマグェ・キンダンダ・コレニャオ
アンベコ・リマグェ・キンダンダ・コレニャオ
しかしあごひげを半分だけそり落とし、この歌を歌い終わらないうちに、道路でこんな歌を歌っている海ガメの姿が見えました。
アグァティ・ランゲ・ランゲ・ランゲ
この歌の意味は「海ガメはもう着いた。もう着いた」という意味です。
シカは海ガメの歌を聞き、その姿を見て、競争相手の海ガメだと信じこみ、とび上がり、ひげもそり終わらずに走り出しました。だからシカは今でも顔の半分にひげがあるのに、もう半分の方にはひげがないのです。

シカはなおも走り続けました。やがて自分の走る速さには自信を持っていましたので、たとえ初めの村までは競争に負けても、残ったコースでは負けるはずがないと思い、また自信を持って歌を歌い始めました。

アンベコ・リマグェ・キンダンダ・コレニャオ

このようにして二番目の村へ着きました。ところがたいそうおなかが減ってきたので、余裕は充分にあるから何か食べに行こうと思いました。まだまだ海ガメは来ないと自信を持っていましたので、また歌を口ずさみながら、食事を始めました。

アンベコ・リマグェ・キンダンダ・コレニャオ

しかしまだほんの二口、三口、食べ物を口に入れ、歌もまだ最初の一節を歌い終わらないうちに、海ガメの歌が聞こえて来ました。

アグァティ・ランゲ・ランゲ・ランゲ

シカはこの歌を聞くと海ガメがもう先に着いたのだと信じてびっくりし、それ以上食事もしないでまた走り出しました。そのため、このとき以来、シカは落ちついてえさをたくさん食べられないようになり、いつもペチャンコのおなかをしているのです。

どんどん走り続け、もとの出発した村近くまでもどって来たシカは、海ガメよりも早く帰り着き、競争には必ず勝てると自信を持っていました。そこでいつものようにシカは歌いながら村へはいって行きました。

アンベコ・リマグェ・キンダンダ・コレニャオ

しかし草むらの下に隠れて待っていた当の海ガメはシカが走って村にはいって来る足音を聞くと、すぐに隠れ場所からはい出し、ゴールまでのわずかの距離を走り出しました。そして先にゴールにはいり、歌を歌い出しました。

アグァティ・ランゲ・ランゲ・ランゲ

シカが到着して海ガメが先に着いているのを見ると、怒り出しましたが、村人やほかの動物はシカが競争に負けたのを見て大笑いしました。シカはあまり恥ずかしかったので山に逃げこみ、二度と人里へ出ようとはしませんでした。それで今でもシカは山の奥に住み、無理やりに引っぱり出さなければ山から降りようとはしないのだということです。

オルティス・フェルナンド採集(キューバ民俗文庫第四巻第二号、一九二九)

(Mt. 1074　ペテンによってレースに勝つ)

解説

動物競争と一般に呼ばれる民話は、足の速い動物と足の遅い動物が競争し、しかも足の遅い動物が勝利を収める内容の物語である。しかしどのようにして勝利をえるかというその違いによって動物競争の話は次の三つに大きく分けられる。

Ⅰ型　ウサギ、キツネ、シカといった身軽な動物がなまけ、または不注意のため、休息し、あるいは眠りこんでしまい、カメ、ガマ、カエル、ヤマアラシといった足の遅い動物に負けてしまう。イソップの「ウサギとカメ」やラ・フォンテーヌの寓話などもこの型である。

Ⅱ型　足の遅い動物は妻や仲間をコースの要所要所に配置し、あるいはゴールに置いて、身軽な動物に先に着いたように思わせる。本話はこの型に属し、またわが国の日本昔話集成第十六「トラとキツネ」もこれと同じ内容である。

Ⅲ型　足の遅い動物は、身軽な動物のしっぽか首筋につかまっていっしょに走り、ゴール寸前でとび降りて競争に勝つ。日本昔話集成第十一「タニシとキツネ」もこれと同じ内容である。

今、ラテンアメリカでの各型の分布を見ると、

Ⅰ型は記載文芸に現われる場合が多く、昔話としてはメキシコに一例報告されてい

るだけであるが、それもインディオ起源のものらしい。

Ⅱ型は最も採集例が多く、今までに十四例が報告されている。

Ⅲ型は、チリに一話とメキシコに一話が報告されているだけである。

またエスピノーサはこれらの動物競争の話の起源を推定しているが、それをこの型分類にあてはめると、Ⅰ型はギリシア起源、Ⅱ型はヨーロッパ起源、Ⅲ型はゲルマン起源で中世に南欧へ伝わり、その後アジアやアメリカへ伝わったとしている。

II　本格民話

6 愛の三角宮殿

アルゼンチン

昔、魚つりで生活をささえているたいそう貧しい老人がありました。老人には妻とひとりむすこと一匹の小犬がおり、かれは家族を非常に愛していました。ある日のこと、老人は海につり針を投げ込みましたが、いくらたっても何も食べられるようなものはつれませんでした。次の日、もっと早く出かけましたが、やはりつれませんでした。

三日目も同じことでした。かれは絶望し始めました。たくわえていたごくわずかなものも食べ尽くしてしまい、むすこはパンをほしがっていました。ところがあるとき、かれが海へ出かけてつり針を投げ、引きよせるとき、何か重い物が引っ掛かっているのを感じました。きっとすばらしい魚だろうと思いましたが、出て来たのは、魚ではなくて恐ろしい怪物でした。おどかすような調子で話しかけられたときのこわかったことは、とてもことばではいい表わせないほどでした。「ああ、お前がわしの家来をっっていたやつだな。わしは魚の王じゃ。わしが最近お前に何もつれないようにしてやったのだ。しかしまだ取引きはできるぞ。お前が家に帰ったとき、最初に出会ったものをわしの所につれて来い。そうすればほしいだけの魚をやろう」。老人はしばらく考えていましたが、自分が家に帰ったとき、いつも出迎えに来るのは小犬であることを思い出して怪物のいったことを承知しました。

またたく間にかごは魚で一杯になり、老人は家に向かいました。家につくと幼いむすこが出迎えに来ました。かれはこれを見てたいそう悲しくなりました。妻は夫が魚のはいったかごを持って帰ったのを見てたいへん喜びましたが、かれは妻といっしょに喜ぶことはできませんでした。妻はそれを不思議に思い、その上、夫がずっと悲しげな顔をしていましたので、その訳を尋ねました。老人はできごとをすべて話し、むすこを渡さなければならないのだといいました。

「そんなこと心配することはありませんよ。その怪物の所へ小犬を連れて行って、これが出迎えに来たのだといいなさい」と妻がいいました。老人は妻のことば通りにしようと決心し、翌日、つりをしていた場所へ小犬を連れて行って怪物にさし出しました。怪物は犬を見ると叫びました。「これはお前を出迎えたものじゃない。わしをだますことはできないぞ。もし本当のものを持って来ないなら、もう二度と魚はつれないからな」

老人は非常に落胆して家へ帰り、妻と相談しました。そうして考えに考えた末、いちばん愛しているむすこを魚と引きかえに恐ろしい怪物に渡すことにしました。もしそうしなければ飢え死ぬかも知れないからでした。

次の日、老人はつりをしていた場所へむすこを連れて行き怪物にむすこを渡しました。怪物はたいそう喜んで海にもぐってしまいました。老人はその日、たいそうたくさんの魚がつれました。次の日も、その次の日も同じような状態で、とうとう市場の魚の値段を少しばかり下げさせたほどよくつれました。わずかの間にかれは大きな財産を作り、幸福に暮らせるようになりました。

老人の前に現われたその怪物は、海の底に住み、夫を捜していた王女だったのです。気にいる夫が見つからなかったので、若者を育て上げようと思ったのでした。このために漁師のむすこをもらって立派に育て上げ、結婚するのにふさわしい時機が来たとき、王女は若者に三日間の暇をあげるから両親のもとへ会いに行って来なさいといいました。

若者が両親の家へ帰ると、両親は大喜びでむすこを歓迎しました。若者はすぐに打ち解け、両親はもう数日、家に泊まって帰ってもいいだろうと勧めました。若者は誘いに負けてそれに同意しました。数日たってから、若者が王女の宮殿にもどりましたが、いくら捜しても宮殿は見あたりません。それで仕方なく両親の家へもどってみると、両親の家も消えてしまっていました。

失望した若者は旅に出ることにしました。密林を進んで行くと、一匹のキツネに出会いました。キツネは若者に「トラおじさんが、獲物を分配する裁判官になってほしいから来てほしいといっています」といったので、若者は内心恐ろしく思いながら「いいでしょう」と答えました。

若者を呼んだ動物たちはすぐそばにいました。それらはトラとライオンと猟犬とコノリとアリで、死んだ牛を取り囲んでいました。動物たちはお互いに妥協しあうことができず、それぞれが自分こそ肉をもらいたいと思っていました。動物たちの性質をよく知っていた若者はみごとに分配して、みんなを満足させました。アリには頭があたり、アリは頭のすべての管を走り回り、こんなすばらしい宮殿に住んだことはないといいました。

若者はほっと安心して歩き始めました。かなり歩いてから、恐ろしい一匹のトラが目の前に現われました。かれはとうとう自分の最期の時が来たのかと観念しましたが、驚いたことにトラはていねいに若者にあいさつしていいました。「あなたの立派な裁判官としてのふるまいに、まだお礼を申していないことをお許しください。感謝の印としてこの毛をとっておいてください。危険な目にあったとき、これをしっかり握って『神とこの世で最も恐ろしい動物よ』といいなさい。そうすれば、あなたは救われます」。こういい終わるとトラは立ち去って行きました。

それからすぐライオンに出会い、ライオンも礼をいって、また毛を少しくれ、危険な目にあったら、それを握って『神とこの世で最も恐ろしい動物よ』と唱えなさいといいました。

少したって猟犬に出会い、犬は立ち止まって、若者に感謝のことばをのべてから、毛を少し引き抜いて若者に与え、危険な目にあったら、『神とこの世で最も身軽な動物よ』と唱えなさいといいました。それからコノリに会いました。コノリは若者に羽根を一枚与えて、それをしっかり握り『神とこの世で最も狩りのうまい動物よ』と唱えれば、どんな危険からも身を守ることができるでしょうといいました。

若者は非常な疲れを感じて、木の下で眠りました。すると、一匹のアリがなん度か、かれのかかとを刺したので目をさましました。するとアリはかれに話しかけて、礼をのべ、危険にあったときの助けにと、小さな足を与え、それをしっかり握って『神とこの世で最も小さな動物よ』と唱えれば助かるでしょうといいました。

若者は歩き疲れたので、コノリの羽根をつかんでコノリに姿を変えて飛び、ワシのいる所へ行ってとまりました。ワシはなん度も「まだ少し早い」とくり返していました。若者が「何を待っているのですか、ワシさん」と尋ねると、「これからトカゲの王子が美しい王女と結婚するんだよ。それでわしも宴会に行くのだ」とワシは答えました。「それはわたしが捜している王女ではないでしょうか」と若者が尋ねると、「いやいや、お前が捜している王女は、巨人のものになっていて、奪い返すことなどできないよ」とワシがいったので「そこへ連れて行ってください」と若者が頼みました。ワシは「よし、でもまず、『愛の三角宮殿』へ行こう。そこでさっき話した大宴会が催されるから」と答えました。

かれらは『愛の三角宮殿』へ行き、そこではすばらしいごちそうがありました。その後、ワシは巨人が、若者を育ててくれた王女を閉じこめている宮殿を教えてくれました。コノリに姿を変えた若者は、王女と話す機会を見つけるために、宮殿から巨人が出かけるのを看視していました。午後になって巨人が外出したので、このすきに若者は王女とことばをかわし、王女に巨人がどこに命を持っているか尋ねてみるようにといいました。それは巨人が争って手足が切れても、すぐに元のようにはえて来るといわれていたからです。若者は急いでアリの足を取り出し、アリに姿を変えて王女の服の中に身を隠しました。

王女が巨人に若者のいったことを尋ねると、巨人は次のように答えました。「わしの命はわしの身体の中にはない。それは湖の例の場所にあるのだ。そこから黒い牛が出て来るだろう。（わしを殺すためには）そいつを殺さなければならない。そのはらわたからシカが出て来るだろう。こいつが死んだら、引き裂かねばならない。そうすると一羽のハトが出て来るが、そのハトは一つの卵を持っている。その卵が割れると、初めてわしの生命は終わってしまうのだ。でもな、シカであれ、ハトであれ、どれかの動物が湖にもどることができたら、再びこれらの同じ動物が現われるのだ」

すべてを聞いてしまったアリは、巨人のるすを利用して宮殿から外へ出、湖に向かいました。湖に着くとすぐ、恐ろしい姿をした黒い雄牛が出て来ました。若者はすぐさまトラの毛を握りしめ、例の呪文を唱え、トラに姿を変えて争い、さらにライオンに姿を変えてから牛を打ち負かすことができました。

それからシカが飛び出さないよう、充分注意しながらはらわたを切り開きました。それにもかかわらず、シカは飛び出すと、湖の方へ突っ走ったので、かれは猟犬になってシカを捕えました。シカを引き裂き、ハトが飛び出さないように注意しました。ハトは飛び出すと、矢のように湖の方へ向かって飛び出したので、若者はコノリになって、ハトが湖にもどらないうちに捕えました。そしてハトの身体を引き裂いて卵を取り出しました。

巨人は黒い牛が死んだときには病気になり、しだいに重くなって行きました。ハトが死ぬともう断末魔の苦しみでした。若者が宮殿へ行き、巨人の額《ひたい》で卵を割ると巨人は息が絶えました。

王女は自由になり、若者と結婚し、かれらはウズラを食べて幸福に暮らしました。

アルゼンチン中央教育委員会民俗資料収集より

（Mt. 400　失踪した妻を捜す男＋Mt. 302　卵の中にある鬼の魂）

ラテンアメリカで一般に「漁師のむすこ」と呼ばれる型の民話は、一種の複合型である。前半部、すなわち、㈠父親が不本意ながら、漁の獲物と交換にむすこを海の怪物に与える約束をする。㈡主人公と怪物(魔法をかけられた王女)との婚約。㈢主人公の王女の許可をえた上での帰宅。㈣タブーの侵犯と王女の失踪。といったモチーフは、いわゆる欧米の異類女房の代表的な型であるMt. 400の前半部に相当する。

しかし「漁師のむすこ」の後半部、すなわち、㈤むすこは旅に出て、動物の獲物を分配してやったので呪物をもらう。㈥王女は巨人によって連れ去られている。㈦巨人の魂のありかと、それを殺す方法を知る。㈧呪物の力によって巨人を滅ぼし、王女を救い出す。といったモチーフは、一般に「体外の魂(External Soul)」と呼ばれるMt. 302のほぼ全体に相当する。

このようにMt. 302の物語は単独で見いだされる場合もあるが、多くの場合、本話のように異類女房のMt. 400で始まるか、異類婿入(美女と野獣)のMt. 425で始まる場合が多い。ラテンアメリカではMt. 302を含む類話は、ドミニカ共和国九話、プエルトリコ八話を始め、全部で三十四話報告されており、そのうち「漁師のむすこ」すなわちMt. 400が前に来るものは、本話以外に、プエルトリコ五話、ドミニカ共和国三話、メキシコ一話が報告されている。

体外の魂の説話は人類の古い信仰につながるもので、すでに紀元前一三〇〇年の第十九王朝のエジプトの遺蹟に残されていた「ふたり兄弟の物語」には魔法使いが魔法で人間の魂をアカシアの花の中に移すことが書かれてある。また欧米の民話の体外の魂が、ほとんど、卵の中に置かれていることは充分意味のあることだろう。

なお、この「漁師のむすこ」の物語でも、有名な「ふたり兄弟」Mt. 303 の物語でも、魔法譚の主人公に漁師のむすこが多いのは、今はもうほとんど痕跡すら稀薄になった欧米人の海上の他界観をのぞきえて興味深い。

7 歌う袋

ブラジル

昔、ひとりの少女が泉へ水浴びに行き、そこの岩の上に金の耳飾りを置き忘れました。家に帰ってから、その忘れものに気がつき、それを取りに泉へもどりました。しかし、草むらに隠れていた、年とったこじきが、少女が水浴びをすませて行ってしまったのをみて、すぐ出て来て耳飾りをつかみ、持っていた大きい袋の中へ入れてしまいました。

少女は泉へ来ましたが、耳飾りはありません。そこで泉のふちに腰を降ろし、タバコをふかしている、そのこじきに尋ねました。

「おじさん。金の耳飾りを知りませんか。わたし、石の上に置き忘れたんです」。するとかれは「お嬢ちゃん、そいつなら、あっしの袋の中にあるよ。中をのぞいてお取り」といいながら、袋の口を開きました。少女がその中へ首をつっこむと、こじきは中に押しこんで、すぐ袋の口を閉じてしまい、しっかり綱でくくって、その袋を背中にかつぎ、泉から立ち去りました。

かわいそうな少女は、死ぬほど泣いていました。こじきは一軒の家の前に来ると、「あっしの袋が歌うのを一つ聞いてやっておくんなせえ」といいました。その家の主人が「よし、聞いてやろう」というと、こじきは「いくら、いくらです」と値段をつけてから、床に袋を降ろし、いいました。

「歌えや歌え、わたしの袋

歌わないと、このこん棒をくらわすぞ」

かわいそうな少女は、たたかれるのがこわさに歌いました。

「わたしは袋の中

この袋の中で死ぬでしょう

泉へ置き忘れた

わたしの金の耳飾りのために」

通りがけの家を軒並みにたずねては、同じように歌わせ、たくさんのお金をもうけました。しかし、とうとう神さまは、こじきのやっている悪事を罰してやろうとお考えになったのです。その日遅くなって、この少女の親の家をたずねて行ったのです。

そして、そこでも、今までやったと同じように袋を降ろして歌わせました。

娘がいなくなったので、たいへん心配していた年よりの両親は、すぐに歌の主が自分たちの娘であることを知り、こじきに「ねえ、もう夜もだいぶふけて来たようだから、うちで泊まったらどうだい」と、ことばたくみに話しかけました。こじきは喜んで食事をごちそうになり、腹一杯食べて、いろいろ物語りもし、ゆっくりくつろいだ末、横になりました。

こじきが寝てしまうと、すぐに両親は袋をあけて、娘を出し、そのかわりに、袋の中へ腐った汚物のいっぱい詰まった便器を入れておきました。

次の朝早く、こじきは袋をかつぎ「さあ、今日は袋をかついで、ひとつ王さまの宮殿へ行ってひともうけをしよう」とひとりごとをいいながら、宮殿へやって来ました。

「国王陛下、わたしはあなたに歌う袋を聞いていただきにまいりました」というと、

「よし、ぜひそれを聞こう」と国王もいわれました。

大ぜいの重臣や王妃や女官に取り囲まれている王さまの前で、こじきは袋を降ろし、たいそう自信をもって、こういいました。

「歌えや歌え、わたしの袋

歌わないと、このこん棒をくらわすぞ」

しかし袋は歌いません。こじきは再び袋に「歌えや歌え」と命じました。だがやはりなんの返事もありません。そこでこじきはこん棒で力一杯袋を打ちすえました。すると便器が割れて、あの腐った汚物がへや中に飛び散り、恐ろしい悪臭がにおいました。

それがきっかけで、すべての罪が暴露しました。「そいつをなぐれ」「そうだ」「つかまえろ」「そのこじきをつかまえろ」。こうして、かれは捕らえられ、死刑にされました。

シルバ・カンポス『バイーアの民話と寓話』第五八話
(Mt. 311B*　歌う袋)

解説

これこそラテンアメリカとスペイン、ポルトガルにのみ存在する固有の民話というべきもので、アアルネ＝トンプソンの索引にも、スペインとラテンアメリカの類話しかあげていない。ラテンアメリカでは、本話のほかにキューバに一話、プエルトリコに二話が報告されている。

この型は分布範囲が狭いので、その構造は微細な点に至るまで非常によく似ている。少女がヒツジ、ブタのはらわたを洗いに、または水浴びか洗たくに泉か川へ行ったとき、父、母、または祖母からもらった大切な金の指輪または首飾りを置き忘れる。再びとりにもどって悪人(こじき)に会い、悪人は持っていた袋に少女を入れ、金もうけのため、家から家へと、袋を歌わせて歩く。ついに偶然、少女の家へ行き、歌うと、母親は自分の子であると知って、悪人を家に泊まらせ、夜の間に袋の中から少女を救い出して、その中に犬とネコ、またはカエルとヘビを入れておく。悪人は後に袋をあけて、顔をひっかかれるか、鼻にかみつかれる。

この民話がスペインやラテンアメリカでは非常によく知られた話ではあっても、世界的に見れば分布範囲が狭く、変種も少ないことは、この話の発生が比較的新しいことを示しているものであろう。

スペインにおいてこの話が作られた際、その基礎になったと想像される話として、エスピノーサはフランスの民話研究者コスカンの集めた材料から、四つの類話を参考として提示している。その第一は、次のようなアフリカの話である。

ある少女が食人種に捕えられる。その男は、少女を袋に入れ、袋に小鳥を入れているのだといって、少女に歌わせ、物ごいをして歩く。少女の家に立ちよったので、兄が声で知り、少女を取り出して、かわりにカエルとヘビを入れておく。

しかし、この話は、基礎になった話というよりも、むしろイベリア半島から伝わったもので、同一の型の一類話というべきものであろう。

エスピノーサの引用している残りの三つの類話――ベトナムの類話一話とインドのサンスクリット語の類話二話――は東洋に広く分布する誘拐された花嫁を、救出者が袋(箱、かご)の中から救い出し、かわりにトラ(ウシ)を入れておく話で、わが国にも集成第一二二「嫁の輿《こし》に牛」として十例近く採集されている。ただこの東洋の話から「歌う袋」が作られたとするには、若干まだ問題がありそうな気がして同意できない。

なお、この話は太陽と昼夜の交替を象徴した物語で、少女は太陽を、袋が夜を表わしているという神話学派の説があることだけを付け加えておこう。

8　ヘルンビー

ベネズエラ

ヘルンビーはとっても小さくて、すばしっこい子供でした。いなかのちっぽけな小屋で母親といっしょに貧しく暮らしていましたが、母親がふたりの食いぶちをかせぐため苦労しているのを見て、ついに出世を求めて世の中に出て行こうと決心しました。

ある夜、母親が寝ている間に起きて出発し、夜明けまで歩いて、それから昼も晩も何日も歩き通し、うっそうとした大きな森の真ん中にあるとってもきれいな一軒の家にたどり着きました。ヘルンビーはもう飢えと疲れで衰弱していました。長い道中、食べ物といえば、野生の果物さえ満足に口にしていないほどでした。そこでその家に近づいてドアをノックしました。すると背むしのとても奇妙な姿の老婆が戸をあけてくれました。老婆の髪の毛は、わらのようにカサカサして白く、指はとても長く、黒くて長いつめがはえていました。鼻はたいそう曲がっていて、鼻というよりふくろうの大きな口ばしのようでした。

老婆の奇妙な姿を見て、ヘルンビーは逃げ出そうとしましたが、老婆は長くて黄色いきばを見せてほほえみながら少年を引き止めました。

「ねえ。お前、何がほしいんだい。疲れておなかがすいているみたいだね。中にはいって何かお食べ」

ヘルンビーは仕方なく中にはいり、中でたくさんの子供たちが、見たこともないようなとてもすばらしいおもちゃで楽しそうに遊んでいるのをじっと見とれていました。そこへ老婆がお菓子やケーキや果物をヘルンビーに持って来てくれました。ヘルンビーがおなかが一杯になるまでがつがつ食べるのを老婆はほほえみながらながめていました。少年の食欲がやっと満たされたのを見ると老婆は「この家は子供たちの家だから、好きなだけここにいていいんだよ。好きなおもちゃで遊び、好きなだけ食べて、夜になって眠くなったら、清潔で真っ白なベッドに寝られるのだよ」といいました。

ヘルンビーは子供たちと遊び始めましたが、すぐにみんなと友だちになりました。子供たちは一日中遊び、お菓子を食べたりジュースを飲んだりしていました。寝る時間が来ると、老婆は子供をみんな大きいへやに入れました。そこには子供たちひとりひとりのためにたくさんの真っ白なベッドがありました。みんなが床《とこ》につくと、老婆が「おやすみ」をいって明かりを消しました。そして台所へ行くと引き出しから大きな包丁を取り出して、砥石《と》の上でとぎ始めました。とぎ終えると、少しようすを見てから子供たちの名前を呼び始めました。

「チチリフィ、カタラファ、アウンケマスチチリフィ、ケセラピオニャンゴ、パタコンフ、カタラニン、コキン、ヘルンビー」

子供たちはもうよく寝ていたので返事をしませんでした。すると老婆はだれにも自分のすることを見られないように、家中の明かりを消しました。

次の日、子供たちは起きて、入浴と朝食の後、いつものように遊び始めました。そのとき、ヘルンビーは前日いっしょに遊び、みんなの中でいちばんよく肥えていた元気そうな顔つきの子がいなくなっているのに気づきました。皆にそのことを知らせると、みんなも、そういえば毎日同じようなことが起こっているのに気づきました。子供たちは疑い始め、何が起こるのか調べてみようと決心しました。

その夜みんなは寝床にはいりましたが、だれも眠ろうとはしませんでした。老婆が明かりを消して出て行った後、包丁を砥石でこすっている音が聞こえ始めました。ヘルンビーは起き上がって、そっと老婆が何をしているか見に行き、すぐにもどって来て、みんなに老婆のしていることを話しました。老婆がこれからその包丁で何をしようとしているのかを子供たちは想像してびっくりしてしまい、小さな子はしくしくと泣き出しました。ヘルンビーはそれをなだめ、仲間に「おい、みんな、お婆さんは悪い魔女だ。いなくなった子供たちのように殺されないうちにぼくたちは逃げ出そう」

包丁をとぐ音がやみ、今度は老婆の声が聞こえて来ました。「チチリフィ……ヘルンビー」「ぼくたちが寝ているかどうかためすために呼んでいるんだ。だからみんなで返事をしよう」とヘルンビーはいいました。子供たちはいっせいに「なんですか、お婆ちゃん」と叫びました。「なぜ寝ないんだね」「眠たくないんですよ」

すぐに子供たちは逃げる用意をしました。ふとんとまくらを窓の下に積んで、ほとんど全員が窓から外へ飛び出したとき、また老婆の呼び声が聞こえて来ました。「チチリフィ……ヘルンビー」。子供たちはみんな家の外に出てしまっていましたが、そこから「なんですか、お婆ちゃん」と答えました。少し距離が離れていたので、みんなの声は少し消えかかっていました。「少し静かになったようだ。寝かけているんだろう」と老婆は考えました。「なぜ寝ないんだい」と尋ねると、子供たちは遠ざかりながら「だって眠くないんだもん」と答えました。「ああ、もうほとんど眠ってしまっているわい。小さい声で聞こえやしない」と老婆は満足そうにつぶやきました。

子供たちは急いで逃げ続けました。老婆はその間、もうしばらくじっと待っていました。それからもう一度、子供たちみんなの名前を呼び始めました。遠くの方で、野原の静けさと、夜の暗やみの中で子供たちは老婆の声を聞き、声を限りに叫んで返事をしましたが、その声はほとんど家まで届きませんでした。もう一、二度老婆は呼び、子供たちも答えているうちに、とうとう夜が明けて、明るくなり始めました。子供たちは道がよく見えるようになったので、いっそう道を急ぎました。

子供たちが道を急いでいると、小さな声で弱々しくうめいているのが聞こえました。だれかが子供たちのそばで泣いているようです。子供たちはみんなで捜し始め、とうとう頭の平べったい、無気味な黒いトカゲが、草に足をからまれて動けないチョウに近づき、食いつこうとしているのを見つけ、ヘルンビーがその醜いトカゲをけとばしました。トカゲはまりのようにころがって、岩にぶちあたり、すごい音を立てて、爆発し、黒い煙をあげて消えました。子供たちは驚いて見ていましたが、さらに驚いたことには、チョウがだんだんと大きくなり、美しい少女に姿を変えました。みんなは口をあんぐりとあけて見とれていました。その少女はとても美しく、身につけている輝くばかりの美しい色彩だけが、チョウの面影を残していました。

「あなたさまはわたしの命を救ってくださいました」と少女はヘルンビーに向かっていいました。「わたしはこの野原の仙女です。あのトカゲはわたしをいつも苦しめていた最も悪い敵で、恐ろしい魔法使いなのです。助けてくださったご恩返しに小さい贈り物をさしあげましょう」

そうしてヘルンビーに糸玉と小さい鏡と赤い小石を渡し、「もし追いかけられたら、一つずつ後ろへ投げつけるだけで、敵を防ぐことができますよ」と付け加えました。ヘルンビーは仙女にもらったものをじっと見つめて、目を上げるともう仙女は姿を消しており、ただそこには金色のかすかな煙が空中にただよっているだけでした。

こうしている間、老婆は最後に子供たちの名を呼びましたが、返事がないので、大きな包丁を手に寝室へはいって来ました。しかしそこにだれもいないのを見て怒り出し、ほうきに乗って空中に飛び上がり、子供たちを追って行きました。ずいぶん飛んでから遠くの森の端を一列になって歩いている子供を見つけ、恐ろしい声を上げておどしました。子供たちが恐れて立ちすくんだので、ヘルンビーはすぐに仙女のくれた糸玉を後ろへ投げました。するとすぐにかれと老婆の間に天まで届くカズラの茂みが現われました。

老婆は腹を立て、その長いきばでかじり始め、子供はその間に逃げ延びました。一日歩き続けたころ、老婆はカズラの中にトンネルをあけて抜け出られたので、また子供たちを追いかけました。再び子供たちが追い付かれそうになったのを見てヘルンビーは、また仙女にもらった鏡を投げて奇跡を起こしました。今度は広くて深い湖が現われたのです。

老婆は怒って何度もじだんだを踏み、ののしり声を上げました。老婆は泳げなかったので、水に飛びこんでおぼれるのを恐れ、水を飲み干そうと岸辺で水を飲み始めました。何時間もかかってやっと通れるようになったとき、子供たちはもうずっと遠くまで逃げ延びていました。老婆はさんざんな目にあい、体を曲げたまま、やっと走り続けました。もう疲れきって飛べなくなっていたからです。

子供たちは、足を引きずりながら、ときどき大きく飛びはねて老婆が追って来るのを見ました。老婆がごく近くにやって来たとき、ヘルンビーは地面に赤い小石を投げました。すると地面からとつぜん厚い火の壁が現われ、大きい炎は雲まで届いていました。次から次へと現われる障害にもひるまず、老婆はのろいのことばを叫んで力を振り絞り、あえぎながら空中を登って行きました。炎の頂上まで登りつきましたが、ちょうど乗り越えようとするときに力が尽き、炎の中に落ちて黒焦げになってしまいました。

子供たちはほっとして歩き続けました。ヘルンビーが子供たちのひとりひとりを父母の家に連れて行くと、子供の親はみな喜んでヘルンビーとかれの母親に贈り物やお金をくれ、ふたりはたいへん金持ちになって、もう離れて暮らすこともなくなりました。

コロリン・コロラオ（赤いベニヒワ）この話は終わった。

「ヒョウ・トラ・ライオン――ベネズエラ幼年雑誌第三九号」より
（Mt. 327B　こびとと巨人）

解説

こびとが兄弟、または仲間とともに巨人または魔女の家に泊まり合わせ、仲間が食べられたのを知って、魔女の娘とナイトキャップを交換し、あるいは、その他の方法によって難を逃がれ、追跡を振り切って逃走するのがこの型の特徴である。ラテンアメリカでは本話のほかにドミニカ共和国、プエルトリコ、アメリカ・コロラド州各二話、アルゼンチン、ブラジル各一話が報告されている。

この型の物語は、次の二つの特徴を持っている。第一は主人公の「異常誕生」である。「小サ子」が神の申し子であり、尋常の人の及びもつかない能力を持つことは、多くの民族の昔話の中で広く語られる。本話では、誕生のことはのべないにしても、「小サ子」であったことは明らかにのべられている。

第二は呪的逃走《マジック・フライト》である。呪的逃走には一般に呪物による主人公の身代わりの返答と呪物による障害物の二つがある。「身代わりの返答」は、たとえばドミニカ共和国の類話「チキティンと魔女」で、唾液が返事してくれる例があるが、――わが国の類話では護符が返事してくれるのが普通――本話では、主人公たちが遠ざかりながら返事をすることになって、合理化が行なわれている。呪物による障害物として、本話では、糸玉と鏡と赤い小石が現われている。これらの物は民話でよく呪宝とされるもので、とくに鏡は諸民族に共通して呪的な霊力を持ち、降霊の用具でもあった。糸玉または麻玉も欧州の民話によく現われるが、霊をつなぎ止める用具だったのかも知れない。小石が何を意味するかは明瞭でないが、赤い色が塗られていたことは、フェティッシュ(物神)としての性格を持っていたものといえよう。このほか障害物を作り出す呪物としては、塩、くし、麦わら、ブラシなどがある。

なおこの民話は「ヘンゼルとグレーテル」型(Mt. 327A)と似ているが、これは貧苦のため、または継母の迫害によって兄弟が森に捨てられる物語で、主人公は「小サ子」ではなく、呪的逃走はなくて、積極的に魔女を攻撃する点で異なっている。しかしペローの「親指小僧」のように、両親に捨てられる点では「ヘンゼルとグレーテル」型であるが、「小サ子」であり、トリックによる逃走が伴う点は「こびとと巨人」型であるような中間型も存在する。

わが国では「小サ子」(一寸法師など)も呪的逃走(三枚の護符など)も多くあるが、これらと欧米の類のあいだには伝播関係を考えない方が妥当であろう。

9　死神の名付け親

ドミニカ共和国

昔、八人も子供を持った貧乏な男がいました。最後に生まれたむすこに、もうだれも名付け親になってくれる人がいないので、大きくなるまで洗礼を受けさせてやることができませんでした。ある日、道を歩いていると、ひげを長くのばした老人に姿を変えた主イエス・キリストに出会いました。だが、主はその子に洗礼をほどこすのをおことわりになりました。また歩き続けて行くと、こんどは、長いしっぽをぶら下げた男に出会いました。その男はすぐ名付け親になることを引き受けてくれました。洗礼がすむと、その男は名付け子に一本のびんを渡してこういいました。

「わしができるただ一つの贈り物はこの薬だよ。これを持ってお前は医者になりなさい。お前が病人のところに呼ばれたら、よく病人のまくらもとを見るんだよ。もしわしがまくらもとにいたら、お前はこの薬を飲ませなさい。そうすれば、病人は必ずなおるよ。でも、もしわしが病人の足元にいたら、どんなことをしても無駄だから、あきらめなさい」

　あるとき、国王が重い病気にかかり、「余の病気をなおしてくれた者に、王女との結婚を許そう」といわれました。医者になって成功していたむすこはこれを耳にして、さっそく宮殿へ出かけて行きました。しかし王さまの寝所へやって来ると、驚いたことには、死神は王の足元にいたのです。困ったむすこは、四人の力の強い家来を呼びよせて、ベッドを持ち上げさせ、まくらもとと足元が、ちょうど反対になるように、すきを見てベッドを動かしました。こうして死神をうまくだまし、持っていた例の薬を数滴与えると、国王はすぐに全快し、こうしてむすこは王女と結婚することになったのです。

　しかし、結婚式の当日、死神は名付け子をあるほら穴に呼び出していいました。「ごらん。ここには世界中の人びとの生命のともしびがあるのだよ。お前のはもう少ししか残っていない」

　むすこは「お願いです。せめて結婚式だけでもあげられるよう、わたしのともしびに、もう少し油をつがせてください」といって必死に頼みました。死神は油がなくなりかけている火ざらに、やっと油をつぎ足すことを許してくれました。むすこは注意深く油をつぎ足しましたが、油が芯の上に落ちてしまい、火は消え、むすこはかわいそうにそのほら穴の中で倒れて死んでしまいました。

アンドラーデ『ドミニカ共和国の民俗』第二二九話
（Mt. 332　死神の名付け親）

解説

欧米には、悪魔や死神と契約して富をえ、後に智恵の働きによって相手を裏切って、約束を果たさないといった内容を持つ民話が多くある。悪魔に魂を売り渡すということは、現実に行ないうることだと以前には広く信じられていた。しかし後には、その恐るべき悪魔さえ人間の智恵には敗れるものだという展開を見せるためには、人間中心の世界観の確立が必要だったと考えられ、この種の民話の成立年代をほぼ近世以後と推定することができよう。ともあれ、死神をうまくだましおおせて富をえるが、結局死そのものを征服することができなかった本話はなかなか深い味を持っているといえよう。

この型の類話もほぼ全欧米に分布しているが、ラテンアメリカでは本話のほかにドミニカ共和国に一話と、アメリカ・コロラド州に三話、ニューメキシコ州に一話が報告されている。

なお、この民話はイタリアでオペラ化され、「くつ直しのクリスピーノ」となり、三遊亭円朝によって落語に改作され、「死神」または「誉れの太鼓」という題で、現在でもさかんに口演されている。

10 死体のはらわた

アルゼンチン

昔、ある村にまだ若くて子供のいない夫婦がたいへん貧乏な暮らしをしていました。夫は時には仕事を捜しに出かけて日雇いに雇われ、ときどきわずかの金をかせいでいましたが、ほとんどいつもは何もせずブラブラしていました。家にいる妻は洗たくをしたり、つくろい物をしたりして夫が帰って来たとき、なんとか食べる物を用意しておこうと四苦八苦していました。

そんな状態のある日、とうとう何も食べる物がなくなり、妻はせっぱつまって墓地へ行こうと決心しました。墓のふたをあけ、死体のはらわたをえぐり取り、墓を元のようにふたして、墓地からさほど遠くない自分の家に持ち帰りました。死体のはらわたを何回も水洗いし、ていねいに火であぶり、親切な隣りの女がくれたタピオカの根を水だきに煮こんだものとつけあわせ夫に出しました。夫婦は安心してこれを食べました。

やがて夜もふけ、ふたりは床《とこ》にはいって、間もなく、戸口をこういいながら、トントンとたたく音がしました。

「今日墓地で盗んだはらわたを返せ……」

「ねえ、あなた、だれかしら」「心配するな、すぐに帰るよ」

しかし不思議な声はいい続けました。

「おれは帰らないぞ、この家の戸口にいるぞ」

「あなた、いったいだれなの」「こわがるな、すぐ帰るよ」

そのおびえた妻は恐ろしさで気も狂わんばかりになって、そばに寝ている夫に強くしがみつき、震えながら尋ね続けました。

「あなた、だれなの」「心配するな、すぐ帰るよ」

「おれは帰らないぞ、永久にお前を恨み続けるぞ」

そうして、その死体ははいって来て、妻の髪の毛をひっつかみ、墓地まで引きずって行って殺し、はらわたをえぐり出すと、それを自分の腹の中にもどし、再び墓の中にもどって行きました。

スサナ・チェルトゥディ『アルゼンチンの民話』第一巻、第四三話
（Mt. 366　おしおき台の男）

解説

本話はブラジルとの国境に近いコリエンテス州のサント・トメで採集されたもので、グリム昔話第二一一番「おしおき台の男」のように、死体のはらわたを切り取って食べた者にたいして、死体が復しゅうする話である。

ドイツとデンマークに著しく多く採集され、フランスがそれに次いでいる。その意味では、北方のゲルマン世界からスペイン・ポルトガル語圏にはいって来た怪奇譚のようである。

ラテンアメリカでは、本話のほかに二話が知られているにすぎない。

プエルトリコの一つの類話は、本話と非常によく似ている。

ある夫婦は食べる物にもこと欠き、夫は食物を捜していて、死体置場を通りかかり、腐らずに残っていたはらわたを持って帰る。まもなく夫が出かけた間に妻はそのはらわたを料理して食べてしまう。その夜妻が寝ていると、どこからともなく「今バルコニーにいるぞ！…家にはいったぞ…食堂にはいったぞ…さあ、もうへやにはいった

ぞ！…」という声が聞こえて来る。妻は恐ろしさのあまり、ぼうぜんとして、なすすべもない。「…ベッドのそばまで来たぞ！…ふとんをはがしにかかるとするか…おれのはらわたはどこだ！」。妻は驚いてショック死し、夫も外から帰ってみて、妻が死んでいるのを見たとたん、発作を起こして死んでしまう。

もう一つのプエルトリコの類話は、少し本話とは内容が違っていて、盗むものは、はらわたではなく、病気治療のための死体の頭蓋骨であり、話の登場人物は夫婦ではなく、兄弟である。最後にやはり、頭蓋骨の中にたまった水を飲もうとした体の不自由な兄は、追って来た死体に殺される。しかしこれは、「死体のはらわた」とともに、ドン・ホアン伝説の中心テーマである「道ばたのシャレコウベ」の話にもよく似ている。

アメリカの民話研究者エスピノーサは、この「死体のはらわた」の話は「マリア・ドーラ」と呼ばれる、スペインのアストゥリアスやパレンシアの隠れん坊遊びと関係があるといっている。この遊びは、ひとりの女の子がマリア・ドーラになり、ひとりが母親に、ほかの子供は皆娘になる。母親と娘が家の中に隠れ、鬼のマリア・ドーラが外にいて「マリア・ドーラだぞ。はらわたを食っちゃうぞ」という。娘たちは「おかあさん、あれ、だあれ」と聞く。母親は「もうじきいなくなるから静かにおし」という。外にいる鬼は「ここにいるぞ、階段を登るぞ」といって、だんだん家の中にはいり、だれかを見つけて、髪の毛をつかむ。つかまれた者が次のマリア・ドーラである。

この遊びはスペインのみならず、ラテンアメリカにも諸方に残っているといわれ、明らかに、この「死体のはらわた」の話が広く分布していたために生まれた遊びであろう。

この話の道徳的な要素、すなわち死体の一部を盗んだ人間、および人食いに対するきびしい罰は、明らかに西洋のキリスト教思想によってはぐくまれたものであり、スペイン系の人びとの死体損壊に対する強い怖れと深い関係を持っていると思われる。スペインやラテンアメリカでは火葬をさえ非常に恐れ、あるラテンアメリカの人は筆者にその理由を説明して、「復活のとき、魂のもどる肉体がなくなっているから」といった。そのような民俗観念が、中世以後生まれた「魔女」の典型的行為として、しばしば人肉を食うエピソードを生む下地となっているのであろう。

11　魔法をかけられた三人の王女

ドミニカ共和国

昔、ひとりむすこを持った王さまがいました。この王子は冒険を求めて世の中へ出て行きました。ある日、王子は老婆がひとり住んでいる家にたどりつきました。老婆は王子をたいへん親切に迎えてくれました。寝るときになって、王子は「冒険を求めて漫遊しているのだが、このあたりに何か変わったことはないか」と尋ねました。すると老婆は「向こうの方に三人の美しい王女が魔法にかけられて三つの金のリンゴの中にいるが、三人のばかでかい巨人が王女を見張っているから、王女を救い出すのはたいへん危険じゃ」といいました。けれど王子は少しも困難などは気にかけず、三人の王女を救いに行こうと決心し、王女が魔法にかけられている場所を教えてほしいと老婆に頼みました。

王子がどんな危険をも恐れず、大胆にも王女を救いに行こうといい張るのを見て、老婆は王子に「これからわたしのいう通りにしてごらんなされ」といいました。「まず、その道を行って、羊の群れを連れた羊飼いに出会ったら、その羊を買いなされ。そしていっしょに連れてお行き。次に小麦を背負った男に出会ったら、その人から小麦を買いなされ。最後にあなたはアリの大群に行く手をはばまれるだろう。しかし道の片側に小麦をばらまくと、アリはそれを食べに行くから、楽に通れるだろうよ。それからたくさんの猛獣がいて、あなたに飛びかかって来るだろう。しかしそれも羊を投げてやれば難なく通れるだろう。そのあとで、あなたは三つの大きな実をつけたリンゴの木を見つけるだろう。でもリンゴの木の根元には三人の巨人がいるでな。もし巨人たちが目をあけているときは(眠っているから)恐れることはない。あなたは三つのリンゴをうまく手に入れて逃げおおせることができますじゃろう。でもわたしはあなたにどんなにのどがかわいても、リンゴは決して割っちゃいけないということだけはいっておきますよ。もしそんなことをすれば、王女たちもいなくなってしまうし、あなたの苦労も水の泡になってしまいますからね」

そこで若い王子は出発しました。そして老婆がいったことと全く同じことが起こりました。そして帰り道で、三つのリンゴを持った王子はのどのかわきのために死にそうになりました。そこで老婆の忠告を忘れてしまい、リンゴの一つを割ってみたい誘惑にかられました。そこでリンゴを割ると、とても美しい王女が出て来て、「水をちょうだい、のどがかわいて死んでしまうわ」といいました。王子はそのあたりに水を捜し回りましたが、どうしても水は見つかりませんでした。そして残念にも王子の腕の中で美しい王女は死んでしまいました。そこで川岸に着くまでは、残った二つのリンゴを割るまいと誓いました。しかしのどのかわきがあまりにひどいので、たぶんリンゴには王女がはいっていなくて、のどのかわきをいやしてくれる水気《け》があるだろうと考えて、二つ目のリンゴを割りました。

しかし最初のリンゴと同じことが起こりました。そこであんなにも美しい王女をふたりも死なせてしまったので、三人目だけは失いたくないと王子は考え、たとえかわきで死んでしまっても残る一つのリンゴは割るまいと決心しました。

とうとう川岸に着いて、王子は最後のリンゴを割りました。するとそこから前のふたりの王女よりもさらに美しい王女が現われて、王子に同じことをいいました。そこで王子はすぐに走って行って水をくんで来たので王女は死にませんでした。王子はこんなにも美しい王女と結婚できるので気も狂わんばかりに喜んでいました。王子はすぐに父の国王がいる町へ出発しようと決心しました。しかし王女といっしょに（宮殿へ)行ってはまずいと思い、少し離れた川岸に王女を残して、父王にすべての事情を報告に行きました。

王女はたいへんこわがりなので、木に登って王子の帰りを待ちました。その森にはいつも水がめを持って水をくみにやって来る黒人の魔女が住んでいました。その日は木に登った王女の影が川に映っていました。魔女は水がめに水をくみながら、王女の影を自分の姿だと信じました。そしてしばらくその影を見つめていましたが「わたしって、こんなに美しくって、かわいらしいのだわ。それなのに水くみをするなんて、水がめなんて割ってしまえ」というと、水がめを割ってしまいました。王女は黒人女のことばを聞いて、笑いをこらえることができませんでした。黒人女は王女に嘲笑されたのを知って木に登って行き、王女の頭にピンを刺しました。すると王女はハトになって飛んで行ってしまいました。

すぐあとで、王子と国王が王女を捜しにやって来ました。しかし「この黒人女が、お前のいっていた美しい王女なのか」といって、たいへん怒りっぽい国王は王子にどなり散らしました。王子は「そうではありません」と父王に誓いましたが無駄でした。国王はこらしめのため王子と黒人女を結婚させました。

王子はいつも王女のことを考えながら、悲しい毎日を送っていました。しかしある日、宮殿にいる子供と木に止まっている白いハトの会話を聞いてとても驚きました。

「黄金の庭師は……」「王さまさ」

「じゃ、モーロ人のお妃は……」「おへやにひとりでいらっしゃる」

「それじゃ勇敢な王子さまは」「時には歌い、時には泣いていらっしゃるよ」

「そして哀れなわたしは、山でひとりぽっちなの」

そういってハトは飛び去って行きました。王子はハトを捕えようとして、木にニカワを塗っておきました。すると間もなく、ニカワがくっついてしまって、飛べないでいるハトを捕えることができました。

ある日、王子がハトをかわいがっていると、指にピンが触れたので抜き取ると、たちまちハトは王子が以前に会った王女の姿にもどりました。そこで王子は、走って行って王さまに会い、王女を紹介しました。王女は今までのできごとを王さまに話し、黒人の魔女は絞首台に送られ、王子は美しい王女と結婚してしあわせになりました。

アンドラーデ『ドミニカ共和国の民俗』第一五〇話

（Mt. 408　三つのオレンジ）

解説

この物語は一般に「三つのオレンジ」と呼ばれ、広く欧米に分布し、アアルネ＝トンプソンのリストには約二八〇の類話が記録されている。中でも、特に分布の濃厚なのはスペイン語圏とイタリア語圏で、ラテンアメリカでは、二十八の類話を筆者は知っている。

完全な形では、次の三つの基本的要素からなっている。第一は三つの愛のオレンジの獲得と、最後のオレンジの中の不思議な恋人との出会い。第二は、黒人奴隷の娘が女主人公の頭に魔法のピンを刺し、ハトに変身させる挿話。第三は奴隷娘の花嫁への扮装と、花園へ飛んで来るハトの捕獲による真の花嫁の再発見である。第一は魔女の家からの呪的逃走のモチーフと、第二は「白雪姫」のように一時的な死をもたらす呪物のモチーフと、第三は欧州のさまざまな型の民話中に見いだされるいつわりの花嫁の物語と関連している。ラテンアメリカの類話のうち、約七割は本話のようにこの三つの要素をともに持っているが、中には、最初の挿話すなわち果物からの美女の誕生を欠くものもあり、欧州の民俗学者は、この要素を持つものをⅠ型、持たないものをⅡ型として二つのサブタイプに分類している。

また第一の要素に出て来る果物はオレンジがもっとも多いが、本話のようにリンゴの場合もあり、時にクルミ、ザボン、ザクロ、レモンなど、いろいろな変化があるが、瓜子《うりこ》姫や桃太郎などと同じように、果実からの異常誕生は民俗学上かなり重要な問題を含んでいる。

この物語の欧州での最古の類話は十七世紀ナポリでできたバジーレの『ペンタメロン』第五日第九話「三つのシトロン」で次のような物語である。

王子は指の傷から流れ出る血を見て、血のような色の口びるをした少女と結婚すると誓う。数度の冒険の後、老婆に三つのシトロンをもらい、三つ目から恋人をえる。下女が恋人をくしでとくとき、魔法のピンで刺してハトに変える。ハトは王の料理人と話し、王はそのハトを捕えさせる。にせの妻はハトを殺させ、その羽毛からシトロンの木が生える。シトロンの木に三つの実がなり、その一つずつから美女が現われ、三ばんめに真の花嫁がはいっている。

この物語は東方《オリエント》起源と考えられる。とくにエプタメロンの物語は現代インド、中近東の類話とモチーフにおいて直結している。たとえばフランスの民俗学者コスカンの引用するインド現代の昔話は古い伝承を持つと思われるが、次の通りである。

多くの冒険の後、王子は托鉢《たくはつ》僧からザクロを手に入れ中から美女が現われる。彼女を見て王子が気を失っている間に、黒人娘が婦人を井戸に投げ入れ、王子に自分がザクロの美女だと信じさせる。井戸からアヤメがはえ、にせの妻が、それを切って捨てると、そこからハッカがはえて真相を告げる。料理人が驚いて捨てるとそこからザクロがはえ、実が地上に落ちて割れ、真の花嫁が現われる。

また泉に水をくみに行った奴隷女が水中の影を見てかめを割るモチーフはオリエントの文学ではよく知られた一つのまとまった物語をなしている。

なお、この物語は東洋には伝わっていないらしい。

12　ヘビの恋人

ペルー

昔、ある夫婦にひとり娘がいました。娘は毎日山へ家畜の世話に出かけました。この夫婦にはこの娘よりほかに子供がいなかったので来る日も来る日も、娘に牛を牧場へ放しに行くようういいつけました。娘はもう年ごろでとても美しい少女でした。

ある日、丘の頂上にいると、背のすらっとした、たいそうりっぱな若者が彼女に近づいて来て「わたしの恋人になってくれないか」といい、娘に恋をささやき続けました。若者は背が高く、たくましく見えたので、娘は承知しました。その時からふたりは山で会うようになりました。「わたしのためにいつも焼いた小麦粉を持って来ておくれ」と、若者はいつも娘にいうのでした。娘は恋人の頼みを聞き入れて、毎日料理した小麦粉を男のもとに運び、お互いに準備しながら、いっしょに食事をしました。長い間、ふたりはこのようにして過ごしていました。若者はちょうど小さい足をたくさん持っているかのように、うつぶせになって歩き、走り、またはい回りました。この若者は実は人間ではなくヘビだったのです。しかし娘の目にはすらりとした背の高い若者に見えていたのです。

娘は妊娠したので若者にいいました。「子供ができたらしいわ。両親が知れば、わたしを叱り、子供の父親はだれかと尋ねるでしょう。ふたりでわたしの家へ行くか、あなたの家に行って住むか決めねばなりませんわ」

若者はいいました。「お前の家へ行かねばならないだろう。しかしわたしは自由にはいることはできない。お前の家の粉ひき機のそばの壁に、石をそうじするヘチマをしまっておくくぼみがあるだろうか」「ええ、粉ひき機のそばにくぼみがあるわ」「じゃ、わたしをそこへ連れて行っておくれ」と若者はいいました。そこで娘は「そのくぼみで何をするの」と尋ねました。「そこで昼も晩も過ごすのだ」「無理ですわ、とてもはいれないわ。たいへん小さなくぼみですもの」「はいれるよ。住まいとして使えるよ。それからお前はどこで寝るんだい。台所かね、それとも穀物倉かね」「わたしは台所で両親といっしょに寝ています」と娘は答えました。「じゃ、どこに粉ひき機があるのかね」「それは穀物倉にあるわ」「それじゃ、わたしが行くとき、お前は粉ひき機のそばの床の上に寝ていなさい」「でも、どうすれば両親と別に寝られるでしょうか。両親はわたしがひとりで寝ることをとても許さないわ」『どろぼうが穀物を盗まないか心配だから、見張りのためにわたしが倉で寝ます』と両親にいえばよい。それから、お前だけが粉ひき機を使いに倉の中にはいり、両親が倉へはいるのを許してはいけない。そして粉をひくごとに、わたしが住むそのくぼみに、ひと握りの粉を投げこんでおくれ。それだけを食べて暮らそう。ほかの物はいらない。両親に見つからないよう、粉ひき機をそうじする布きれで用心してくぼみへふたをしておくれ」。そこで娘は「あなたはわたしの両親に堂々と会ってくれないのですか」と尋ねると、「いや、それはだめなのだ。そのうち両親の前にも出よう」と答えました。「それで、そのくぼみであなたはどんなふうにして暮らすのですか。くぼみはとても小さく、布きれでさえはいらないわ」「中を広げておくれ」「いいわ。それじゃ、きっとあなたはそこで暮らせる方法を知っているのでしょうね」と彼女はいいました。「だがまず、わたしを連れて行っておくれ。家の土べいの後ろで待っていよう。夜になってから穀物倉まで案内しておくれ」「いいわ」と娘は答えました。その夜、娘はひとりで家へ帰り、こっそり穀物倉へはいって粉ひき機のそばにあったくぼみを掘り広げました。

次の日、家畜の群れを牧場へ放すため山へ出かけ、いつもの場所で恋人と会いました。

「ヘチマのくぼみを広くしておいたわ」とかれにいいました。日が暮れると、ふたりはいっしょに家に向かい、家の後ろの家畜の囲い場に若者を残し、夜がふけてからやって来て、粉ひき機のそばのくぼみまでかれを案内しました。若者は穴の中に静かにすべりこみました。その日の晩、娘は両親に「おとうさん、おかあさん、穀物倉にどろぼうがはいって食料をみんな盗んで行ってはいけませんから、これからわたしは倉で寝ることにします」といいました。両親は「そうかい」といって娘に同意しました。娘は倉に寝床を運び、粉ひき機のそばの床の上に広げました。ヘビは寝床の中にすべりこんで来て、ふたりはいっしょに寝ました。

その日以来、ふたりはいつもいっしょに寝ていました。粉ひき機を使わねばならないときには、娘が自分で使い、ほかの人が使うことを許しませんでした。そしてそのたびにくぼみになんばいかの粉を投げ入れて、出かける前には粉ひき機をそうじする布きれでくぼみを閉じておきました。そのようにして、両親も、だれもその穴に何がいるのか見もしないし、なんの疑いも持たず、くぼみのふたを取って中をのぞいて見ようとさえしませんでした。ただ娘の妊娠している様子に気付いて、不安に思い、聞こうと決心しました。「娘に子供ができたようだ。父親がだれなのか聞きただして見る必要がある」。両親は娘を呼んで「お前は妊娠しているようだが、子供の父親はだれなんだい」と尋ねました。しかし彼女は答えませんでした。そこで父と母は交代に尋ねてみましたが、やはり娘は黙っていました。

とうとう娘は出産の苦痛に来る夜も来る夜も苦しみだし、両親は彼女を看病しました。その間、ヘビは娘の寝床にはいりこむことができませんでした。ヘビは大きく成長して壁の穴にはいりきれなくなり、くぼみに住めなくなっていました。毎日娘の血を吸って太り、赤っぽくなっていました。そこで粉ひき機の根元を掘って、そこに穴を作り、住まいを移しました。しかし粉ひき機の下に掘った穴は、恋人たちにはもうおおい隠すことはできませんでした。そこで娘は毎朝自分の寝床の毛布を穴の上に広げました。このようにして、両親が穀物倉にはいって来たとき、やっとのことで両親の目からヘビの巣を隠しおおせることができました。

娘が固く沈黙を守っているので、両親は自分たちで調べようと決心しました。そこで村の人たちに尋ねました。「娘がわけもなく妊娠したようなのです。どこかで、だれかと話しているところを見た人はありませんか。多分家畜に草をやる野原でのできごとだろうと思うのですが」。しかしみんなは「いや、見たことはないよ」と答えました。

「娘さんをどこで寝かせているのかね」とある人が尋ねました。「最初はわれわれと同じへやで寝ていましたが、穀物倉で寝るといってきかないので、今は粉ひき機のそばの床に寝床を置いています。そしていつも自分ひとりで粉をひきたがり、だれにも粉ひき機のそばに近よらせないのです」「どうして粉ひき機に人を近よらせないのだろう。娘さんはどういっているのかね」と尋ねたので、両親は「『わたしの寝床をよごされたくないから、おとうさんもおかあさんも近よらないで、わたしだけが粉をひきますから』と娘はいうのです」と両親は答えました。人びとは「でもどうして親が粉ひき機に近づくのをいやがるのだろうか」と不審がりましたが、両親は「娘はもう出産が始まりかけて、その痛みに苦しんでいるんです」といったので、みんなは「それじゃ、易者の所へお行き。そして見てくれるように頼んでごらん。普通の人にゃ何が起こっているのか、とてもわかりゃしないからね、いやはや大変なことだ」といいました。

両親は易者を捜しに出かけました。コカの小さな束を持って行き、娘のことを占ってくれるように頼みました。「娘の容態は悪く、原因もわからないのです」。易者は尋ねました。「娘ごはどうされたのじゃな。どこが痛まれるのじゃ」「娘は妊娠したらしいのですが、だれの子供かわかりません。ずい分前から、毎夜毎夜痛んで苦しんでおります。しかし子供は生まれないし、父親がだれかもいわないのです」と母親はいいました。易者はコカの葉で占いをしていいました。「あなたの家の粉ひき機の下に何かがいる。それが父親だ。それに父親は人間でない。人間じゃありませんぞ」「それでは、いったい何者でしょうか」。すると易者は話し続けました。「その中に人間ではなく一匹の太いヘビがいる」

「それじゃわたしたちはどうしたらいいのでしょうか」と両親は尋ねました。易者はしばらく考えこんでいたが、やがて父親の方に向きなおり、再び口を開きました。「娘ごはヘビを殺すことに反対し、『恋人を殺す前にまずわたしから殺して』とあなた方にいうじゃろう。そこでじゃ、娘ごを歩いて一日位かかる遠いよその場所へやりなされ。しかしこのいいつけでさえ従おうとはしないだろう。だから、どこかある村の名前をあげて、『その村に安産のできる薬があるらしい。その薬を飲めばお前は子供を産めると聞いたから、その薬を買って来なさい。もし今度もいうことを聞かないなら、お前をたたき殺してしまうぞ』とこのようにいいなされ。こういわなければとても行かせることはできなかろうて。そしてそれと同時に人びとを雇ってこん棒や山刀で武装させておいて、まず娘にいいつけを守らせて外へ出しなされ。娘ごが遠くへ行ってしまってから、みんなで穀物倉へはいり、粉ひき機をのけてごらん。きっと下には大ヘビがいること間違いなしじゃ。ヘビが死ぬまでなぐりつけなされ。飛びかかって来るかも知れんから注意してな。殺したら細かく切り刻んで穴を掘り、埋めなされ」「よくわかりました。あなたのお教えの通りにいたします」といって父親は母親とともに家へもどりました。

すぐに父親はヘビを殺す手助けをしてくれる、腕に自信のある人たちを捜しに出かけ、こん棒と鋭い山刀で武装した十人の男を雇いました。「明日、うちの娘が出かけた後で、だれにも見つからないように、そっとわしの家へ来てくれ」とみんなにいいました。

翌朝、早く娘を起こし、作らせておいた娘の弁当とお金を渡して、いかにも用事がありげにいいました。「このお金で安産のできる薬を買っておいで、川向こうのスマック・マルカ村にその薬があるから」。しかし娘はいいつけに従おうとはせず、「わたしはとても行けませんし、行きたくもありません」といいました。そこで両親は「も

し お前が行って、薬を持ち帰らなければ、お前をなぐり殺してしまうぞ。おなかの中の子供が死んでしまうまでお前をぶつぞ」といっておどしつけました。そこで娘は恐ろしくなって出かけて行きました。

娘が遠くに見えなくなるまで見送り、娘の姿が消えると、雇った男たちが父親の家へやって来ました。みんなは庭に集まり、コカの割り前をもらって、しばらくかんだ後、穀物倉にはいりました。そこにあった物を皆庭へ移し、最後に娘の寝床を取り出しました。みんなは武器を持ちました。肩にこん棒をかつぎ、山刀を握りしめて倉にはいり、粉ひき機をとり囲んで待っていました。粉ひき機を押しのけると、その下に太いヘビがとぐろを巻いていました。人間に似た大きな頭をもって、太い胴をしていました。「ワタックだ」。人びとは叫びました。

ヘビは見つけられるととび上がり、かま首をもたげるとき、その重い体は音をたてました。十人の男はヘビを打ち、傷つけ、切り刻みました。首を切って野原へ投げ出すと、そこであばれ始め、とび上がり、土の上をのたうち回りました。男たちはその首を追い回し、たたきつけ、落ちたところで息の根を止めようとしました。腕を振り上げて首をたたきつぶしました。血は地面を川のように流れ、ばらばらになった胴体

から も血が吹き出しましたが、それでも死にません。

へビの首をなぐりつけていたとき、ちょうど娘が帰って来て、中庭に集まっている村人を見ると急いで穀物倉の粉ひき機の方へ走り寄りました。石は血でぐっしょりぬれ、へビの巣はからでした。庭の方を振り返ると村人が娘の夫の頭をこん棒でなぐっており、へビは断末魔の叫び声を上げていました。「なぜ、どうしてわたしの夫の頭を打つの。なぜ殺そうとするの。これはわたしの夫です。わたしの子供の父親です」と娘は叫びました。

彼女はなん度も声を限りに叫びました。娘の声は家中に響き渡りました。血を見て驚き、叫ぼうとして力を出しきったために流産してしまいました。するとへビの子がうじゃうじゃと土の上をもつれあい、とびはね、はい回りながら中庭いっぱいに広がりました。

男たちはへビの子を一匹残らず追いかけてたたきつぶしてしまいました。ついに大へビも、へビの子も殺されました。それから地面に穴を掘り、また血を掃き清めました。家の中の血も取り除いて、穴の近くに集め、へビも血の固まりもいっしょに埋めました。娘は両親のへやへ連れて行かれ、そこで治療を受けました。穀物倉にあったものはみんな元の場所にもどされ、家の中も整頓されました。粉ひき機は滝までかついで行って、石をくくりつけ、滝つぼに投げこまれました。すべてがもと通りになると、父親は男たちに、その働きにふさわしい手当てを渡し、みんなはそれを受け取って帰って行きました。

しばらくしてから両親は娘に「どうして、お前はヘビと暮らすようになったんだい。お前の夫は人間じゃなくて悪魔だったんだよ」といいました。そこで娘はヘビとの最初の出会いからすべてのことを話しましたので、事件のすべてがはっきりとわかりました。

両親は娘の体をよく治療し、充分に世話をしてやったおかげで、娘は身も心ももと通りに回復しました。それからずっと後になって、娘は立派な男と結婚し、ふたりは幸福な生活を送りました。

ホセ・マリア・アルゲーダス『ケチュア族の民謡と民話』九五―一〇四ページ

（Mt. 425C　美女と野獣）

解説

この物語はわが国では異類婿入とか動物婿入と呼ばれ、外国の民俗学者は「美女と野獣」「アモールとプシュケー」「キュピッドとプシュケー」などと呼んでいる人間の女性と人間以外のものの男性との性的関係を主題とした民話で、グリムの「カエル王子」「鳴いてはねるシシドングリ」もこの種類の話である。

本話を語ったケチュア族はペルーを中心にエクアドル、ボリビアにも住むインディオ(原住民)であるが、かつてインカ帝国を建設した民族であるだけに古い文化と伝統を持った民族である。一般にラテンアメリカの原住民は神話伝説において固有なものを持っているが、民話では白人のものを借用している場合が多い。これは原住民の文化状態では、宗教の一要素としての神話伝説はあっても、文芸としての昔話が未発達であったといえるだろう。しかし、そうした中でも、本話などは明らかにスペイン人の影響を受けていない、この民族固有のものである。欧米の異類婿入については、古くはボルテとポリブカや、最近ではスワーンなどが詳細に研究し、幾つかのタイプも設定されている。しかし欧米の異類婿入に共通し、東洋のそれに対立する大きな差異は、男性が本当の動物ではなく、魔法をかけられた王子であり、最後には、恋人の力で魔法が解けて人間にもどるという点にある(この点でわが国の「タニシむすこ」に似る)。

東洋では、普通主人公は動物そのものであって人間にもどらず、最後に動物が殺されて、悲劇的結末に終わる。

ラテンアメリカでも、白人に伝承された動物婿入はすべて欧米型であるにもかかわらず、このケチュア族のものは、わが国の蛇婿入と同じ推移をたどるのは、インディオがアジア人種であるといわれているだけに、興味深い。

本話をとったアルゲーダスの原書には、本話と類似した「コンドルの恋人」がある。コンドルがケチュア族にとってはピュマ(アメリカライオン)とともにトーテム動物であるにもかかわらず、次のようにコンドルが殺されて終わっている。

昔、美しい娘が山で家畜の番をしていると、コンドルが立派な身なりの紳士に化けて現われ、ふたりは恋人になる。毎日、山で会っているうち、娘は妊娠したので、コンドルにあなたの家へ連れて行ってくれと頼む。次の日、コンドルは娘を連れて、絶壁に囲まれた谷底の巣に連れて行き、娘は初めて、恋人がコンドルであったことを知る。そこで毎日、屍《し》肉を食べて暮らすうち、子供が生まれる。一方両親は娘の失踪を悲しんでいると、蜂鳥が来て歌を歌い真相を知る。お菓子をやって娘の救いを頼む。蜂鳥は娘と赤ん坊を家に連れもどって、再びコンドルの巣に行き、近くの泉に住むカエルに援助を頼む。カエルは娘に姿を変え、泉でおむつを洗いながら、コンドルをからかう。コンドルは事実を知って毎日妻を求めて、娘の家に来るが、両親は蜂鳥のすすめで、大がめに熱湯を入れ、その中に落としてコンドルを殺す。娘も、コンドルとの間に生まれた子供も、それから幸福に暮らした。

また『アメリカ・インディアンの民話』(S・トムスン編、皆河宗一訳)中の異類婿入の例にも、離別するケースが多いことから見て、米大陸原住民のこの型の民話の東洋系であることが証明されるだろう。

13 悪魔の三本の毛

ドミニカ共和国

　昔、王女さまに恋をした若者がいました。しかし王さまは、王女との結婚をとても許そうとはしません。そしてある日、王さまは若者に「王女と結婚したければ、悪魔の頭の毛を三本持ち帰れ」といわれました。すると若者は「わたしは悪魔など少しも恐れておりません。これから捜しに出かけ、悪魔の毛を三本持って帰ります」と答えました。

　こうして若者は悪魔の毛を捜しに出かけました。ある村に着くと、その村の番人は若者に「いつもお酒のわき出していた『薬の泉』がかれてしまったのはどうしてか」と尋ねたので、若者は「帰りにここを通りかかったとき、教えてあげましょう」といって通り過ぎました。

　どんどん歩き続けて、またある村へ着きました。そこの村の番人は「金のリンゴがなっていた木が枯れてしまったのはどうしてか」と尋ねたので、若者は「帰りにここを通ったとき、教えてあげましょう」と答えました。

どんどん歩いて行くと、ある川へ着きました。するとひとりの船頭が若者の方へ近づいて来て、「わしは一生、ここで船頭をしていなければならないのかどうか、教えてくれないか」といったので「帰りに答えてあげましょう」といって、どんどん歩き続けました。

しばらく行くと、地獄の入口に着きました。ちょうど悪魔はるすで、おかみさんがるす番をしていました。おかみさんが「お前は何を捜しに来たんだね」と尋ねたので、「ご主人の頭にはえている毛を三本もらいに来たんです」と答えました。するとおかみさんは、「お前、とんでもない望みだよ。でも、わたしゃ、お前さんが気に入ったから、お前の望みをとげさせてあげよう」といって、若者を一匹のアリに変え、自分の着物の縫い目に隠してくれました。

そこで若者はおかみさんに、自分の知りたい三つのこと――どうしてお酒のわき出る泉がかれたのか、どうして金のリンゴのなる木が枯れたのか、船頭はいつまでも船頭をしていなければならないか――も尋ねました。おかみさんは「頭の毛を三本抜くとき、聞いてあげるから、よく聞いておくんだよ」といってくれました。

悪魔が帰って来ると、「ああ人間のにおいがする」といったので、おかみさんは『人間のにおいがする』というのは、お前さんの口ぐせだよ。まあゆっくりおすわりよ」というと、悪魔は腰を降ろしておかみさんにもたれかかり、やがて居眠りを始めました。おかみさんが毛を一本抜くと、悪魔はびっくりして「おい、お前何をするんだ」と叫びました。するとおかみさんは「わたしも、もたれて居眠りし、悪い夢を見たんだよ。それで思わず、お前さんの毛を抜いてしまったのさ」「悪い夢って、どんな夢だ」「わたしの見た夢は、お酒がわき出ていた泉が、もうお酒を出さなくなった夢さ」「そりゃ泉の石の下にヒキガエルがいるからさ、そいつを殺せば酒がわき出るさ」。悪魔はそういうと、また眠り始めました。

おかみさんがまた毛を一本引き抜くと、悪魔は「おい、お前何をするんだ」と叫びました。「わたしゃ夢を見ていたのさ、ある所に金のリンゴのなる木があって、その実がもうならなくなった夢を見たのさ」「そいつの根をかじっているネズミのせいだよ。そいつを殺せば、また金のリンゴがなるさ」。こういってまた眠り始めました。

おかみさんは三本目の毛を引き抜きました。すると悪魔はとうとう怒り出し、叫びながら、おかみさんをぶんなぐりました。しかしおかみさんはびっくりしたような顔をして「おやおや、だれがわたしを悪い夢からさましてくれたんだね。わたしゃ夢を見ていたんだよ。ある所に船頭がいて、もう船をこぐのに疲れてしまい、早くそこから抜け出したがっていたんだよ」といいました。すると悪魔は「そいつはばかだよ。かいを最初に通るやつの手に渡しゃ、こんどはそいつが代わって船頭をやるだろうさ」と答えました。

悪魔がほら穴から出て行くと、おかみさんはアリをまた若者の姿にもどしてやり、「ここに三本毛があるからね。もうお前の三つの質問の答えも聞いただろう」といいました。

そこで若者はおかみさんに別れをつげ、船頭と、ふたりの村の番人に答えを教えてやると、三人はとても喜んで若者にたくさんのお礼をくれました。若者はたいそう金持ちになって国へ帰りました。国王に悪魔の毛を三本渡したので、王は仕方なく王女との結婚を許しました。

やがて若者はスペインの国王になり、たいそう幸福に暮らしました。これも若者が何者をも恐れず、悪魔の三本の毛を手に入れることができたからです。

アンドラーデ『ドミニカ共和国の民俗』第一九八話

（Mt. 461　悪魔の三本のひげ）

解説

本話はわが国で「山神と童児」として南九州を中心に数話採集されている話であり、ほとんど全世界に分布する国際的民話の一つである。アアルネはこれについて一九一六年ヘルシンキから「金持と養子」という研究書を出しているが、その中でかれは、内容そのものが東洋的であり、インドで発生しただろうと結論づけている。インドではすでに五世紀にダマパダカタの中にこの話が見られるといわれる。欧州ではグリム第二十九番「金の髪の毛が三本ある鬼」や十七世紀前半ナポリで出版されたバジーレの『ペンタメロン』第四日第八話「七羽のハト」がよく知られている。ラテンアメリカでは、本話のほかにプエルトリコとアメリカ・コロラド州にそれぞれ一話が報告されている。

この型の標準型は次のような要素からなっている。

A　若者は王の養子になるという予言であり、どのような妨害も失敗する。

B　若者は悪魔の三本のひげを取りに地獄へやられる。

C　途中で若者はいろいろなことを尋ねられる。

D　悪魔の女房の助けで悪魔から質問の答えを聞き、三本のひげをもらって帰る。
E　帰り道、それぞれの質問に答えてやって、たくさんのお礼をもらう。
F　国王は若者の旅行を真似ようとして、船頭にかいを渡され、船頭を続けなければならない。
Cの質問について、本話以外に次のようなものがある。

竜はどうすれば天に登れるか――金の玉を人にやればよい。

王子(王女)はどうして病気か――洗礼式の際ネズミに盗まれた聖餅が返されればよい。

14 あらずもがなのことば

コスタリカ

昔、ふたりのコブのある仲間がいました。ひとりは金持ちで、もうひとりは貧乏でした。金持ちの男はたいへんなケチで、卵に塩さえかけないといったたちの人間でした。貧乏な男は金曜日ごとに山へたき木を切りに行き、たき木が乾くと町へ売りに行くのでした。

そんなある金曜日、男は山で道に迷い、帰り道もわからないまま、夜になってしまいました。あちこち歩き回って疲れ、その夜は木の上に登って夜を明かすことにしました。いつも仕事を助けてくれるロバを木の幹につなぎ、ほとんどこずえの所までよじ登って行きました。しばらくするととつぜん遠くの方に光が見えました。そこで木から降りてその光の方へ進んで行きました。光を見失うと、また木に登り、方向を確かめながら進んで行くと、それは明かりのついた家であることがわかりました。その家は森の中の一軒家でしたが、中でまるでにぎやかな祭りでもやっているように音楽や歌や大きな笑い声が聞こえてきました。

男はロバをしっかりつなぐと家に少しずつ近づいて行きました。騒ぎはずっと中の方でやっているようで、入口のそばの広間にはだれもいません。そうっと戸の陰に隠れ、戸のすき間から中をのぞいて見ました。広間は髪の長い醜い魔女でいっぱいで、サルのようにとびはねながらこんな歌を歌っていました。

月曜と火曜と水曜で三つ

何時間もたちましたが、あいも変わらず魔女たちは疲れも見せず歌い踊り続けています。

月曜と火曜と水曜で三つ

男は同じ歌ばかり聞かされて飽き飽きし、コブから出たようなダミ声で次のように歌を付け加えました。

木曜と金曜と土曜で六つ

叫び声や踊りがとつぜんやみました。「だれかしら、歌ったのは」と尋ねる魔女もあり、「わたしたちの歌にあんなにうまく続けたのはだれでしょう」「なんてすばらしいんでしょう」「歌った人にほうびをあげなくちゃ」という者もいました。みんなで捜し始め、とうとう戸の陰で震えていた男が見つかりました。さあそれから大騒ぎが始まりました。魔女たちは、この男をどのようにしてもてなせばよいのかわからないほど喜んでいました。男を立たせる者もいれば、すわらせる者もあり、こちらでキスをする者もおれば、あちらで抱きつく者もあるといった騒ぎでした。ひとりが「この男のコブを切り取ってやりましょう」といいました。哀れな男は驚いて、「とんでもないことを……」といいましたが、そのことばの終わらないうちに、それをいい出した魔女はナイフでサッとコブを切り取っていました。しかし少しの痛みもなく、一滴の血も流れませんでした。やがて宝物を入れてあるへやから金貨の一杯はいった袋を取り出して、歌をうまく続けてくれたお礼だといって男にくれました。男はロバをひいて来て、金袋を載せ、魔女の教えてくれた方向に進んで行きました。その家を離れて行くとき、魔女たちが大声で歌っているのが聞こえました。

　月曜と火曜と水曜で三つ
　木曜と金曜と土曜で六つ

難なく男は家へもどって来ました。家では妻と子供たちが、父親に何か変わったことでもあったのではないかと嘆き悲しみながら男を待っていました。

男は自分の冒険を語って聞かせ、妻に金持ちの家へ行って金貨を量るのに使うマスを借りて来るようにといいました。妻は家でるす番をしていた金持ちの妻に「ねえ奥さん、マスを貸してくれませんか。主人が集めて来た豆を量りたいのでね」といいました。しかし金持ちの妻はこれは変だと思い、心の中で考えました。「ちょっとお待ちよ。あの女の主人は畑に何もまかなかったんじゃなかったか。あの貧乏な男が、あの小屋の四本の柱が立っているちっぽけな土地しか持っていないことはだれよりもわたしたちがいちばんよく知っているんだからね」

そこで貧乏な夫婦が何を量るのか探り出そうと、マスの底にニカワを塗り付けておきました。夫婦は金貨を何杯量ったかその数を忘れてしまうほど何杯も量りましたが、返すときマスの底に金貨がくっついているのには気づきませんでした。金持ちの妻はたいへん慾が深く、他人が何を食べていてもがまんできないほどでしたので、金貨を見ると驚いて十字を切り自分の夫を捜しに出かけました。そうして「ねえ、あんたはあの男が落ちぶれてどうにもならないほどひどい貧乏だといったけれど、そりゃ大きな間違いだよ」。こういって妻は夫にマスを見せ、できごとを話しました。そうして夫をそそのかし、貧乏な仲間を捜しにやりました。

「やあお前、いいことがあったそうだな。いったいどうして、マスで金貨を量るようになったんだい」と金持ちは話しかけました。貧乏な男はうそなんかついたことのない正直者でしたので自分の冒険を手短かに仲間に話してやりました。金持ちはうらやましく思いながら家へ帰りました。妻は「あなたにもきっと同じことが起こりますよ」とおだてて、夫に山へたき木を切りに行くよう勧めました。

金曜日の朝早く、かれは五頭のロバを連れて出発し、一日中、山でおのを振っていました。そして日暮れごろ山奥へはいって、わざと道に迷いました。木に登って見ると、明かりが見えたので、その方に進んで行くと、金曜日ごとに魔女たちがお祭りをしている家に着きました。貧乏な男と同じように戸の後ろに隠れて見ていると、そこで魔女たちが歌に夢中になっていました。

月曜と火曜と水曜で三つ
木曜と金曜と土曜で六つ

コブ男の声が「日曜で七つ」と歌ったとき、魔女たちはみな怒りに震えました。「アア、どうしてそんなことをいい出すのよ」。魔女たちはたいそう腹を立てて、叫び出しました。「わたしたちの歌をぶちこわすようなことをいった横着者はだれなの」

『日曜で七つ』なんていい出したのはどこのだれ」

犬がかみつこうとするように、歯をむき出しにして捜し回り、とうとう哀れな男を見つけて引っぱたいたり、引きずったりしました。「これからどんなことになるか見ているがいい。このいやらしいコブ男」といいながらひとりの魔女は家の中へ走って行き、少ししてから手に大きなボールのようなものを持ってもどって来ました。それはほかでもないあの貧乏な男から切り取ったコブでした。そして「パン」という音とともに、そのコブを金持ちの首にくっつけましたが、それはまるで元からそこにあったようにくっついてしまいました。それから魔女たちはロバの綱を解いて、たき木を背中から降ろし、山の中へ逃がしてしまいました。

夜が明けるころ、金持ちの男はコブを二つ付けて家へ帰りました。コブは痛むし、五頭のロバはとられるし、もちろん妻にはさんざんこごとをいわれて、ベッドで寝つかねばなりませんでした。

カルメン・リラ『わがおばパンチータの民話』二七—三二ページ
（Mt. 503　こびとの贈り物）

解説

「こぶとりじいさん」の話は、わが国でも宇治拾遺以来の歴史があるが、欧米でも広く知られており、すでに十七世紀のイタリアやアイルランドの伝説集に現われているといわれる。現在でも、特定の山やほら穴にまつわる伝説の形をとる場合が多いが、アアルネ＝トンプソンのリストでは、約四九〇の話数が記録されており、ラテンアメリカでは十二(そのうちチリで六)話が採集されている。欧米では兄弟間の葛藤の話が多い反面、「隣の爺」型の話が少ないが、これは珍らしくふたりの仲間の対立を示す「隣の爺」型である。

この型の典型的な要素は、

㈠山を放浪する男が、魔女または地下の国のこびとに出会い、(a)ダンスに参加する。(b)歌っている曜日の歌に歌詩を付け加える。(c)頭髪やひげを抵抗しないで、そらせる。

㈡かれらはコブをとり、お金をくれる。

㈢慾張りの仲間が再び山を訪れるが、(a)コブを付けられる。(b)お金の代わりに石炭をもらう。

グリムの「こびとの贈り物」もこの類話であるが、ラテン系民族の類話にはグリムとは違って、「七曜の歌」が歌われる部分として付いていることが特徴である。ラテンアメリカの類話でもほとんど同じ歌があるが、ただポルトガル語では、曜日の名前が簡単なので(第二曜日《セグンダ・フェイラ》、第三曜日《テルサ・フェイラ》などという)ブラジルの類話ではこの歌は少し違っている。

この型の類話の比較研究で博士論文を書いたドイツのイナ・マリア・グレベリュスはケルト族(アイルランド、ウェールズ、ブルターニュ地方に住む)起源説をとるが、その分布状態から見てオリエントから来たものと思われる。とくに西欧、米大陸に広まった背景には、グリムの「ホレのおばさん」のように地下やほら穴に住む魔女やこびとが、人間に幸福をもたらすという古い民俗信仰によるものであろうが、それとともに幼児に曜日の名前を教える手段としても使用されたのであろう。またわが国と同じく、山へたき木取りに行く例が圧倒的に多いが、こういったこびとは山に住むと考えられていたのかも知れない。なお本話のタイトルは直訳すれば「『日曜で七つ』といい出す」(Salir con un domingo siete)という中南米のスペイン語独特の成句で、昔話から出たことわざの一例といえるだろう。

15　忠義な家来

プエルトリコ

昔、たいそう年よりの王さまがいて、とても重い病気にかかりました。もう余命いくばくもないことをさとった王は、古くから王に仕えた家来のホアンを呼びつけ、こういいました。「余の忠義な家来であるホアンよ。余は最後の日が近づいたような気がする。王子は、まだとしはもゆかず、王座にもとても無理だ。そこで、むすこをお前に任せたい。お前はむすことともにいて、あれに教え、守ってやってほしい。余のむすこに余のすべての財産を見せてやってくれ。だが青いへやだけはぜったいに見せないでくれ。あの中には世界でもっとも美しい王女の絵姿がしまってあるのじゃ」

忠義な家来がそのことを約束すると、王さまはしばらくして死んでしまいました。何日かたってから、忠義なホアンは自分の新しい義務を果たし始めました。そうして毎日、即位したばかりの若い王を父君の持っていたあちこちのお城に連れて行きました。その国の中のさまざまな場所にあるすべての城と宮殿を見た後、ふたりは王宮にもどり、若い王は「こんどは、この城のあらゆる場所を見たい」といいました。年とった家来は、いろいろなへやのかぎを束ねた、かぎ束を手に、若い王といっしょに、いろんなへやを次から次へと見回って行きました。なん度か、あのへやのとびらの前を通りましたが、ホアンは青いへやだけは開こうとはしませんでした。ついに、ある日、若い王はこのへやのとびらを開いてくれといいました。忠義な家来は、はっきりと「ここのとびらはあけられません。それは、わたしが亡き父王にそうお約束したからです」といいました。若い王は、なおも頼みましたが、家来の決心を変えさせることはできませんでした。家来はとうとう王の前を引き下がり、王は心中おもしろくありませんでした。

その夜、王はホアンのへやに忍び込み、家来が寝ているすきに、かぎ束を取り出して、走り去り「青いへや」をたずねました。王が走り出た瞬間、ホアンは目をさまし、まくらもとのかぎ束がないのに気が付くと、急いで「青いへや」の方へ走って行きましたが、ちょうどそのとき、王はそのへやに足を踏み入れたところでした。家来はそのへやに走り着くと、階段のじゅうたんの上で、王が気を失っているのが目にはいりました。

重い気持ちで、年とった家来は王を抱き起こし、へやに運びこみました。だいぶしてから、王はわれに返り、「あのたいそうきれいな婦人はだれか」とホアンに尋ねました。「あれは世界でもっとも美しい王女です」「それじゃ、その人を捜しに出かける。余に同行してくれ、というのも、余はもうすっかりあの絵姿に恋をして、もうほかのどんな女の人とも結婚する気などしなくなったからじゃ」「それはたいそう難しいことでございます。その王女は、多くの危険を乗り越え、しかもたくさんの黄金を持っている人としか結婚なさらないでしょう。王女の宮殿は黄金作りで、それに純金で作った贈り物しか受け取られないのです」

そこで国王は国中の金細工師を全部呼びよせ、黄金で作れる物はなんでも細工してさし出すようにといいました。王はその王女のいる国へ旅立とうと考え、黄金作りの物をたくさん持って行かねばならなかったからです。

金細工師たちは一心に働き、数か月たった後、多くの黄金製の品物をたずさえて宮殿にやって来ました。王は一隻の船を用意させ、それらを持って忠義なホアンを連れ、世界でもっとも美しい王女を捜しに出かけて行きました。長い間航海した後、ある島へ着きました。ここが王女の国だとホアンは王にいいました。そこで、王は幾つかの贈り物をかごに入れ、商人の姿をして上陸し、「金細工はいりませんか」と叫びながら歩き始めました。少しすると、宮殿から腰元が現われ、「わたしの主人があなたのお売りになる商品をお買い上げになります」と伝えました。若い王はとても喜んで、腰元について宮殿にはいりました。しばらくすると、美しい王女が出て来て、王の持っている商品を全部買い上げようとしました。王が、「船にはもっとたくさんの、ずっときれいな品物があります」というと、王女は別の品物もぜひ見たいから、船に行きたいといい、王といっしょに出かけました。船に乗りこむとすぐ、王はホアンのへやに行き、すぐに船を出すようにと命じました。そして、王は国王の衣裳を身につけ、王女の前に現われて、上陸したときには持って行かなかった品物を王女に見せ始めました。

王が話している間、船は前進を始め、王女がそれに気づいてたいそう腹を立てました。

しかし王は、自分は国王であり、わたしと結婚してほしいといったので、美しい王女はついには、やっと結婚を承知し、王と王女はともに喜んで航海を続けました。

このように、万事うまく行ったにもかかわらず、ホアンはこれから、どんなことが起こるだろうかと考えると、ゆううつになるのでした。前の王がなくなられるときの王との約束をたがえて、とてもこのままでは済むまいというような気がしました。こんなことを考えていたとき、船のマストに三羽のカモメが飛んで来て止まりました。ホアンはその鳥の姿を見て、とても驚きました。その鳥が縁起の悪い鳥であることを知っていたからです。しかしその鳥の一羽が、こう話しているのを聞いたとき、その驚きはとてもことばでいい表わせないほどでした。

「この若い王さまはとても不運だなあ！　上陸したとき、だれかが栗毛の馬をつれて来て、王さまがそれに飛び乗ろうとする。それに乗ったら、馬は空中に舞い上がって姿を消してしまうんだ。助かるためには、王が乗る前にその馬を殺してしまわなければならない。でもこのことをだれひとり知っちゃいないんだから、王は行くえ知れずになっちまうさ」

「もしかりに、その馬の危険を逃がれることができたとしても」と、もう一羽のカモメが続けました。「それでも、王が宮殿にはいるとき、だれかが肌着を差し出すだろう。ところがそれを着ると、王は死んでしまうんだ。だれかがそれをつかんで火の中へ入れて焼いてしまわないかぎりはね」

「たとえ、王が万一、この危険から逃がれても、もし王女とダンスすれば、王女を失ってしまうんだ。踊ると王女は倒れて死んでしまうんだ。助かるためには、だれかが王女の親指から血を三滴吸い取らねばならないのだ」ともう一羽の鳥はいいました。「かわいそうな王さまさ。だれも王さまを助けられる人はいないし、もしたとえ、このことを知っていたとしても、それを告げ口すれば、そいつは石になってしまって、もう口もきけなくなるのさ」

ホアンはこれから起こることになっているさまざまな不幸を考えると、気も狂いそうになりました。しかし、若い王をお守りすると、父王と約束した以上、やはり王を救ってさし上げようと、最後には決心しました。

三人が上陸すると、宮殿から人びとが迎えにやって来て、ふたりの兵士が一頭の美しい栗毛の馬の手綱をつかんで、王の前に引いて来ました。しかし、王が近づいて、馬に飛び乗ろうとしたとき、ホアンはピストルを取り出して、やにわに馬を射ち殺してしまいました。宮殿からやって来た人びとは、みなホアンを罰しようとしましたが、王はホアンをゆるしました。

一行が宮殿に到着し、大広間にはいって来ると、数人の下男たちが、盆に肌着を入れて王に差し出しました。するとホアンは、かれらに近づいて、その盃を取り上げ、シャツを火の中にくべてしまいました。みんなはホアンの気が狂ったのだとうわさをしました。

ついに結婚式の夜が来ました。式も終わった後、参列者はダンスのために大広間へ行きました。王はお妃の腕をとり、踊ろうとしました。しかし一回転するかしないうちに、王妃は目を回して床の上に倒れました。ホアンは急いで大広間へはいり、王妃を助け起こしてソファへ運び、王妃の親指から、血を三滴吸い取りました。

王妃は息を吹き返しましたが、若い王はホアンの行ないに立腹し、牢へ入れました。数日後に法廷は、王妃に対する不敬の罪で忠義なホアンに死刑をいい渡しました。死刑執行の日が来て、ホアンは三羽のカモメに聞いたことを話しました。しかしこのことを話し終えたとたん、かれは石の像になってしまいました。

王と王妃は、自分たちを幸福にしてくれたこの家来に、こんな不当な取り扱いをしたことを考えると、後悔の気持ちで、気も狂わんばかりになり、この忠義な家来の生命を取りもどすためにはどんなことでもしようと決心しました。

次の年、お妃は美しい赤ちゃんを産みました。しかし王子誕生の喜びも、決して王と王妃に忠義な家来のことを忘れさせることはできませんでした。王は毎日石像に語りかけ、自分のとった行ないをゆるしてくれるよう頼みました。お妃はお祈りをするとき、決して哀れなホアンのことを忘れることはありませんでした。

ある朝、王と王妃がホアンの石像の前に、赤ん坊を連れて来ると、とつぜん、石像は口を開き、こういいました。「陛下、ただ一つわたしを生き返らせる方法がございます。しかしそのためには、おふた方はとてもお苦しみにならなくてはならないのです。もしおふた方がほんとうに、わたしを生き返らせ、あなた方のおそばにお召しになりたいとお考えでしたら、ご自分の手でお子さまの首をはねて、その血をわたしにお塗りください」

王さまとお妃は顔を見合わせました。これほどかわいいわが子を殺すなんて、世にも恐ろしいことでしたが、こんなにも自分たちによくしてくれたこの家来を生き返らすためならと、とうとうふたりは決心しました。

哀れな王は剣を取り、わが子の首を切って、したたり落ちる血潮を家来の石像に塗りました。するとたちまち、像はよみがえって、ホアンは昔のように元気な姿になりました。そしてお妃に腰をかがめてあいさつし、また王の手を握り、王と王妃にこういいました。「おふた方はその真心をわたしに見せてくださいました。今こそ、失われたとお考えになった王子さまをお返ししなければなりません」

そうして、赤ん坊の首を拾い上げ、再び、首のところにすえて、血でこすると、生き返って何事もなかったように、元気な姿になりました。こうして、このときから王とお妃は、忠義な家来ホアンのいったことはいつもなんの疑いも持たず信じるようになったとのことです。

アレリァーノ『プエルトリコの民俗』第八一話 a
（Mt. 516　忠義なジョン）

解説

この話はよく知られたグリム昔話の第六番「忠義なヨハネス」と同型の話で、欧米のもっともよく知られた民話の一つである。一九二四年ドイツのロッシュは、ヘルシンキから民俗通信の一冊として「忠義なヨハネス」というタイトルで、この型の一四七の類話を集めて比較検討し、原型にもっとも近い類話はポルトガルの話であり、インドで生まれたこの話が、ポルトガルの航海者によって直接持ち帰られたものだと結論づけている。欧州に広く分布し、特にアイルランドだけで二一一話が報告されており、ラテンアメリカでは十話が今までに採集されている。

インドの原話にもっとも近いと考えられるインドの古典説話集中の類話はソーマデーバのカター・サリット・サーガラ中の「プシュカラバテイー王のむすこと、商人のむすこブラフマダッタの物語」である。

あるとき、友が寝ずの番をしていると、空中で王子をのろう四人の女の声を耳にする。そして次の日、王子が路上の首飾りを手にすること、マンゴーの実を食べること、倒れそうな家にはいることをさえぎり、最後に花嫁と王子の新婚のへやへ忍びこんで、王子が百度くしゃみをしたとき、友は百度「ジーヴァ」と唱え、王子を危険から救い出す。しかし王子は友を嫉妬して捕えさせ、処刑するよう命じる。友は処刑直前に真相を物語り、王子は処刑の命令を取り消して、友の忠節に報いる。

欧州でもっとも古い類話は、十七世紀前半にナポリ方言で書かれたバジーレの『ペンタメロン』第四日第九話「カラス」である。

ジェンナリエッロは兄であるフラッタオンブローザ王のミルッチォを喜ばそうとして旅に出、兄を死から救い出すため兄がほしがっていた物を持って帰る。しかし弟は帰ると無実の罪で死刑を宣告され、自分の無実を証明したため、大理石の像に変えられてしまう。兄王は王子の血でもって弟の命をあがない、すべては幸福に終わる。

ここではインドの説話にはなかった石像のモチーフがすでに現われていることに注意すべきである。この忠臣を救うために王子の命を犠牲にするモチーフはこの話とは独立して欧州にあった説話――たとえば「ローマ七賢人物語」の「アミクスとアメリウスの話」(Mt. 516C)など――から取り入れられて複合したものだと考えられている。

16 七色の鳥

アメリカ・ニューメキシコ州

昔、三人のむすこを持った夫婦がいました。たくさんの実がなるたいそう美しい庭がありましたが、いつも鳥が来て、その庭をひどく荒らし回りました。父親はどうして、その鳥が庭を荒らし回るのか、そのわけがわかりませんでした。そこでむすこたちを呼んで、「お前たち、この庭を見張ってくれ。そうでもしないと、鳥にみんな食われてしまう」といいました。そこで最初に長男が見張りをしました。しかしその晩は、前の晩よりもひどく荒らされたので、父親はたいそう腹を立て、二ばんめのむすこを呼んで見張りに行くようといいつけました。そこで兄と同じように見張りをしましたが、庭は前よりもいっそうひどく荒らされました。父親はふたりともよく見張っていなかったといって、たいへん腹を立てました。

そのとき、末のむすこが父親に、「今度はわたしに見張らせてください」といいました。するとふたりの兄たちは、たいそう腹を立て「このおれたちでさえうまく見張れなかったのに、どうして、鼻たれ小僧のお前に見張れるものか」と弟にいいました。弟は「だめだとは思いますが、わたしも見張りに行きたいのです」といいました。父親が同意すると、弟は、それではギターとピンといすを貸してくださいと、いったので、父親は末っ子のために、それらのものを買ってやり、夜になって、かれは庭を見張りに行きました。

末っ子が待っていると、ついに暁《あかつき》の光が差し上る夜明けごろ、鳥がやって来るのが見えました。鳥を見ると、かれはすぐ「さあ、来い、いたずら者め、お前が庭を荒らした奴だな」といって、くつをぬぎ、鳥を捕えようと進んで行きました。若者は近よって、急に鳥をつかみました。「放してください」と鳥がいいましたが、かれは「だめだ、もう放さないぞ。お前はずい分庭を荒らし回ったからな」といいました。すると鳥は「もし、わたしを放してくださったら、あなたがお会いになるどんな困難からも、あなたをお救いいたしますから、どうぞおゆるしください」と、翼と尾をすぼめて弟にいいました。「羽根を三本引き抜いてください。その羽根はわたしのいる所へあなたを導いてくれるでしょう」「さあね。悪者め、お前は庭を台なしにしたあげく、今さら命ごいをしようというのかね」「庭も元のようにいたします」というと、すぐに庭はまったく元の美しさにもどっていました。そこで弟は七色の鳥の羽根を三本引き抜き、すべてが元の美しさにもどったのを見て、やっと眠りにつきました。

朝になって父親が様子を見に来たとき、末っ子はまだ眠っていました。庭がすっかり美しくなっているのを見た父親は、たいそう満足し、兄たちを捜してこの様子を見せ、弟といっしょに連れて帰ろうとしました。

兄たちがやって来ると、父親は「おい、恥知らず」と兄たちにいいました。「お前たちは怠け者で、眠っていて庭を見張らなかったのだろう」

父親が再びもどって来たとき、末っ子はやっと目をさまし、みんなに七色の羽根を見せて、「ごらんください。この美しい三枚の羽根はあの鳥のものです。これから、わたしたちはあの美しい鳥を捕えに行かねばなりません」といいました。

兄たちは腹を立てましたが、末っ子は「どうぞ怒らないでください」といって、鳥を捜すために一枚ずつ羽根を兄にやり、三人の兄弟はその羽根を持って鳥を捜しに行くことにきめました。いちばん上の兄がリーダーになることにしました。むすこたちは父親に祝福を与えてくれるよう頼み、父親は三人に祝福を与え、三人は出かけて行きました。

家からは一本道でしたが、しばらく行くと、その道は三つに分かれていました。長兄は右の道を、次の兄は真ん中の道をとり、弟は左の道しかないので、そこを行くことにしました。長兄は「目印として、それぞれ自分のナイフを松の木に突き立てておこう。もどって来たとき、もしナイフが血でぬれていたら、それは死んだ印だ」といいました。そうしてそれぞれ、自分の道を進んで行きました。

長兄が自分の道を進んで行くと、コヨーテに出会いました。コヨーテが兄に「クヮ、クヮ、わたしはおなかが減って死にそうです。一口食べ物をくださいな」といいますと、兄は答えました。「どうしてお前にやらなければならないのだ。わしの旅はとても長いんだ。お前にやる物なんかないよ。そこらあたりをわしの弟が歩いているだろうから、そいつならお前に何かくれるかも知れないよ」

そこでコヨーテは、どんどん歩いて行って、道で二ばんめの兄に出会いました。「クヮ、クヮ、わたしはおなかが減って死にそうです。一口食べ物をくださいな」といいますと、二ばんめの兄は答えました。「どうしてお前にやらなければならないのだ。わしの旅はとても長いんだ。お前にやる物なんかないよ。わしはほんの少ししか食糧を持っていないからな。けれど、そこらあたりをわしの弟が歩いているだろう。

そいつなら、何かお前にくれるだろうよ」

　そこでまたコヨーテは、歩き続けて、ついに末っ子に出会いました。「クヮ、クヮ、わたしはおなかが減って、もう死にそうです。一口、食べ物をくださいな」というと、末っ子は「わたしの旅はとても、とても長い旅ですが、わたしの心はそれよりも広いのです」といいました。すると食べ物は、なくなるどころか、ふえていたので、コヨーテに食べ物をやりました。

　コヨーテは食べ終わってから「どこへ行かれるのですか」と尋ねたので、庭を荒らした鳥のことや、自分だけがその鳥を捕えたこと、その鳥がどこへでも、助けに来ると約束してくれたことなどをコヨーテに話し、その鳥を捜しに行くところなのだと、いいました。するとコヨーテはいいました。「とても見つからないでしょう。それはある王さまが、その鳥を兵隊に守らせているからです。でも、わたしがあなたに命じることを守りさえすれば、捕えることができますがね」。若者が「あなたのいいつけを守りますよ、コヨーテさん」というと、コヨーテは「よろしい。あなたの馬のくらをわたしに付けて、わたしにお乗りなさい。あなたを鳥のいる所へ連れて行ってあげましょう」といいました。「あなたはたいそうやせているのに、どうして馬に乗るようにわたしを運べるのですか。コヨーテさん」と尋ねましたが、コヨーテが「あなたはいわれたようにしておればいいのです。そうすればあなたを連れて行ってあげますよ」というので、少年は、哀れなコヨーテがあまりやせているので信用しませんでしたが、いった通りにして、自分の馬に乗るように乗りました。

　コヨーテは空中を飛んで行き、すぐに鳥のいる町へ着きました。そこでコヨーテは若者に、馬をつなぎ、兵士のいない門からはいって、鳥のいる所へ行くようにといい、「けれども鳥かごに手を触れてはいけませんよ。鳥が美しく、また鳥かごがそれ以上に美しくても、鳥かごに手を出してはいけませんよ」と注意しました。少年は出かけて、兵士たちに気付かれずに中へはいり、鳥をつかんで出ようとしたとき、鳥かごが目にはいりました。「鳥を持って行く者が、どうして鳥かごを持ってはいけないのだろう」といって、鳥かごに手を掛けると、鳥が鳴き、兵士たちがやって来て、若者は捕えられました。兵士たちは少年が持っていた鳥を取り上げ、追い出しましたので、若者はコヨーテの待っている所へもどって行きました。コヨーテが「どうでした」というたので、「だめだった」と答えると、「それは、わたしがいった通りにしなかったからですよ」といいました。

その後、その国の王は若者を呼びよせ、もしこれこれの場所にいる名馬を連れて来てくれたなら、七色の鳥を与えてもよいと、いいました。若者は悲しみながらコヨーテのいる所へもどり、「王さまは、もし、これこれの場所にいる名馬を連れて来れば、鳥を与えるとわたしにいわれたのです」といいました。コヨーテは「その名馬は、あの鳥よりも多くの兵士たちに常に守られており、とてもあなたには連れて来られません。それにあなたは、たいそうわからずやで、わたしのいった通りにしないのですから」といいました。「こんどはいいつけ通りにするよ。コヨーテさん。約束するよ」というと、「あなたの馬のくらをつけ、わたしに乗りなさい」といいつけました。

コヨーテは空中を飛んで名馬のいる町へ着きました。そこで、コヨーテは少年にいいました。「さあ、行って馬を連れて来なさい。けれども、その近くにあるくらに手を掛けてはいけませんよ。馬が美しく、くらがそれ以上に美しくても、くらにだけは手を掛けてはいけません」。そこで行って、簡単に名馬を捕え、出ようとしたとき、とびらの所にくらがあるのが目にはいりました。「馬を連れて行く者が、どうしてくらを持ってはいけないのだろう」といって、くらに手を掛けると、馬がいななき、兵隊が出て来て、少年は捕えられました。

若者は釈放されると、コヨーテのもとへもどりました。コヨーテはかれを見て「あなたに何が起こったか、もうわかっています。わたしのことば通りにしなかったので失敗したのでしょう」といいました。そのとき、ひとりの兵士が若者に、王がお前を呼んでいられると伝えに来ました。そこで若者が王に会いに行くと、ある国にいる王女を連れて来れば、あの馬は与えようと、いいました。少年はコヨーテの所にもどり、この町の王がいったことを話しました。するとコヨーテは、「あなたはたいへん頑固だから、決してわたしのいいつけを守りません。わたしのことば通りにしていたら、今頃うまくいっていたでしょうに」といいました。「こんどこそ守るよ。コヨーテさん。こんどこそ、どんなことでもいいつけ通りにすると約束するよ」というと、コヨーテはいいました。「それでは、ある所に王女が水浴びする泉があり、そこには水をくむ金の手おけがあります。しかしその手おけにさわってはいけません。もしわたしのいう通りにしないなら、今まで二度の困難は切り抜けて来ましたが、こんどは抜け出すことはできませんよ」

それから、コヨーテは若者を乗せて、空中を飛んで連れて行き、王女のいる泉に着きました。そこで若者に王女を連れて来るようにといいました。そして若者がどのようにするかコヨーテはじっと見守っていました。「わたしはいったいなんのために、王女や、名馬や鳥をほしがっているのだろう。この金の手おけ一つで大金持ちになれるのに」と、泉で金の手おけを見てこう考えました。そうして、その手おけの一つにちょっと手を掛けようとしましたが、コヨーテのいったことばを思い出して「だめだ、わたしはコヨーテにいわれた通りにしなければならない」といって手を引っこめました。ちょうどそのとき、ハトの姿をした王女がやって来るのが見えました。コヨーテは、もし王女が水浴びをすれば、服を隠して、結婚の約束をしてくれるまで、服を返さないようにと、若者にいいました。ハトの姿でやって来た王女は、やがて王女の姿にもどり、服をぬいで、水浴びに泉へはいって行きました。若者は服を隠しました。王女は泉から上がり、服を着るので、どうぞ服を返してくださいと、いいました。「もし、あなたが、わたしと結婚してくださるならこれをお返ししましょう」というと、「もしわたしに服を返してくださるなら、あなたと結婚いたします」と王女はいい、さらに「これで、やっとわたしの魔法は解けました」と喜びました。

王女を連れてコヨーテの所にもどると、コヨーテは「どうでした」と尋ねました。「うまくいったよ。王女はわたしと結婚すると約束してくれたよ」と答えると、「よろしい。ばかなことは考えないで、わたしのことば通りやればいいのですよ。もしあなたが金の手おけをつかんでいたら、すべてがだめになるところでした。この王女をあなたのお嫁さんにしてあげましょう。だから、わたしが王女の姿になりますから、わたしを王さまの宮殿へ連れて行き、王女さまは犬やネコが大きらいで見たくないといっておられると王さまにいってください」といいました。

そこで、かれは王女に姿を変えたコヨーテを連れて王さまのもとへ行き、名馬をもらいました。そして忘れずに王に「王女さまは、とても犬やネコがおきらいですから、この国の犬やネコはすべて殺してくださいますように」と頼みました。そこでその国の犬やネコはすべて殺されてしまいました。

さて、王女は宮殿で三日間、少しも食事を取りません。そこで王は王女の気をまぎらすために、家来たちに命じて王女を郊外に散歩に連れて行かせました。すると王女は素早く木立ちの茂みに身を隠し、コヨーテにもどって若者のところへ帰って来ました。

やがて、七色の鳥のいる国に着きました。そこでコヨーテはまた若者に、「さあ、わたしを王宮へ連れて行きなさい」といいました。若者は馬に姿を変えたコヨーテを王のもとへひいて行って、七色の鳥をもらいました。若者はまたコヨーテのいった通り、「この馬は犬やネコが大きらいなので、みんな殺してください」と王さまにいったので、うまくこれらの獣は殺されてしまいました。

さて、馬は三日間、少しも水を飲みません。そこで王は家来たちに水を飲ませに川へ連れて行くよう命じました。すると馬は水を飲む代わりに手綱を切り、素早く逃げてしまいました。国王は「ああ、馬が逃げても、町には追いかけてくれる犬やネコは一匹もいない」といって嘆きました。

このようにして若者は王女と七色の鳥と名馬を連れて家路につきました。コヨーテは若者と別れるとき、注意しました。「さて、女というものは気まぐれなものだから王女には注意なさいよ。そこらあたりをあなたの兄さんたちが盗み歩きながら、三日目ごとに木に突き刺したナイフを見にもどって来ます。だから、あなたは自分のナイフを抜いてはいけません。兄さんたちに殺されてしまいますからね。何かする前には、わたしのいったことを思い出しなさい」

しかし若者は、木の所を通りかかったとき、コヨーテのことばはみんな忘れてしまって、ナイフを抜き取りました。やがて、砂ぼこりが見えて、兄さんふたりが近づいて来ました。そして弟の手柄を見ると、上の兄は王女と結婚したいと思い、次の兄は弟から馬を奪ってやろうと考え、鳥は奪って乳母《うば》にやってしまおうと考えました。そうして兄たちは思った通りに実行しました。弟を殺し、王女と名馬と七色の鳥を持って逃げ去ったのです。

しばらくするとコヨーテがそこへ通りかかり、若者の血に馬の血やそのほかの物をまぜ合わせて、若者と乗馬を生き返らせ、若者にいいました。「あなたはなんてばかなんでしょう。少しもわたしのことば通りにせず、そして失敗するのですね。うまく助かりたいなら、馬にくらを置き、急いでお家へ帰りなさい。もう兄さんたちも着くころですよ」

若者は急いで家へ向かいましたが、追い抜こうとして、井戸の近くで兄に見つかり、兄はまた弟と乗馬を殺して井戸の中に投げ込みました。兄たちが立ち去ったすぐあと、コヨーテが通って、井戸から若者と馬を引き出し、また生き返らせてくれました。しかし、こんどは若者の顔を反対にくっつけて、生命を吹きこみました。「ねえ、コヨーテさん、わたしを生き返らせてくれるのなら、上手にやってくれよ。顔が反対だ」と不平をいうと、「あなたは本当に愚かで、わたしのいうことを聞かないからですよ」

と答えましたが、若者をかわいそうに思ったのか、首を付け直してやりました。コヨーテは最後に別れるとき、若者にいいました。「今こそ、あなたに打ち明けましょう。わたしはコヨーテではありません。さまよっている魂なのです。わたしには二回のミサと、一回の夜のお勤めが必要なのです。それがないので、まださまよっているのです。わたしはあなたを多くの困難から救ってさしあげました。今度はわたしに足りないミサと夜のお勤めをして、わたしを救ってほしいのです」「いいですとも、コヨーテさん。みんなしてあげましょう」「それじゃ、あなたの馬にくらをつけてすぐ家にもどりなさい」

用心しながら、若者は家に向かいました。家では「末っ子が帰って来た。末っ子が帰って来た」と哀れな年取った両親が若者の姿を見つけて叫びました。「ああ、わたしの下のむすこが帰って来た」

若者が家に着くと、母親はあまりのうれしさに気を失ってしまうほどでした。そして王女はふたりの兄が弟にしたことをすべて語り、鳴かなかった名馬はいななき、声を失っていた鳥は歌いました。そこで父親は上のむすこふたりを荒らくれ男に命じて殺させ、司祭を呼んで末っ子と王女を結婚させました。これで話は終わり。

わたしは一つのかごから出て
もう一つのかごにはいった。
この話を聞いた人は
わたしにほかの話を語っておくれ。

ホセ・マヌエル・エスピノーサ『ニューメキシコの民話』第三〇話
（Mt. 550　金の鳥捜し）

解　説

本話はグリム第五番「黄金の鳥」や、アファナーシエフのロシア民話「火の鳥」と同じ型に属する、世界の三つの宝――神秘の鳥と名馬と美しい王女――を捜す色彩豊かな末子成功譚である。

この型の民話はおよそ次のような要素からなる。

ある鳥が王の庭園の金のリンゴを盗み、一枚の羽根を失う。三人の王子は不思議な鳥を求めて出発する。ふたりの兄は、道で会った動物や人物にたいして不親切であったために失敗し、同情心が強く、親切であった末むすこは、助力をえて、順に鳥と馬と王女を手に入れる。兄はこの三つのものを奪って弟を井戸へ投げこむ。動物（人物）

は再び主人公を助ける。主人公を助けた動物は人間にもどり、主人公は王女と結婚する。

ラテンアメリカにはこの型の民話が今までに二十話報告されている。

主人公を助ける動物は本話ではコヨーテであるが、グリムではキツネであり、「火の鳥」ではオオカミである。そして、最後に「殺し」あるいは「四肢を切断してくれ」と頼み、人間にかえる場合が多い。これは「火の鳥」の解説で石田英一郎氏がいわれているように供犠の記憶が定着しているのかも知れない。

17　素晴らしい魔法の鳥

コスタリカ

昔、盲目の王さまがいました。王さまには三人のむすこがありました。王も妃も王子たちもできる限りの手を尽くし、たくさんの医者たちが王さまを診察しましたが、目は見えるようになる気配さえありませんでした。

さて、ここに魔法使いの年よりの呪医がおりました。そして医者たちもなおせない病気をなおすということでたいそうな評判になっていました。そこで万一の望みを掛けられて、その老婆はお城へ呼ばれました。老婆はいいました。「『素晴らしい魔法の鳥』という鳥を捜し出し、王さまの目をその鳥のしっぽの羽でなでなされ。この鳥は遠い遠いある国の王さまが持っていなさるが、手に入れるにはその鳥のしっぽで王さまの目をなでるぐらいに難しいだろうよ」

王さまの三人の王子たちは、鳥を捜しに行く準備をしました。そして王さまは鳥を持ち帰った者に王位を譲ると約束したのでした。

三人は同じ日に出発しました。上の王子は朝に、中の王子は昼に、末の王子は夕方に、立派な馬とお金を充分に持ってたちました。

上の王子が町を出ようとしたとき、教会の入口に人が集まっているのに出会いました。――『どこへ行くんだ、ビセンテ。みんなが騒いでいる方へ』ということわざもあります――王子は何事かと思って近づきました。すると階段の所に死体のころがっているのが目にはいりました。神父もお金を払ってくれる人がないので、冥福の祈りさえあげてくれないのです」と群衆のひとりが王子に話しかけました。「わたしにはなんの関係もないことだ」と王子はつぶやいて、道を急ぎました。

お昼に二番目の王子が通りかかったとき、埋葬してくれる者のいない哀れな死体は、まだ教会の入口の所にほってておかれたままでした。その王子も「わたしにとってなんの関係もないことだ」といって道を急ぎました。

夕方になって、末の王子が通りかかったとき、その死体はまだそこにあり、もう半分腐りかけていたので、見ていた人たちが死体に群がり寄って来る犬やハゲタカを追い払わなければなりませんでした。

その光景は強く王子の心を動かしました。そこで王子は立派なひつぎを買うために、いくらかお金を払ってやり、王子自らその死人のために冥福の祈りをあげてくれる神父を捜しました。それから墓穴《はかあな》を掘るのを手つだい、地下に安らかに眠るのを見届けるまで、そこを離れようとはしませんでした。

さて、しばらく行くと人気《ひとけ》のない所で夜になってしまいました。とつぜんオレンジほどの大きさの火の玉が、近くで光っているのが見えました。その火の玉は王子を捜しているらしく、ついに王子の目の前までやって来ました。王子は驚き、身の毛がよだち、生きたここちもなく、その火の玉に向かって「全能の神にかけて答えよ。お前は何者だ」と尋ねると、フコの木から出ているらしい声が王子に答えました。「わたしは今日あなたが埋葬してくださった死人の魂です。あなたの手助けをするために来たのです。こわがらないでください。わたしがあなたを『素晴らしい魔法の鳥』のいる所へお連れしましょう。わたしについて来るだけでいいのです。でも昼の間は進めません」

王子は落ち着きを取りもどし、その火の玉について行きました。火の玉がいったように、昼の間は休むことにしました。ふつかもすると、もう恐ろしさもなくなり、むしろ夜が待ち遠しくさえなりました。そして一週間後には、ふたりは仲のよい友だちになっていました。

歩き続けて、とうとうその鳥のいる王国に着きました。「真夜中にお城の庭の前まで行き、明かりの見えるところを目標にして庭の中へおはいりなさい」と火の玉は王子にいいました。王子はいわれたように真夜中に庭へ忍び込み、火の玉のあとについて行きました。火の玉は眠っている衛兵の前を通り、だれにも気づかれずに王子をお城の中へ連れて行きました。ついにまるでお月さまのようにとても大きな明かりに照らされた、水晶でできた大広間に着きました。その広間は、真っ赤に咲き乱れるバラの木を植えた立派な金の植木ばちで飾られていました。王子は緑の葉の間に見える何千というバラの花に驚いていました。床は散り落ちたバラの花びらでじゅうたんを敷き詰めたようでしたし、バラが放つ芳香は王子をうっとりとさせました。そして、そこには、コーヒー豆ほどの大きさのルビーを、こがねの針金でじゅずつなぎに編みこんだ鳥かごが、天井からつるされ、その中に『素晴らしい魔法の鳥』がいました。

その鳥はツグミぐらいの大きさで、まっ白い羽根と冠毛があり、サンゴ色の足をしていました。王子がはいろうとすると、鳥は歌を歌い始めました。その歌は鳥の羽根の間に笛やバイオリンをかなでる上手な楽士たちが隠れているのかと思われるほどでした。もし火の玉が注意しなければ、王子は何もかも忘れてしまってそこに立ち止まっていたことでしょう。「王子さま、ここに来た目的をもうお忘れですか。次のへやは食堂になっています。そこへ行って、あるだけのテーブルといすを持っておいでなさい」

いわれたようにそこにあった全部の家具を持って来て、次々と鳥かごに届くまで積み重ねました。

やっとのことで、そのテーブルといすで作ったはしごをよじ登り、鳥かごを取ろうと、腕を伸ばそうとしたとき、テーブルやいすはみんなくずれ落ちてしまいました。もちろん大きな音がしました。その騒ぎに国王までが目をさまし、なかば夢見ごこちで寝まき姿のまま、何事が起こったのかと、やって来ました。王子はテーブルの下敷きになり、ひどく身体を打ってうめき声をあげているのを見つけられてしまいました。王子は引き出され、どうして、そこにいたかを白状させられました。国王は王子を土牢に入れよと命じ、パンと水だけを与えるようにといいつけました。

王子が牢にいると、火の玉が現われて、がっかりしないようにと励ましました。数日後、王は王子を呼び出すよう命じました。そして、「今は巨人に盗まれてしまっているが、わしがたいへんかわいがっていた馬を、取りもどしてくれれば、お前を自由の身とし、その上、鳥もお前にやろう」といいました。王子は、「日を改めて返事をいたします」と答えました。夜になると、火の玉がやって来て、承諾したと王さまにいうように教えました。

承諾の返事をした後、さっそく、火の玉は巨人が馬を飼っている牧場へ王子を連れて行きました。ふたりはさくの間に隠れて夜明けを待ちました。空が白み始めるとすぐに、巨人は牧場から馬を引き出し、馬を乗り回しました。その馬は確かにこの世でいちばん美しい馬でした。しゅすのように黒く、額《ひたい》には星のような斑点《はんてん》があり、白い足をしていました。

「巨人が出て行くのを見たら、すぐに牧場にはいり、まん中にあるこんもりとよく茂ったマンゴーの木に登りなさい。そして夜に巨人がもどって来るまで、そこで待ちなさい。巨人の目が閉じていても、それは眠っているのではないから、信用してはなりません。目がぱっちりあいたときこそ、馬を盗むのにいい機会なのです」と火の玉は王子に注意しました。そしてさらに続けて「その馬には右の肩胛骨《けんこうこつ》の所に止めねじがあります。それをひねってごらんなさい」

そこで王子はいわれた通りにしました。夜になると巨人がもどって来ました。巨人がたいへん疲れているのがわかりました。というのは、馬を木の幹につなぎ、腹帯をゆるめるか、ゆるめないうちに、馬のそばに倒れこむように寝こんでしまったからです。巨人はいびきをかき始めましたが、王子は閉じている目にじっと視線をこらしていました。いびきはだんだん弱く、そしてますます小さくなりましたが、片一方の目は閉じられ、もう一方の目はあいているのがわかりました。やがていびきはやみ、巨人の両の目は荷車の車輪よりも大きく一杯に開きました。王子は少しずつ木から降り、馬を解きました。しかしこの馬は人間のように話すことができ、叫んだのです。「ご主人さま、ご主人さま、わたしは盗まれます」。巨人は目をさましてとび起きました。王子は枝の間に小さくなっていました。巨人は回りを見回して「だれがお前を盗むって？　だれもお前を盗みやしないじゃないか」とどなりました。そしてすぐに横になって、しばらくしてから両目を開きました。また王子はほんの少しずつ木から降りました。片手を馬の頭の上に置いて、乗ろうとしましたが、そのとき、馬はまた「ご主人さま、ご主人さま、わたしは盗まれます」と叫びました。再び巨人は眠りを破られましたが、だれも見あたりません。巨人は怒って答えました。「だれがお前を盗むってんだ！　だれもお前なんか盗みやしないぞ、もしまたお前を盗むなんていおうものなら、お前を殺してやるからな」

王子は目を開いた巨人を見て、とても大胆に馬に近づきましたが、馬はもう口をきませんでした。そこで馬に乗ってねじを締めると馬は飛び出しました。火の玉は王子に、町にはいる前に、再びねじを締めて、馬から降りるように、そして馬のねじの秘密を知っていることを知られないようにと忠告しました。王子はその通りにしました。王さまはたいへん満足して、馬を受け取りましたが、意地悪くも、同じ巨人によって捕らわれの身になっているわしの娘を連れもどして来るまで、お前に鳥はまだやれないといいました。若者は火の玉に相談するまではなんにも答えようとはしませんでした。しかし火の玉は王に承諾の返事をするようにといいました。

翌晩、かれらは出発し、巨人の家へ着きました。火の玉は馬もいっしょに引いて行き、家の近くの森の中につないでおくようにと教えました。

明かりの見える窓までつる草を伝って登らなければなりませんでした。ちょうどその時刻は夕食時のはずだから、のぞいたとき巨人が酔いつぶれて机に倒れたままになっていたなら、少女に土くれを投げ、彼女に近づいて、自分について来るように合図をしなさいと教えました。すべてがうまく行きました。巨人がよく酔っていたのをさいわいに、心からこのけだもののような男から逃げ出したく思っていた王女は、一瞬のためらいもなく、たいへん美しいこの若者について行きました。王子もまた、王女がたとえようもなく美しい人だったので、彼女を見るとすぐに恋をしてしまいました。とにかく、こうしてふたりは好意を持ち合ったのでした。何事もなく無事に宮殿に着きましたが、意地悪な国王は「どんなことでも所望せよ。しかし鳥はやらないぞ」といいました。

すると火の玉はかれに、王女をくらの前に乗せ、手には鳥のはいったかごを持ち、馬に乗って広場を三周させてくれるよう、王に頼めと教えました。王は広場に面した道路のことごとくに兵士を配置して万一の逃亡に備えました。王子は王女を連れ、鳥かごを持って馬に乗りました。

王子は二周目までは普通に乗っていましたが、三周目が終わろうとするとき、馬のねじを締めました。馬は空中に飛び立ち、またたく間に雲のかなたへと消え去りました。

もちろん国王はじだんだ踏んでくやしがり、「あいつを甘く見たのは間違いのもとだった」といいました。国王には王子がねじの秘密を知っていようとは思いもつかなかったのです。

このようにして若者が自分の国へ着いたとき、ねじを締めて地上へと馬を降ろしました。とある町を通りかかると、落ちぶれたふたりの兄に出会いました。兄たちはお祭り騒ぎをして遊ぶうちにお金を使い果たし、一文なしになった今、どんな顔で宮殿へもどろうかと思案にくれていたところでした。

ふたりの兄は、鳥ばかりでなく、美しい王女と、素晴らしい馬を連れた弟の幸運がうらやましくなりました。弟は兄に、いっしょに帰ろうと誘いましたが、兄たちはいやがりました。そして逆に村のはずれのどこかで、昼食を共にしようと誘いました。弟は疑いもせず、すぐに承知しました。

兄たちは弟と王女に眠り薬のはいった飲みものを飲ませ、そうして意識のなくなった弟を絶壁の所へ引きずって行って捨てました。王女が目をさますと、王女には、「弟は隣り村のお祭りに行き、楽しく騒ぎ回ってあなたを忘れてしまいました。でもわたしたちはあなたを見捨てずに、父上の宮殿へお連れしたい」といいました。お城へもどると、王も妃もたいへん喜びました。そして兄たちは両親に悟られないように、末の弟の帰って来ないことを悪《あ》しざまにいい、自分たちふたりこそすべての手柄をたて、道で迷った王女を助けたのだと信じこませました。

ところが、『素晴らしい魔法の鳥』の尾で王の目をなでても少しのきき目もなく、王はいぜんとして盲目のままでしたので、ふたりの王子に王国を分け与えませんでした。

運よく末の王子はがけから落ちてしまわず、服が枝に引っ掛かり、かれの叫びを聞きつけた通りすがりの馬方が、近づいて助け出しました。それは神さまと火の玉がそうされたのでした。王子は馬方に自分の素姓《すじょう》を告げました。馬方たちは傷を負って旅のできない王子を宮殿へ連れて行くことにしました。四日後に、かれらは王子を連れて宮殿に到着しました。王女は王子のいない悲しみで口をきかなくなっていました。しかし王子に会った王女はしあわせな気持ちになり、歌わなくなっていた鳥も、再びフルートやバイオリンのような歌をかなで、宮殿を音楽で満たしました。が、王と妃は兄たちが持ち帰った話で末のむすこに怒りを持っていましたので、末の弟を受け入れようとはしませんでした。そこで弟は自分に起こったことを話し、馬方たちは、それを証言しました。そのうえ王子は鳥を手に入れたのが自分であることを明かすために、鳥の尾で王の目をなでました。するとすぐに王の目がなおり、太陽の光をまともに見つめられるほどよくなりました。うらやんだ兄たちのうそがばれましたが、神さまのように心優しい王子は、兄たちをこらしめることなく許し、王国を分配しました。

末の王子は王女と結婚し、窓に『素晴らしい魔法の鳥』をつり下げ、毎日その音色を聞きました。火の玉は王子のしあわせと安泰を見て、別れのあいさつに来ました。王子はこの別れをたいへん嘆きましたが、火の玉は「もうわたくしはあなたのご恩にお返しをしました。わたしの勤めは終わり、今はお別れのときなのです。あの世でまたお会いしましょう」といいました。

ひとつの穴からはいって
もうひとつの穴から出た。
次はあなたが何か話をしておくれ。

カルメン・リラ『わがおばパンチータの民話』一二一―一三〇ページ
（Mt. 551　父親をなおすためのむすこたちの不思議な薬捜し＋Mt. 506　王女の救出）

解説

父親の目をなおすため、三人の兄弟が薬を求めて出発し、鳥、馬、王女を手に入れるが、ねたんだふたりの兄に殺されるモチーフは、Mt. 551の典型的な形であり、本書第十六話の「七色の鳥」(Mt. 550)や二十二話の「オリーブの花」(Mt. 780)とも関係をもっている。しかし援助者はMt. 551のように、動物、老婆またはこびとではなく(グリム昔話第九十七番「命の水」参考)死者の霊である点が異なる。一方、埋葬されずに捨ててあった死体を費用を出して埋葬してくれたことにたいし、死体が恩返しとして、王女の救出を助け、さらに主人公が裏切られて、がけから海に投げ込まれたときに救出して、王女のもとへ主人公を連れて行くのはMt. 506の典型的なモチーフである。しかしMt. 506にあるように、死者の霊が救助の条件として利益の折半を提案し、その結果、主人公が最後に王女までも半分に分けようとするエピソードは本話では現われていない。

これは、いわゆる「感謝せる死人(The Grateful Dead)の物語」の一つのタイプで、この種の話については、ジェラウルドが一九〇八年、ロンドンの民俗学会から発行した「感謝せる死人」で詳しい比較研究をしている。「感謝せる死人」譚はオリエント、欧州に古くからあった物語で、世界最古の民話の型の一つである。紀元前五世紀ごろからセム族世界に流布していた「アヒカー物語」や、紀元前三世紀の終わりごろパレスチナで書かれたといわれる旧約聖書外典の「トビト書」も疑いなくこの種の物語である。

トビト書では、トビトがユダヤ同胞の死体が捨てられてあると、ひとりむすこのトビアから聞いて、隣人の嘲笑をもかまわず手厚く葬る。しかし、その夜、暑さと律法のけがれのため盲目になる。死期の近いのを感じたトビトはトビアに、近くの町に貸金を回収しにやるが、トビアはそうとは知らずに、天使ラファエルと会って同行し、そのことばに従って魚のはらわたをとる。それから、トビアはサラと結婚し、貸金を受け取り、家に帰ってはらわたを父の目につけると視力は回復する。トビアは返してもらった金を折半し、旅の仲間に渡そうとするが、仲間は天使であることを明かして、金を受け取らずに去る。

また、スペイン古典劇の大家ロペ・デ・ベガの「ドン・ホアン・デ・カストロ」やカルデロン・デ・ラ・バルカの「死者こそ最良の友」は、この「感謝せる死人」を劇化した作品であるし、イタリアで十六世紀初めに書かれたストラパローラの「楽しき夜」第九夜第二話も同じ内容を小話《ノベッラ》にしたものである。

18 魔法のテーブル掛け

エクアドル

ある町にたいそう貧乏な家族をかかえた父親がいました。十二人の子供がおり、その子供たちを食べさせるために、人びとのお慈悲にすがって日々を過ごしていました。あるとき、その日に食べさせるだけのもらいがなかったので、これ以上道ばたで乞食をするのに嫌気がさし、その町の修道院へとぼとぼ歩いて行きました。そうして修道院のとびらをたたくと門番が現われました。「どうぞお恵みを」というと、門番は「ちょっと待っていなさい。何か持って来てあげるから」といって中へはいり、間もなく一枚のテーブル掛けを持って来てくれました。貧しい男はこの贈り物にびっくりはしましたが、「でもこのテーブル掛けを売ってもいくらにもなりません。わたしの子供たちには何も食べさせてやれないでしょう」といいました。すると門番の修道士は「もう食事は済ませたかね」と尋ねました。男が「いいえ、とてもおなかがすいています」と答えると、門番は男を床にすわらせ、そこにテーブル掛けを広げると、次のような呪文を唱えました。「テーブル掛けよ、テーブル掛けよ。神がそなたに与え給うた力によって、わたしに食べ物を出しておくれ」

貧しい男がとても驚いたことには、目の前に素晴らしくおいしそうなごちそうが、ビールやたくさんのぶどう酒まで添えて並びました。男はがつがつと食べ、腹一杯になると、残ったごちそうを袋の中にしまいこみました。門番の修道士は男に「このテーブル掛けをお前にあげよう、家に持って帰りなさい」といいました。生まれてから見たこともないほど素晴らしい贈り物を子供たちに持って帰ってやれるのだと思うと、男は帰る道中もうれしさのあまり、浮き浮きした気持ちになるのでした。

子供たちは遠くの方から帰って来る父親の姿を見ましたが、いつも持って帰るもらい物のはいった大きい袋を持っていないことを知りました。男は家にはいると、子供たちと妻に「さあテーブルの前におすわり、食事を始めよう」といって、父親がテーブル掛けを広げるのを見た家族の者は、「気が違ったんじゃない」といい合いました。しかし父親はうれしそうな声でみんなに「まあまあ、わしのいうことをよく聞きな」といって「テーブル掛けよ、テーブル掛けよ。神がそなたに与え給うた力によって、わたしに食べ物を出しておくれ」といいました。

たちどころに、みんなの目の前に、ぎっしりとおいしそうな料理のかずかずが並び、果物やビールやぶどう酒も添えられました。みんなは長い間、食べたことのないおいしい料理で胃を満足させました。

ある日、父親はしばらくの間、町に行かなければならなかったので、町で食事をするため、そのテーブル掛けを持って出かけました。男は一軒の居酒屋に立ち寄りお酒を飲みました。そしてあまりたくさんお酒を飲み過ぎたので、とうとう理性を失ってしまいました。そこで男は酒場の主人に近づいていいました。「この魔法のテーブル掛けを預かっておいてくれ。でもな、こいつに『テーブル掛けよ、テーブル掛けよ。神がそなたに与え給うた力によって、わたしに食べ物を出しておくれ』とは絶対にいってはだめだぞ」

酒場の主人は男にどんどんビールを勧め、ひとりでこっそりと男のいった呪文を唱え、満腹するまでごちそうを食べました。テーブル掛けのこの不思議な力を見た酒場の主人は、魔法のテーブル掛けと同じような形のテーブル掛けを作らせ、返すときに取り替えようとしました。たしかに次の日、男はやって来て、テーブル掛けを返してくれといいました。そうして返してもらったテーブル掛けを持って帰る途中、おなかが減ったので、地上にテーブル掛けを広げ、呪文を唱えましたが、何も出て来ません。男は気も狂わんばかりに驚き、叫びました。「あいつが取り替えやがったに違いない。ようし取り返しに行こう」

酒場にとびこんで、主人に「わしの魔法のテーブル掛けを返せ。このテーブル掛けはわしのじゃないぞ」といいますと、主人は腹を立て、店の男たちに命じて、貧しい男を外にほうり出し、さんざん、棒でなぐりつけました。

再び男は修道院にもどると、門番の修道士が門をあけに出て来ました。「どうぞ神さまのご慈悲によって何かお恵みを」と門番にいいますと、門番はその男が前に来た男であることをすぐに悟り、「お前にはもう魔法のテーブル掛けをやったじゃないか、これ以上何をやればいいんだね」といいました。男は目に涙をため、酒場の主人とのいきさつを語りました。門番は「しばらく待っていなさい。何か別の贈り物を持って来てあげよう」といって、しばらくすると、普通の大きさのこん棒を男に持たせていいました。「さあ行きなさい。そうしてこれを手に持って、酒場の主人にテーブル掛けを返してくれといいなさい。もし返そうとしなかったら、この棒に『こん棒よ、こん棒よ。神がそなたに与え給うた力によって、あいつに棒打ちをくらわしておくれ』と呪文を唱えなさい」

いわれた通り、貧しい男は酒場へはいって行きました。その日はたくさんの客がお酒を飲んでいました。男は主人に近づいて「わたしのテーブル掛けを返せ」といいました。主人は怒ってお酒を飲んでいた男たちにいいました。「お前さん方よ。この男を表にけとばしてくれ。そのかわりたくさんビールをおごりましょう」。哀れにも男は客たちがお酒を飲んでいるへやのすみに逃げこんで行き、もう少しでみんなのげんこの雨が降って来そうになったのを見て、カの泣くような声で震えながら「こん棒よ、こん棒よ。神がそなたに与え給うた力によって、こいつらに棒打ちをくらわしておくれ」と呪文を唱えました。

たちまちこん棒はみんなをたたき散らして傷つけ、男たちは床の上に伸びてしまい、立っているのは貧しい男と酒場の主人だけになりました。男は酒場の主人に近づいて「テーブル掛けを返せ」といいました。「もう返したじゃないか」「あれはわしのじゃないんだ。わしのじゃない。お前が取り替えたんだ」

男は穏やかにいうのはこれが最後だと思いながら主人に「わしに返せ」といいまし

た。そうしてまだぐずぐずしているのを見ると「こん棒よ、こん棒よ。神がそなたに与え給うた力によって、この男に棒打ちをくらわしておくれ」と呪文を唱えました。酒場の主人は死ぬほどぶちのめされ、やっとトランクからほんとうの魔法のテーブル掛けを取り出しました。貧しい男は確かめるため、呪文を唱えました。するとすぐにいつもの通りごちそうやお酒が現われました。男は満足してテーブル掛けを持って家に帰ると、家では子供たちが空腹のあまり泣いていました。男は子供たちに事情を話してあやまり、再びテーブル掛けを広げて呪文を唱え、満足するまでごちそうを食べさせました。

ある夜、家族の者がみんな家にいたとき、魔法のテーブル掛けのことを知った泥棒が、テーブル掛けを盗もうとすきをうかがっていました。そうしてとつぜん家の中にとびこみ、貧しい男に、「魔法のテーブル掛けをよこせ」といいました。泥棒たちは魔法のこん棒のことは知らなかったので、落ち着きはらっていました。男はすぐに「こん棒よ、こん棒よ。神がそなたに与え給うた力によって、こいつらに棒打ちをくらわしておくれ」というと、泥棒たちは死ぬほどたたきつけられ、二度と男の家に近づいて、男をわずらわそうとはしませんでした。

コロリン・コロラド（赤いベニヒワ）この話はおしまい。

カルバーリョ・ネト『エクアドルの民話』第三四話
（Mt. 563　おぜん、ろば、こん棒）

解説

呪宝を主題とする欧米の民話では、Mt. 560「魔法の指輪」とともに、もっとも有名な民話の一つであり、ラテンアメリカにも、本話を含めて十八話報告されている。

グリム昔話第三十六番「おぜん、ろば、こん棒」を始め、多くの類話は、㈠食物を出してくれるテーブルかテーブル掛け、㈡金ひりロバ、㈢こん棒か、相手を打ちすえるこびとの出て来る袋、の三つの呪宝を受け取るのが普通であるが、本話では第二のものを欠いている。

この型の話が文献に出て来るのは、十七世紀前半にナポリで出版されたバジーレの『ペンタメロン』第一日第一話「鬼の話」で、本話と同じように宿屋の亭主にひどい目にあわされている。

19 ナンシと王女

キュラソー

楽しい歌を歌いながらナンシは学校から帰って来ました。すると遠くの方から泣き叫ぶ声が聞こえて来ます。「あれっ、あの声は家から聞こえて来るようだ」と思って走り出しました。そうでした。やはり母親が泣いていたのです。「どうしたの、おかあさん」「おお、むすこや。おとうさんがわたしたちを残して死んでしまったんだよ。とつぜん、おとうさんは気分が悪くなり倒れたのだよ。ああむすこや。お前は父親を失ってしまったんだ。おとうさんはもうお前たちのために働いてくれないんだよ。ただここに、たくさんの物語が書いてある本が一冊残っているだけだよ」。ナンシも心から父親の死を悲しんで涙を流しました。

一週間の後、もう死者へのお勤めも済ますと、ナンシは母親のもとへ行っていいました。「わたしのやさしいおかあさん。わたしを旅に出してください。わたしはたくさんお金をもうけて帰ります。そしておかあさんを立派な家に住まわせ、きれいな服を着せてあげましょう」。ナンシは父親のかたみの本を持って家を出て行きました。母親は道中の食糧にと、ビスケット二箱を紙に包み、その上、ビンにお茶を入れて持たせました。

かれはどんどん歩いて大きな森に着きました。非常に疲れていたので、そこにうつ伏せに倒れて寝てしまいました。再び気がつくと、リンゴの木の下で眠っていたのでした。それはなんと素晴らしいリンゴでしょう。真っ赤で、大きくて、見事なリンゴでした。ナンシは少しもぎとって、袋に一杯詰めました。そして二つ、三つその場でリンゴを食べました。よほど疲れていたのか、またすぐに眠気を催し、次に目がさめたときはもう朝で、日が高く昇っていました。「何か妙な気持ちがするなあ」とそのときひとりごとをいいました。そしてサッと飛び起きるとコツンと鼻が木にぶつかりました。まっすぐに体を延ばすと、また鼻がぶつかりました。いつの間にか鼻は長く伸びて、手を伸ばしても鼻の先に届かないほどでした。「これは困ったことになった。こんな長い鼻をしていると、とても森から出られない」。ナンシは絶望して泣き出しました。小鳥が数羽飛んで来て鼻の上に止まり、歌を歌い始めましたが、追い払うこともできません。ついには、動くたび木にあたるので鼻が痛み出し、こぶまでできました。小鳥が血を吸っていますが、殺すことさえできません。その上、悪いことにおなかがすいて来ました。ビスケットはもうなくなってしまったし、お茶を入れたビンも空になっていました。

そのとき、その木の近くにもう一本リンゴの木があるのが目にはいりました。その木のリンゴは小さくて青い色をしていました。この不思議な森には魔法の木がたくさんはえているのだということを忘れてしまって、おなかが一杯になるまで、その青いリンゴを食べました。その上たくさんのリンゴを紙に包みました。おなかが一杯になると眠くなり、またその場に眠ってしまいました。夜明けごろ目をさますと、何か身が軽くなったような気がしました。長い鼻は短かくなり、もと通りの高さになっていました。今こそこの森から抜け出そうと思いました。半時間の後ナンシは町に着いて、あちこち歩き回った末、アレイ王の宮殿の前にやって来ました。

そのとき宮殿の中から人声が聞こえて来ました。ナンシは見張りがどこかにいるのかと見回しました。すると窓の一つが開いて王女がかれを呼びました。ナンシは窓の方へ少し近よりました。

「さあ、王女さま自ら呼んでいられます。戸口から登って来なさい」。ナンシが見ると、その窓の下にとびらがありました。どうして王女が自分に会う必要があるのだろうかと不思議に思いながら、階段を登って行きました。王女はかれを待ちうけて「お前、わたしについておいで」といいました。ナンシは王女のあとについて歩きました。王女は一つのとびらを開くと、かれの方を振り向き、ついて来るようにという身振りをしました。ナンシは王女のあとについてその小さなへやにはいりました。

王女は「お前が腕にかかえている物は何ですか」と尋ねました。「これは本です。死んだ父がわたしに残しておいてくれたものです」「わたしにそれをお見せなさい」。ナンシは王女にその本を渡しました。するとその瞬間、王女は「助けて！　どろぼう、こいつをつかまえて！」と叫び出しました。兵士たちはやって来てナンシを捕え、ひとことのいいわけも聞かずにたたいたあげく、宮殿から外へ突き出してしまいました。

ナンシは道ばたで泣いていました。腹が立って涙があとからあとから流れて来ました。こんなひどいことがあるでしょうか。しかしおなかが減って来たので、小銭でも残っていないかと袋に手を突っこんでみました。まだ中に少し小銭が残っていたので、そのお金でパンを買いに行きました。立ち止まっていると、人びとが王女のことでいろいろ不平をいっているのが聞こえて来ました。この土地でこのような目にあったのはナンシだけではなく、王女はいつもこんなことをしているのだということがわかりました。

午後になって、ナンシが森へもどって行こうとしたとき、王の家来に出会いました。その家来はいいました。「お前、わしを助けてくれないか。わしは王妃さまのもとにリンゴを持って帰らなければならないのだが、どこにもリンゴがなかったのだ。持って帰らなければ、わしは殺されるかも知れない」。ナンシは袋から赤くて見事なリンゴを三つ取り出し、それを家来に渡しました。家来は金貨を三枚渡して「ありがとう、助かったよ。神さまがお前を助けてくださるように」といって去って行きました。ナンシはそのお金でとても立派な黒い三つぞろいの背広と、帽子とステッキと一足のくつを買いました。今やかれは弁護士か医者か、とても教養のある人のように見えました。

一方、宮殿では王と王妃と王女が舌つづみを打ちながらリンゴを食べました。夕立ちが来たのでみんなは退屈し、早く寝床にはいりました。そして翌朝のことです。召使いや家来たちは恐ろしい叫び声を耳にしました。いったい何が起こったのでしょう。三人が起きてみると、鼻がとても長くなっていたのです。王と王妃の鼻はお互いにぶつかり合い、王女の鼻はベッドにぶつかっていました。アレイ王は召使いにクッションを三つ捜すように命じました。その日一日中、人びとは鼻の下に置くクッションを捜し回りました。国中の医師が国王の家族を診察するためにやって来ました。医師たちは患者の体をすみからすみまで調べて見ましたが、三人とも体のどこにも、なんの病気もありませんでした。「三人とも全く健康でいらっしゃいます。ただ鼻が長くなっただけで……」とみんなはいいました。

アレイ王は「われわれを治療してくれた者には山ほどほうびをつかわす」と布告しました。しかしだれもその原因を突き止められる人はありませんでした。

ナンシは立派な服装をして宮殿に現われました。アレイ王はかれを見て、たいそう知識のある名医だと思いました。「おはいりください。先生がわれわれの大きく邪魔なこの鼻をなおしてくださるだろうと、わしはお待ちしていました」といいました。「陛下」ナンシはすわって三人の顔をじっと眺め、しばらくしてから国王にいいました。「陛下は何か毒のある果物を食べられたらしいですな」「わしもそう思う。たしかにこの先生は名医じゃ」「よろしい。わたしは今ここでふたりだけなおすことができます。まず王さまと王妃さまをおなおししましょう。王女さまもおなおしできますが、わたしのかばんの中にはふたり分しか薬を入れて来なかったのです。しばらくお待ちください。薬を調合するため台所をお借りします。しかし、わたしが仕事をしている間、だれもはいってはなりません。みなを外へ出してください」

アレイ王はナンシがひとり台所へ行くことを許しました。ナンシは小さい方のリンゴ少しを、ジュースと牛乳とで混ぜあわせ、二つに分け、アレイ王と王妃にさしあげました。ふたりは少しも残さずその薬を飲んでしまいました。ナンシは「さあ、こうして朝まで待ちましょう。あとは神さまのおぼし召しのままです」といいました。次の朝、王と王妃が起きて見ると、鼻はすっかりなおっていました。

アレイ王はたいそう喜んでナンシのために金貨を二袋用意して待っていました。十時ごろナンシは宮殿に着きました。音楽隊がかれの到着を迎えました。アレイ王は金貨の袋をかれに渡し、「先生、感謝しています。あなたは名医だ。どうか今度はわれわれの愛する娘を助けてやってくれ」といいました。「わかりました。アレイ王。しかし一つ条件がございます。だれにもわたしの治療を邪魔させないでほしいのです。王女さまをなおすには陛下のとは違った治療法が必要なのです。王女さまはまだたいそう若いので、もう一日長い鼻ですごされなければなりません。治療は少し痛むかも知れません。だからたとえ王女さまが泣き叫ばれても、別にたいしたことはございませんので、ご心配なさいませんように。そのあとで王女さまを眠らせますから、王女さまを起こしに来ないでください。明朝まで王女さまを寝かせてあげてください」
「先生がよいと思うようにやってくだされ。だれも治療の邪魔をしないように命令を出しておこう」

王女は喜んで大きい鼻をなおしてもらうことになりました。というのは、こんな鼻では、どんな王子さまにも愛される見込みはなかったからです。ナンシは王女とふたりだけになると戸をしめて錠をかけ、袋からリュウゼツランの綱をとり出し、逃げられないようにまず王女をベッドに固くしばりつけ、腕が疲れるまで王女をむち打ちました。王女は金切り声を上げて助けを求めましたが、だれも問題にしません。「あの大先生は、王女が痛がると、前もっていわれていましたからね」といい合っていました。

ナンシは王女にいいました。「王女よ、お前は肝の悪い（心の悪い）女だ。金持ちからも、貧乏人からも、物を盗んだろう。盗んだ物をここへ出せ」「そんなことうそです。わたしは何も……」「なんだって、貧乏な男から本を盗んだろう」「はい、それは本当です。それだけです」「王女よ。何を盗んだか、わたしにいいなさい。そうでなければお前の長い鼻をそのままにしておくぞ」。このおどかしで、愚かな王女は人びとから盗んだ品物を皆ナンシの前に出しました。ナンシは手帳にその品物の名前を書き上げ、大きい袋に全部入れました。「王女よ、お前をベッドにしばりつけたままにしておこう。お前がもうこれ以上、他人の物を盗まないようにな」「わたしの鼻はどうなるのです。わたしを助けてください。もう決して盗みはいたしません。どうぞ助けてください。行かないで！」。王女は力いっぱい叫びました。そうして王女がすっかり力つきてしまうと、ナンシは小さいリンゴを半分だけ王女に与えました。そうしてとびらをあけ、まっすぐにアレイ王のもとへ行き、「王女さまは今おやすみになっていらっしゃいます。お気の毒な王女さまを明朝まで静かにしておいてください。王女さまはひどい痛みをしんぼうして来られたのですから」といいました。

アレイ王はナンシに感謝し、立派なホテルにかれを泊まらせました。しかしすぐにかれはそこから姿を消し、たくさんの財産を持って喜んで家に帰り、マリアを妻にし、幸福に暮らしました。

さて王女はどうなったでしょう。次の朝、夜明けに、王妃みずから娘がどうなっているかを見にやって来ました。すると王女はベッドにしばりつけられ、顔は泣きはらし、それに鼻はサラダのキュウリほどにしか小さくなっていませんでした。王女は両親にすべてを話しました。またどのようにして自分が人びとから物を盗んでいたかも語りました。アレイ王はナンシを町中捜させましたが、ナンシの姿を見た人さえありませんでした。王女は一生長い鼻のままで、二度と盗みをすることもありませんでした。

イエスルン・ピント『ナンシの物語』第二三話
（Mt. 566　三つの呪宝と不思議な果実）

解説

本話が採集された場所は南米ベネズエラの沖合い、カリブ海上に浮かぶキュラソー島である。この小島は現在オランダ領アンチル諸島の一部であるが、住民の九八％はかつての黒人奴隷の子孫であり、この島がスペイン領からオランダ領になって以来、すでに三四〇年がたっているが、不思議なほどスペイン的要素が残り、音楽、衣裳、舞踏などは対岸のベネズエラの黒人と関連があるといわれる。その上、公用語はオランダ語であるが、黒人はパピアメントと呼ばれる非常にくずれたスペイン語を話し、その意味でラテンアメリカの一部分である。

この島の民話は、ジャマイカ島やオランダ領ギアナと同じようにナンシという人物を主人公にしたものが多く、この島のことばでは、民話のことを「ナンシ話（クェンタ・デ・ナンシ）」と総称するほどである。ナンシはもとガーナのアシャンティ族のアナンセから来たことばで、「クモ」を表わし、アシャンティの伝説では、最高神ニヤメから火を盗んで人びとに与えた文化英雄であった。クモが文化英雄となった理由には、トーテム動物としてのクモの勝利を表わすものだとか、巣の中央にいるクモは、人間に生命を与える太陽の象徴と考えられたとかいわれている。

アナンセの物語は黒人奴隷とともに新大陸に伝えられ、とくに奴隷貿易の中継港であったキュラソーを中心に広まった。しかしこの間にアナンセの性格も変わり、ニヤメへの信仰は後ろに退き、神話としての機能は失われ、これまでアナンセとは関係なしに型として、できあがっていた多くの狡猾者譚を取り入れて、狡猾者へと変質して行った。またアフリカ起源の民話ばかりではなく欧州起源の白人から伝えられた民話の主人公にアナンセを持って来ることによって伝承の枠を自由に広げた。島民はナンシがクモであることを知ってはいるが、動物というより、むしろ人間と同じように行動する。島の伝承の中で見られる典型的なナンシの姿は、妻のシ・マリアと八人の子を育てる極貧の農業労働者で、そのライバルはアレイ王である。時どきアレイ王のヒツジの世話をしたり、畑を手伝ったりするが、慢性的な失業状態にあるのか、ほとんど常に餓えている。島の人びとは無力で黒いクモの中に、このように自分たちの姿を投影し、そのナンシが強力なトラ(白人)や、無慈悲なアレイ王を智慧の働きによって、きりきり舞いさせる話を語りながら、しいたげられた生活の中の唯一の慰めとして来たのであろう。

本話も決してアフリカ系の話ではなく、欧州起源の話で、ラテンアメリカでは、本話のほかにアルゼンチン、チリ、プエルトリコ、アメリカ・コロラド州にそれぞれ一話ずつが知られている。標準的な要素としては次のようなものである。

㈠三人の男がこびとから三つの呪宝(つきない財布、持ち主を好きな場所へ連れてゆく帽子、軍隊を呼び出す角笛《つのぶえ》)をもらう。

㈡王女とトランプをし、一つずつ呪宝を奪われて行く。

㈢偶然、頭に角のはえるリンゴを食べ、次にその角の消えるリンゴも発見する。

㈣王女にリンゴを食べさせる。次に医者に化けて角を取り去り、代償として、奪われた呪宝を取り返す。

本話では、三つの呪宝に相当するものは、父のかたみの「昔話を書いた本」であろう。ただその呪的機能は説明されていない。また角のはえる代わりに、鼻の伸びるのは、むしろ、わが国の鼻高扇の話(集成第四六九)に近い。

この型の話はローマの『ゲスタ・ロマノールム』にすでにあるといわれるが、わが国の鼻高扇とどのような関係にあるか、一考を要する問題である。

20　ウイキョウの輪とシラミの皮

メキシコ

昔、たいそう美しいひとりの娘を持った王さまがありました。王さまは娘を早く結婚させせたくなかったので、ある考えを思いつき、家来にシラミを捜させ、シラミが手にはいると、ウイキョウの若木を庭に植えさせ、シラミは皮のかばんに入れて飼い始めました。このようにして一年がたち、シラミは大きく成長し、ウイキョウの若木も大きく伸びると、シラミを殺して、その皮をはぎ、ウイキョウの木のわくにシラミの皮を張って太鼓を作らせました。

太鼓ができ上がると、国中のあらゆる町々に次のような立て札を立てさせました。

「余は美しいひとり娘とひとつの太鼓を持てり。その太鼓が何によって作られたるかをいい当てたる者には娘との結婚を許さん。ただし、いい誤ったる者は直《ただ》ちに死刑に処せられるべきものなり」

そこで多くの王子たちがその王女と結婚できるかも知れないという希望をいだいて

この都へやって来ました。さてある国の王子が、かれもまたその王女と結婚できるかも知れないと思って自分の国を出発しました。そして道を歩いていると、ひとりの男に出会いました。王子は声を掛けて、あいさつし、さらに「お前はわしといっしょに冒険に行かないかね」と誘いました。男は「よろしい。食べ物さえ頂ければ、ごいっしょしましょう」と答えたので、王子がその男に名前を聞きました。男は「早走りの『いだ天《コリン・コラン》』と申します」と答えました。

そこでふたりが旅を続けていると、また次の日、木の下ですわっている男に出会いました。ふたりは行ってあいさつをし、王子が「わしといっしょに冒険に行かないかね」と尋ねると、男は「よろしい。食べ物さえ頂ければ、あなた方とごいっしょしましょう」と答えたので、王子が名前を尋ねました。「物を投げるのが得意の『投げ上手《ティリン・ティラン》』です。そしてあなた方にそれを証明して見せましょう。あの丘のすそを、シカが通っているのが見えるでしょう」。王子が「見える」と答えると、「それではわたしのわざをお見せしましょう」といって石を投げてそのシカを殺しました。

三人が旅を続けていると、次の日、横になっているひとりの男に出会いました。三人はその男にあいさつしてから、王子が男に「お前はここで何をしているのかね」と尋ねると、男は「天上の人びとが話しているのを聞いてるんでさあ」と答えました。王子が「わしといっしょに行かないかね」と誘うと「ようがす。食べ物さえくだされば」と答えました。名前を聞くと、「耳のよく聞こえる『聴き耳《オイン・オヤン》』でさあ」といいました。

次の日も旅を続けていると、おしりを出して、高く上げている男に出会いました。王子が「そこで何をしているのかね」と尋ねると、「屁《へ》で風車を回しているんですよ」と答えました。「わしといっしょに行かないかね」とさそうと、「承知しました。食べ物さえ頂ければ」といったので、名前を聞くと、「すごいおならの『屁っぴり《ペディン・ペダン》』ですよ」と答えました。

また旅を続けていると、ひとりの男に会いました。その男は十四匹の牛を料理し、バーベキューを作ろうと火を起こしているところでした。王子がやって来てあいさつし、その男にいいました。「おい、お前、わたしらも食べたいので、その肉をひとかたまり分けてくれないかね」。すると男は「ほしいだけ取って行きな。おいらは充分あるから」と答えました。王子は、その男が食べる肉の量を見て驚き、「わたしといっしょに冒険に行かないかね」と話しかけました。すると男は、「いいがね。でも、あんたはおいらが食べる肉の量を見てわかっているだろうから、おいらに充分食べ物をくれる自信があるんなら、ついて行ってもいいがね」といったので、王子は「心配しなくてもいいよ。お前に必要なだけの食べ物を与えよう」といい「で、お前の名は」と聞くと、「おいらの名前は、山ほどくらう『大ぐらい』さ」と答えました。

王子は、目的の宮殿がもうそう遠くではないことをなんとなく気づいていました。宮殿では王と王女が宮殿の屋上を歩き回っており、王女が遠目鏡《とおめがね》をのぞくと、ひとりの王子が多くの家来をつれてやって来るのが見えました。そこで王女は父王に「父上、あそこへやって来た王子さまは、今まで来たどの王子さまよりも、わたしは気にいりました。遠目鏡で見てくださいな」といいました。王は「なるほどたいへん立派だ。でも太鼓が何でできているかを答えなければ、あいつも今に死んでしまうだろうさ」と答えました。一方王子の方では、宮殿に一リーグも近づかないうちに『聴き耳』が「ちょっと待ってくれ。王と王女が何かしゃべっているのが聞こえて来た」といいました。

宮殿では王は娘に「この太鼓がウイキョウの木とシラミの皮でできていると、いい当てるのは、ちょっと難しかろうて」と話していました。それを聞いた『聴き耳』は

「ふん、王さまよ、あんたはうまくいったと思っているだろうが、あんたのいったことを、みんなわしが聞いてしまいましたよ」とひとりごとをつぶやき、すぐ王子に次のように忠告しました。「あなたが宮殿へ着いて、王さまにお会いすれば、まず太鼓のあるところへつれて行かれるでしょう。そのとき、一度太鼓を鳴らしてみて、それから『この太鼓のわくはウイキョウの木で作られており、皮はシラミのものだとわたしは思います』といいなさい」

都へ着いて、王子は宿屋を捜しました。そして次の日、とびきり上等の服を着ると宮殿へ行き、王さまにお目にかかりたいといいました。王が王子を謁見すると、王子は「わたしは陛下が『太鼓の材料をあてた者に王女との結婚を許す』と書かれた陛下のおふれを拝見してまかりこしました」といい、王は「よろしい、余のことばにいつわりはないぞ。それでは太鼓を見に参ろう」といって案内されました。その場所へ行くと、王は王子に一度鳴らしてみるようにいわれました。それから王子はゆっくりと「さて、わたしの考えますには、この太鼓のわくはウイキョウで、皮はシラミのものかと存じます」というと、王はびっくりして「たしかにその通りじゃ、今すぐ娘との結婚の準備をさせよう」といいましたが、さらに「しかしじゃ。その前に、結婚式の日に、お前に二つのことをしてもらわなければなるまい」と付け加えました。王子がその二つのことは何かと尋ねると、王は「お前はお前の家来のひとりに、瓶一杯の海水を持って来させよ。余は余の家来に同じことを命令する。そしてもし余の家来が先に到着すれば、お前に余の娘との結婚を許すことはできない。もう一つの問題は、余の作らせた朝食と昼食を全部食べてしまわなければならない。同様にこれができなければ、余の娘との結婚は取りやめじゃ」といいつけました。王子は「かしこまりました」といって引き下がり、たいそう心配そうな顔をして、家来の所へもどって来ました。しかし、もうそのときすでに『聴き耳』は王が王子にいいつけたことを聞いて知っていましたので、「そんなに心配しないでくだせえ。『いだ天』が海の水を持って来てくれましょうし、『大ぐらい』が食事をみんなたいらげてくれるに違いありませんよ」と慰めました。

結婚式の当日、『大ぐらい』は朝食に並べられたものを片はしから食べつくし、飲みつくしました。そうして昼前、王子は『いだ天』に、王はある魔法使いに、それぞれ、海の水を持って来るように命じました。すると魔法使いがまだ半道しか行かないあいだに、もう『いだ天』はもどり始め、そして魔法使いがちょうど半道まで来たのを見て、『いだ天』はひと休みし、馬のしゃれこうべを枕にして昼寝を始めました。そうして、もう魔法使いがもどり始めたのを『聴き耳』が知って、耳をそばだててみると、なんと『いだ天』はこかげでぐっすりと眠っていました。そこで『投げ上手』が石を投げると、ちょうどそれが『いだ天』の枕に当たり、『いだ天』は目をさましました。前を見ると、もう魔法使いは自分より前を走っているので、驚いて走り出しました。『屁っぴり』がこれを見て「今こそわしの出番だ」といって、仲間から少し離れ、魔法使いのやって来る方向におしりを向けて、半ズボンをぬぎ、大きいやつを発射し始めると、魔法使いはもう前へ進むことはできませんでした。

国王が宮殿の屋上から見ていると、魔法使いはとび上がったり、落ちたりして、少しも前へ進めません。そのあいだに『いだ天』が到着して競争に勝つことができました。魔法使いが到着すると、王は「お前が勝っていたのに、いったいどうしたんだ」と聞くと、魔法使いは「わたしにもどうなったのかよくわかりません。とにかくものすごいあらしにおそわれて走れなくなったのです」と答えました。国王は王子に「お前の勝ちだ。さあこんどは昼食を食べるのだぞ」というと、『大ぐらい』が「王さまのお出しになった料理はみんなわたしがいただきましょう」といって、食べるわ、食べるわ、荷馬車二十五台に積んだ料理をみんなたいらげてしまいました。そしてその上、料理場まで出かけて行って、女中たちに「もっと食べるものはないのか、まだ腹がいっぱいにならないぞ」といいだす始末でした。

王は王子がすべての難題をうまくやりとげたのを見て、王女と結婚させないわけにはいきませんでした。こうしてふたりは結婚し、幸福に暮らしました。

わたしは一つの穴からはいってもう一つの穴から出た。

わたしに何かほかの話を語ってくれない人は馬にけられるがいい。

ホイーラー『メキシコ・ハリスコ地方の民話』第七話

(Mt. 621　シラミの皮)

解説

シラミの皮で衣服、手袋、またタンバリンなどを作らせ、王が王女に、その物の材料をいい当てた者と結婚させると約束するモチーフは、この型の話を特徴づけるモチーフである。このエピソードで始まる民話は、全欧米に広く分布しているが、その後の物語の発展について複雑に変化している。次にラテンアメリカの類話を中心にして、この型の類話を分類してみよう。

第一グループ——皮の材料をいい当てる者は悪魔か、悪者である。結婚した王女は夫によって迫害され、最後に助け出される。「少女迫害」の昔話が後ろに続いたもので、時に「見るなのへや—青ひげ」のモチーフを含んだ類話もある。ラテンアメリカには少なく、メキシコ、アメリカ・コロラド州にそれぞれ一話ずつ類話が見いだされるだけである。

第二グループ——皮の材料をいい当てる者は通常の男性か、いなかのヒツジ飼いである。不思議な能力を持った仲間、または動物の助けをえて、材料をいい当て、さらにいいつけられた難題をやってのける。このグループにはラテンアメリカやスペインの類話が多く含まれる。このグループはさらに次のようないくつかの型に細分される。

Ⅰ型　ヒツジ飼い、または若者は宮殿へ行き、偶然、会話を立ち聞きして材料をいい当て、王女と結婚する。もっとも単純な型。チリとプエルトリコにそれぞれ一話ずつ類話がある。

Ⅱ型　求婚者は宮殿へ向かう途中、不思議な能力を持つ仲間または動物に会い、聞き耳の男、またネズミが、会話を遠くで聞きとり、材料をいい当て、王女と結婚する。「シラミの皮」に「六人組世界歩き」のモチーフが後接したもの。チリ、メキシコにそれぞれ一話、プエルトリコに二話分布する。
Ⅲ型　Ⅱ型と同じようにして材料をいい当てるが、他の求婚者の頼みで、お金をもらって王女とは結婚しない。仲間とお金を分ける。ラテンアメリカにはない。
Ⅳ型　動物たちが主人公を助け、他の求婚者に恥をかかせる(ベッドをよごす)。王女はその求婚者との結婚をやめ、主人公と結婚する。ラテンアメリカにはない。
Ⅴ型　Ⅱ型と同じようにして結婚するが、主人公は王女を悪人に奪われる。「少女迫害」のモチーフが後接したもの。アメリカ・ニューメキシコ州に一話、類話がある。
Ⅵ型　偶然、会話を立ち聞きしたせむしのこじきが材料をいい当て、王女は仕方なくこじきと結婚するが、散歩に出たとき、夫を川に投げ込む。すると、王女は口がきけなくなり、あるいは自分がせむしになる。王女は他国の国王と再婚するが、おしであり、あるいはせむしであるため捨てられる。ラテンアメリカにはない。
「シラミの皮」の話が初めて文献に現われるのは、十七世紀前半ナポリで出版されたバジーレの『ペンタメロン』第一日第五話「ノミ」である。これは第一グループに属し、材料をいい当てるのは鬼で、王女は鬼の夫に迫害されるが、不思議な能力を持つ七人の兄弟に助けられる。このように最後の部分で不思議な能力を持つ男が現われるのは第二グループの類話も当時イタリアで知られていたことを証明するものといえよう。

なお、ラテンアメリカやスペインで「ウイキョウ hinojo」が話に現われるのは、「シラミ piojo」と対句にして韻を踏ますためのものにすぎないようである。

21　手なし娘

プエルトリコ

昔、ひとり娘を持った金持ちの地主がいました。その娘はたいそう信仰深く、人びとに施し物をするのが大好きでした。父親が屋敷をるすにするたびに、その家は施し物をもらいに来る多くの貧しい人びとで一杯になりました。

ある日、父親がとつぜん帰って来て、ついに娘が貧しい人びとに施し物をしている現場を見つけました。そこで次の日、娘に「娘や、服を着なさい。いっしょに散歩に行こう」といいました。娘を馬の後ろに乗せ、山奥深くはいって行きました。そしてそこで馬から娘を降ろすと、木にしばりつけ、「わしがいっしょうけんめいに働いているのに、家をあけるたびに貧乏人に施しをしているとはけしからん」といって、もう二度と施しができないように、腕を二本とも切り取り、娘をそこに置き去りにして帰って行きました。屋敷にもどってみると、屋敷は燃え上がっていたので、父親は失望して悪魔を呼び出し、「悪魔よ、わしを連れていってくれ」といいますと、悪魔は父親を連れ去ってしまいました。

娘が山でしばられたまま、泣いていると、ちょうど散歩に通りかかった三人の学生がその泣き声を耳にとめ、たいそう気になりました。ひとりが「いったいどうしたのか行ってみよう」といいました。仲間は「よせよ」と止めましたが、その若者は「それじゃ君たち先に帰れよ、ぼくだけ見に行くから」といって、仲間は帰り、その若者だけが泣き声のする方へ近づいて行きました。娘の姿を遠くから見て、「お前はこの世のものか、それとも化け物か」と尋ねると、娘が「この世の者です」と答えたので、もっと近づいてみると、とても美しい少女でした。「いったいこれはどうしたんだ」と尋ねられて、娘はことのいきさつを語りました。そこで若者は娘のなわを解いてやり、家へ連れて帰りました。両親が「その手のないきれいな娘さんはどこの人なのだ」と尋ねたので、若者は「どうぞ、ぼくと同じようにこの娘さんをかわいがってやってください」と両親に頼みました。

娘はそのうちにこの若者と仲好くなり、やがて妊娠しました。若者は母親に、もし子供ができたらすぐに手紙で知らせてくれといって、学校へもどって行きました。月満ちて彼女はとてもかわいい赤ちゃんを産みました。すぐに母親はむすこに「とてもかわいい赤ん坊が生まれた」と手紙を書きました。

使いの者が手紙を持って行く途中、このかわいそうな少女が木にしばられていた森を通ると、ひとりの紳士が立っているのに出会いました。（それは悪魔に魂を売った父親だったのです。）その紳士が使いの者に「どこへ行くのか」と尋ねたので、「学校まで手紙を持って出かけるところです」と答えると、「その手紙をちょっと見せてくれないかね」といいました。その手紙には「むすこや、嫁はとてもかわいい赤ちゃんを産みました」と書いてありました。その紳士はすきを見て、素早く別の手紙とすりかえました。その手紙には「嫁が変な化け物を産みました。早く帰って来て、嫁を家から追い出しておくれ」と書いてありました。その手紙を読んだむすこは、「たとえどんな子供を産んでも、わたしの帰るまでは母子とも家に置いてやってくれ」と母親に返事を書きました。使いの者が手紙を持って帰る途中、また同じ場所で、同じ紳士に出会いました。その紳士は「その返事を見せてごらん」といい、その手紙を、「母上、この手紙を受け取りしだい、赤ん坊を女の首にくくりつけて山へ追っぱらってください」と書いた手紙とすりかえました。

母親はむすこからの手紙を受け取るとすぐに読み始めましたが、涙を流し、その手紙を読んだ者は皆泣きました。手のない嫁は家族の人たちが泣いているのを、「どうして泣いていらっしゃるのですか」と尋ねましたが、だれも彼女にそのわけをいおうとはしません。やっとのことで母親は立ち上がって手紙を嫁に見せました。手紙を読み終えた彼女は家族の人たちに「どうぞあの方のおっしゃっている通りにしてください」といいました。そうして首に赤ん坊をくくりつけてもらい、山の方へ向かってとぼとぼと歩いて行きました。

話変わって学校を終えたむすこは急いで家にもどり、帰りつくとすぐ母親に「妻はどこにいるか」と尋ねました。母親は「お前のいった通りにしたよ」というと、むすこは「ぼくが何かしなさいといいましたか」と尋ねたので、「お前の書いて来た手紙をよくごらん」といって手紙を見せると、むすこはひと目見るなり「これはぼくが書いて持って帰らせた手紙じゃない。別のものだ」といったので、母親は不思議に思い、「それじゃ、わたしの手紙は持っているかい」と尋ね、むすこは母親から来た手紙を取り出して見せました。こんどは母親が「これはわたしの書いた手紙じゃない。書き変えられている」といいました。そこでむすこは「おかあさん、どうぞわたしに祝福を与えてください。これからわたしは妻のあとを追って彼女を見つけるまで、捜し続けます」といって家を出て行きました。

一方、手なし娘は子供を連れて歩き続けましたが、子供は絶えず水をほしがって泣きます。途中一軒の家で、少し水をもらい、さらに歩き続けましたが、子供はすぐにまた水をほしがります。手なし娘は「坊や、もうあなたにあげる水はないのよ」といって歩き続けました。

しばらく行くと川があり、川のそばにひとりの男の人が立っていました。子供がまた水をほしがると、その人が「その子がほしがっている水は洗礼の水だよ」といい、子供に水を注いで、洗礼を施してくれました。それから、その人は子供に向かい、「あの馬が見えるかい。立ち上がってあの馬の所へ行って、こういいなさい。『神のみ名において、どうぞおかあさんに手をください』そういって、つかまらないように、走ってもどっておいで」

その子は不思議にも立ち上がって、馬の所までよちよち歩いて行きますと、馬はその子を捕えようと走り出し、子供は逃げてもどって来ました。その人は再び子供に、「おかあさんのために手をもらいに行きなさい」といいました。しかし子供はまた、泣きながらもどって来ました。その人は三たび、子供に「行きなさい」と命じ、「馬がおかあさんの手を投げてよこしてくれたなら、それを持って、走ってもどって来なさい」といいました。そこで子供はその通りにして、手をもらってもどって来ると、その人はその手を母親にくっつけて、もとのようになおしてくれました。そこで彼女は喜んで、子供を連れて立ち去って行きました。

ふたりはある町へ着き、そこで住むことになりました。その国の王子が母親に恋をし、母親と子供は王宮にいつも招かれていました。ちょうどそのころ、母親の夫がこじきのようになって、妻を捜しながら、町から町を回り、その国へやって来て、泊めてくれる家を捜していました。彼女はたいそう親切だったので、夫とは知らずに、そのこじきを上に上げてやって、へやを与え、その上、理髪師を呼んで髪の毛を刈り、ひげをそらせ、仕立て屋を呼んで着がえの服を作らせました。また人びとと共にする宴会のテーブルにその旅のこじきを招待しました。みんながテーブルに着くと、子供は父親をじっと見つめていましたが、父親の方を指さして、母親に「ママ、パパがいるよ」といいました。母親は「お黙りなさい」とたしなめましたが、子供はまた父親の方を指さして「ママ、パパがいるよ」といいました。

食事がすむと、母親は「皆さん、自分たちの若いころに経験したおもしろい体験談を語りあいましょう」と提案しました。夫が自分の話をすませると、はっとした母親は、みんなに許しを求め、夫を別室に呼び、夫の顔をじっと見つめました。すると夫の方も気がついて、「施しをしたため、父親に腕を切られ、山で木にしばりつけられていた少女を助けた青年を覚えていられませんか。その青年は少女を家へ連れて帰り、母親に自分と同じようにその少女をかわいがってくれといいました。また子供が生まれたら、すぐに手紙を書いてくれともいいました」と、こう語りながら、二枚の手紙を見せました。

彼女はそれを聞いて涙を流し、夫を抱きしめました。驚く人びとに、母親はいいました。「この人はわたしの夫で、この子の父親なのです。そしてまたこの人が、山で腕を切られて、しばられていたわたしを助けてくださったのです」

こうして、ふたりは、王と王妃が立会人となって晴れの結婚式をあげました。

メイスン＝エスピノーサ『プエルトリコの民俗』Ⅲの第二一話のa

（Mt. 706　手なし娘）

解説

　哀れにも両腕を切られた娘が、神仏の加護により奇蹟的に両手を回復するという「手なし娘」の奇蹟譚はわが国でも集成第二〇八でかなりの類話があげられているが、世界的に見ても、かなり広く分布した国際的民話の一つで、ラテンアメリカでも本話を含めて十一話が報告されている。

　「手なし娘」の個別的な研究については、フランスのエルマン・スシェルがフィリップ・ド・レミの詩作品の註解の中で分類し、主人公の産む子供がふたごで、二度森へ捨てられ、隠者に救われる型と、子供がひとりで、二度海へ捨てられ、元老院議員に救われる型に分類したが、本話のように、これに合わない類話もある。

　導入部のモチーフについて㈠父が娘と（兄が妹と）結婚を望み、娘（妹）が拒絶するので、㈡父が悪魔に娘を売ったので、㈢施し物を与えるなとの命令に反したので（本話が含まれる）、㈣継母（義姉）に迫害されて（わが国の類話はすべてこれである）、㈤父は娘に神に祈るなと命令し、それに反したので。

　以上のような種類があり、現在のラテンアメリカやスペインの類話では㈡の発端が多い。

　「手なし娘」の最古のテキストは十二世紀のラテン語の作品「オッファ王の生涯」に

までさかのぼり、イギリス王と、ヨーク王の娘の逸話となっている。それ以後近世初期までにオリエントと欧州に十五のテキストが発見されている。その起源については、スシェルはイギリス北部に求めているが、スペインの文学史家メネンデス・イ・ペラーヨはアラビアかインドに求めている。

22　オリーブの花

プエルトリコ

昔、三人のむすこを持った夫婦がいました。長兄はホアン、次がフェリペ、末弟がカルロスという名前でした。数年たって、父は目が見えなくなり、哀れな家族は働き手を無くして途方に暮れてしまいました。この人の好《よ》い父親が盲目になってしばらくたったころ、ひとりの老人がやってきて、「オリーブの花をせんじ、そのしるで目を洗えば目が見えるようになる。だがその花はとても手にはいりにくいものだ」と語りました。

いちばん上の兄はこれを聞くと、望む物をすぐにも手に入れようと思い、木の種をまいて、弟たちに「もしこの木がしおれたら、わしが苦しんでいると思ってくれ」といって出かけて行きました。ホアンが歩きに歩いて、川を渡っているとき、洗たくをしている老婆に会いました。そのそばでは子供がワーン、ワーンと泣いていました。ホアンが「お婆さん、子供さんが泣いていますよ」と声をかけると、老婆は「おなかが減って泣いているんだよ。パンをひと切れ持っていなさらんかね」といいました。老婆はホアンは持ってはいましたが、「持っていません」と答えておきました。老婆はホアンが悪い道を通って難儀をするようにのろいをかけました。

三週間たちました。まん中のフェリペは兄がもどらず、木が枯れているのを見て悲しくなり、兄を捜しに行く決心をしました。何時間も歩いたあとで、兄と同じ老婆に会いました。そばで子供が水におぼれていました。フェリペが「お婆さん、子供さんがおぼれていますよ」というと、「おお、とても深いのでわたしゃはいれないんだ。引き上げておくれな」と答えました。けれどもかれは引き上げてやるどころか、深みに子供を押し込んでおぼれさせました。そこで老婆はホアンにいったのと同じのろいのことばを繰り返しました。フェリペは一か月も歩き回りましたが、花も兄も見つかりませんでした。

兄がふたりとももどって来ないので、末の弟は兄たちを捜しに行こうと決心をしました。しかしこの子がいちばん愛されており、また心も優しかったので、父も母も行かないようにと頼みましたが、とうとう出かけて行きました。

川を渡るとき、老婆と泣いている子供に出会ったので、カルロスは「お婆さん、子供さんが泣いていますよ。見てやって泣きやませてあげなさい」というと、老婆は「おなかが減っているのにやるものがないんでね」と答えました。そこでポケットからパンを出して子供に半分やりました。すると老婆はいいました。「お前さんは親切で立派な心根を持っているから、お兄さんがどこにいるか、おとうさんの目を治療するオリーブの花がどこにあるか教えて進ぜよう。でもな用心しなされや。お前がその花を持っているのを知ったら、兄さんはお前をきっと殺すじゃろう。だから花が手にはいったら、左足の足の裏にはっておきなされ」

やはり老婆のいった通りになりました。ホアンやフェリペと会うとすぐ、ふたりは弟が自分たちのほしがっている花を持っていると思い、くつをぬがして調べ、花を見つけると取りあげた上、弟を殺して埋めてしまいました。ふたりは家にもどって父親の目は見えるようになりました。弟には会わなかったといっておきました。

ある日父はホアンに砂糖きびの種まきをするので畑を切り開くよういいつけました。仕事を始めると次のような歌が聞こえてきました。

お兄さん、わたしにさわらないで
わたしを吹くのをやめないで

あなたがその手でわたしを殺した
　オリーブの花のために

逃げるようにして家へ帰り、自分にはこの仕事はできないから、だれかほかの者にやらせてくれといいました。次男のフェリペが行くと、すぐにまた次のような声が聞こえてきました。

　お兄さん、わたしにさわらないで
　わたしを吹くのをやめないで
　あなたは殺しはしなかったけれど
　わたしを埋めるのを手つだった

フェリペも家にもどってこのことを両親にいいました。両親がその場所へ行くと、またこんな歌が聞こえました。

　わたしのなつかしいご両親
　わたしを吹くのをやめないで
　わたしの兄さんがわたしを殺した
　オリーブの花のために

そこで父と母は掘り返し始めました。すると死なずに以前のままの姿でカルロスが現われました。両親はかれを抱きしめて口づけし、どのような罰を兄たちに与えようかと尋ねました。しかし弟は兄をゆるしたので、ふたりはゆるされ、みんな幸福に暮らしました。

メイスン＝エスピノーサ『プエルトリコの民俗』Ⅲの第五話
（Mt. 780　歌い骸骨）

解説

この話は国際的民話の一つに属し、広く「歌い骸骨《がいこつ》(Singing Bone)」と呼ばれる型の民話で、死体の一部、また埋葬場所からはえた植物が殺人の罪をあばく話である。スペインやラテンアメリカでは「オリーブの花」とか「リリラーの花」とか呼ばれる。グリム昔話第二十八番「歌い骸骨」も、わが国の「まま子と笛」「まま子と鳥」なども関連のある類話である。広く分布し、ラテンアメリカだけでも二十八の類話が知られているこの型の民話について、ドイツのルッ・マッケンゼンは一九二三年ヘルシンキから民俗通信の一冊として「歌い骸骨」という比較研究を発表した。しかし、欧米一般の類話では、殺人を暴露する契機となる楽器が、死体の一部(主として骨)から作られるのにたいして、スペイン、ポルトガル、ラテンアメリカ、チェコ、ポーランド、ハンガリーの類話では、その楽器が埋葬場所からはえた植物によって作られる点でサブタイプに分けられる。

ラテンアメリカのこの型の主要な要素は次の通りである。

(一)三人のむすこを持つ王(時には単に父親)がいる。盲目(眼病)である場合が多い。

(二)王位継承問題を解決するため、または父親の病気を治療するため、ある花をむすこに捜して来るよう求める。

(三)三人兄弟は旅に出るが、弟のみ、老婆(聖母)の助けで花を手に入れる。

(四)帰り道、ふたりの兄に出会い、花を奪われ、殺されて、道ばたに埋められる。

(五)埋められた場所から、植物(主としてアシ)がはえ、羊飼いが通りかかって、それを笛にすると、笛は真実を訴える歌を歌う。

(六)父親が真相を知り、弟は掘り出され、ふたりの兄は罰せられる。

(一)〜(四)までの要素は本書の第十六話「七色の鳥」や第十七話「素晴らしい魔法の鳥」などともまったく類似した末子成功譚的な要素を含んだ兄弟葛藤の物語である。

この型の物語の兄弟が捜し求める花の名称は大体二つの系統に分けられ、それによって伝承経路の違いが解明できるものと思われる。一つは本話のように「オリーブの花 Flor de Olivar」で、プエルトリコと中米に集中している。もう一つは「リリラー」「リリロン」「アリロン」「リロライ」「リロバー」「ルラライ」など、架空の花を表現するために、いろいろ変化している。が、その語根となったものは、「ユリの花 Flor de Lilio」であると思われ、チリやエクアドルを中心とした南部ラテンアメリカに分布している。このことは、花を捜す動機が父親の盲目を治療するため、というのが大半を占めることと考え合わせると、ラテンアメリカないしスペインのどこかの土地の民間療法で「オリーブ」や「ユリ」の花が眼病の治療に用いられたことが、これらの名称の背景となっているのであろう。ただこれらの花の用法を見ると、せんじた汁で目を洗うというのもあるが、その花で目をなでればよい、というのもある。これはこの型のイタリアの民話が花ではなくてツルの羽毛を捜しに行くのを考えると、スペインにはいってから花になった道筋がわかるような気がする。なお、コロラド州やニューメキシコ州の類話では捜し求めるのは花ではなくて三つの金の玉であり、これは呪宝と思われる。スペインにも同じものがあることから、これは別の経路による伝播と考えられ、ラテンアメリカへの民話の伝播が決して一元論では片付けられない証拠であろう。

なお、本話の兄が出発する際に木を植えるのは、いうまでもなく生命指標で、「ふたり兄弟」の話の不可欠の要素であるが、兄弟話にはよく見られるもので、かつては、兄弟肉親の間で現在以上に精神の超自然的な結び付きのあったなごりであろう。

23　神父を殺した少年

メキシコ

昔、ひとりの少年がある神父の所へ行って、何か仕事をくださいと頼みました。神父は教会で何か仕事を捜してやろうと少年にいいました。こうして少年は一人前の若者になるまでそこにとどまることになりました。神父はこの若者をたいそうかわいがっていました。いつも自由に神父の家へも出入りしていました。しかしある日、若者は神父がたくさんのお金をためていることを知り、教会で隠れて夜になるまで残り、そのお金を奪いとろうと考えました。夜の九時ごろ、若者はナイフをつかみ、神父の首を切って殺し、お金を取って遠くの方へ逃げ去ってしまいました。

次の日、ミサの時間になっても神父は出て来ません。戸をたたきこわしてはいってみると、家の中の道具が何もかもひっくり返っていました。みんなは神父を捜し回り、神父が殺されているのを見つけました。人びとは驚いて、若者も捜しましたが見つかりません。そこで若者が神父を殺したのかも知れないと思いました。人びとは警察に知らせた後、手厚く神父を埋葬しました。神父を殺したのは、ほかならぬ若者である事情がすぐにわかり、若者を捜し回りましたが、どこにも見あたりませんでした。

それからもう五年の年月が過ぎ去ったので、若者は「これだけ年月がたてば、もう自分の村へもどってもわからないだろう」と考えて、自分の村への道を歩いていました。故郷の村が近づいたとき、道ばたにたくさんのカボチャがなっていました。若者は何気《なにげ》なしに、そのカボチャをひとつとって、手でぶら下げて歩き続けました。

村へ着くと、人びとはかれが変なものを手に持って歩いているので、ジロジロと若者を見つめ、ガヤガヤ騒いでいました。だが若者は、自分が手に持っているものはカボチャだと思っていましたので、多分カボチャを盗んだので、みんながうわさしているのだろうと思っていました。

すぐにかれは警官につかまり、村長のところへ連れて行かれました。村長はかれに「いったいどこで人殺しを犯したのだ」と尋ねました。若者は「人殺し？　だれも人殺しなんかしてないよ」といいました。すると村長は「どういうわけで、お前が首をぶら下げているかを聞いているんだよ」といいました。「首だって、いったいなんのことだ」と聞くと、「そのお前が手に持っているものだよ」と村長がいいました。若者は手に持っているものをながめましたが、もちろんかれにはカボチャにしか見えません。若者はたいへん腹を立てて、「これは首なんかじゃない、カボチャじゃないか」と突っかかりました。村長は「それじゃ、お前が手に持っているものを、テーブルの上に置いてごらん」といったので、若者がそれをテーブルの上に置くと、カボチャがなま首で、しかも殺した神父の首であることがわかり、若者は驚いて真実を白状しました。人びとはそれが神父の首であり、そこにいる若者が、昔教会にいた若者であることを認めました。すぐに命令が出され、若者は銃殺になりました。

その時すでに、神父が殺されてから五年の月日がたっていたのに、神父の首は少しも腐っていなかったので、人びとは奇蹟が起こったのだと思い、その首は村びとの手によって葬られ、その時になって、神父を殺したのはやはり若者だったことを人びとは納得しました。

（Mt. 780C　口をきく小牛の首）

エルジー・クルーズ・パーソンズ「メキシコ、プエブラ州サンタ・アナ・サルミミルルコの民俗」第八話（米国民俗学雑誌第四五巻、三五六―三五七ページ）

解説

カボチャ、小牛の首、魚、その他の動物が殺人者の手の中で、殺された者の首に変わり、隠されていた犯罪が暴露するこの物語は多分オリエントで発生し、モロッコを通ってスペインに渡ったものらしく、その分布は南欧とラテンアメリカに限られており、アアルネ＝トンプソンのリストでも十六話しか記録されていず、ラテンアメリカでは本話のほかに三話が採集されている。

しかし分布が狭いことは、この場合、決して歴史の浅いことを意味しない。すでに一七三五年にスペインで出版された『聖ビセンテ・フェレールの生涯』の中にもあるし、また十九世紀スペインでロマン主義演劇の旗頭《はたがしら》であったソリーリャは韻文で書いた二つの伝説「真実のためには時が、正義のためには神が」「お守り《タリスマン》」でこのテーマを扱っている。

エスピノーサはこの型の類話を全部比較した上で次のようなサブタイプに分けている。

Ⅰ型　ある男が金のため人を殺し、長年の後、故郷へ帰り、牛の首（ヒツジの首の丸焼き、食パン、カボチャ）を買い家に持ち帰る。途中で持っている物が、かつて殺した人の首に変わり犯罪が発覚して死刑になる。

Ⅱ型　理髪師がさしたる理由もなく客の首を切る。長年の後、故郷に帰り、首を埋めた場所を通ると、そこはブドウ畑で大きなブドウがなっている。そのブドウをサルタンへのみやげにもぎとる。サルタンにブドウ(またはザクロ)を献上すると、それが首になっている。このようにして犯罪が発覚し、死刑になる。

Ⅰ型が普通スペイン民族の亜型であり、Ⅱ型がアラブ民族の亜型であるが、アメリカ・ニューメキシコの一つの類話は、Ⅱ型に属する珍しい例である。

なお本話が採集されたプエブラ州はメキシコ中部にある内陸の州で首府メキシコ市の南に隣接している。

Ⅲ　笑話

24 ゆで卵からヒヨコはかえらない

プエルトリコ

昔、ひとりの貧しい男がいました。ある日、金持ちの店へ行き、何か食べ物を作ってほしいと頼みました。するとゆでた卵を三個とデザートに一本のバナナを出してくれました。男はこの代金は帰りまで貸しておいてほしいと頼みました。それから、また別の地主の家へ行き、わたしを雇ってくれないでしょうかと頼みました。地主は「四年間働いてくれるなら、仕事をあげんでもないがね」と答えました。

そこには別の男も働いていました。その男は毎晩ともすろうそくをもらうと、翌朝、窓から外へろうそくの残りかすを投げ捨て、貧しい男には「このろうそくの残りは悪魔にやっているんだよ」といっていました。

四年が過ぎると、貧しい男は「もう四年も家を外にして働いていたので、家族がどうしているかわからず心配だし、家族もわたしのことを案じているでしょうから、家族の所へもどろうと思います。どうかわたしの給金を計算してください」と主人にいいました。主人は「給金の帳簿を見てみよう」といって、ふたりはへやへはいり、帳簿を調べると、男の分として四〇〇ペソがもらえました。

三個の卵を食べた店へ行った貧しい男は、店の主人に「わたしが借りていた昼飯代を払いに来たよ」といいました。すると主人はへやへはいって帳面を見てみると、貸しが残っており、卵三個とバナナ一本と書かれてありました。そしてその貸しがいつごろのものかと見ると、それは四年前のものであることがわかりました。そこで男に「あんたは今それを支払ってくれる気かね」と聞くと、貧しい男は「そうだよ。いくらになるか見ておくれ」と答えました。すると主人は男にいいました。「さあ、それじゃ、その三個の卵がどれほどふえるか見てみよう。さて、そのうちの二匹がめんどりになり、一匹がおんどりになったとしよう。二匹のめんどりのうち一匹からは十匹の雌のヒヨコが生まれ、もう一匹からは五匹の雌のヒヨコと、五匹の雄のヒヨコが生まれる。そこで十五匹がどれほどふえるか計算せねばならない。六匹のおんどりは別に考えるとしてあんたが行ってから過ぎた四年の間に、そのめんどりがどれほどの金額にふえるか計算してみよう。それが卵三個の代金だからね。四年間でめんどりが生み出す利益はどれほどになるかな」

計算してみると八〇〇ペソにもなりました。そこで貧しい男は泣きながら店を出て、今まで働いた家へもどって行きました。主人はもどって来た男を見て、「おやおや、いったいどうしたのかね」と尋ねました。「わたしは卵三個とバナナ一本の昼飯代を借りていたのです」「いったいその昼食代にいくら請求されたのかね」「あなた、それが八〇〇ペソも請求されたのです。それでまた働かせてもらいにもどって来たのです」「警察にいってやりなさい。卵三個とバナナ一本でそんな額とはね……どんなにして昼食を食べたのかいってごらん」「わたしゃ、その人に昼食を頼む、帰りに払うからといったら、卵三個とバナナ一本をつけてくれたのですよ」

そのとき、いっしょに働いていた友人がいいました。「その卵三個を売った男に、わしが裁判で弁護するといってやれよ」。みんなは裁判に行きました。卵三個食べた男は自分に弁護人をつける許可を求めました。それから裁判官がはいって来て、もう裁判の時間が来ているが、弁護人は来ているかと尋ねました。そうして貧しい男に「もう時間だから、あなたの弁護人を呼んで来るように」といいました。男は行って弁護してくれる友人に「あなたを呼びに来たんです」というと、その人は「もどって裁判官に、わたしは今、大事な仕事をしているので忙しいと、いっておいてくれ」といいました。男がもどって裁判官に「わたしの弁護人は大事な仕事をしているので忙しいそうです」というと、裁判官は「つれて来なさい。そうでないと、あなたに不利な判決をすることになるよ」といいました。男は再び弁護人の所へ行って、弁護人をつれて来ました。すると裁判官は「どうしてあなたはわたしの喚問に応じなかったのか。もう少しで不利な判決を下すところだったぞ」といいました。すると「どうも忙しくて、大事な仕事をしていたものですから」「いったい、あなたは何をしていたのかね」と裁判官。「種をまこうと思って、インゲン豆をいっていたのですよ」「ばかなことをいうな。いったいどこの世界にいったインゲン豆を、あとで畑にまく人があるだろうか」「いったいどこの世界でゆで卵からヒヨコがかえるでしょうか」

そこで裁判はその店の主人の負けと決まり、貧しい男は喜んで家に帰りました。

メイスン＝エスピノーサ『プエルトリコの民俗』Ⅱの第四五話

（Mt. 821　ゆで卵からかえったヒヨコ）

解説

このオリエント起源と推定される頓智《とんち》話は、ラテンアメリカでは、本話のほかにプエルトリコに一話（前半部は他の型の話が接合、弁護者は自身のむすこ）、アメリカ・コロラド州に一話（原住民が弁護に立つ）、キューバに一話（賢い年とった黒人が弁護）報告されている。

欧州の一部の類話では、悪魔が弁護者である例がある。本話では悪魔ではないが、弁護者がろうそくの残りかすを悪魔にやっていたことから、悪魔から智慧を授かったことが想像される。

この型の民話はわが国を含む東アジアにはないが、ただ中国のトルキスタンに住むトルコ系のウイグル族の民話として、解放後「鶏勘定」の題で報告されている。

25 少女と王子

メキシコ

昔、三人の娘を持った貧乏な老人がいました。この老人は手入れの行き届いた庭を持っており、三人の娘はそれぞれ一週間交代でその庭に水をやることになっていました。そのあたりを王子が毎日通りましたが、ある日、王子は水をやっているいちばん上の娘に声を掛けました。「お嬢さん、あなたが水をやっているその庭には、幾つ花が咲いていますか」。長女はたいそう恥ずかしかったので、ひとことも返事をせずに中へ逃げてはいってしまいました。王子は次の週になるのを待ち、二ばんめの娘が庭に水をやっていると、また声を掛けました。「お嬢さん、あなたが水をやっているその庭には、幾つ花が咲いていますか」。この娘も姉と同じように恥ずかしくなって、何もいわずに中へはいってしまいました。

王子はまた一週間待ちました。そして一週間たってからそこを通ってみると、いちばん下の娘が水をやっているのに会ったので、また声を掛けました。「お嬢さん、あなたが水をやっているその庭には、幾つ花が咲いていますか」。末娘はふたりの姉が何も答えられなかったことを知っていたので、王子にこう答えました。「王子さま、それじゃ空には幾つ星がありますか」。王子は心の中で「おやおや、この娘はわしをいい負かしおった。しかし今に見ておれ」と思いながら、黙って宮殿へ帰られました。

宮殿へもどると、ちょうどそこへインディオ(原住民)の漁師が魚を売りに来たので、王子はこういいました。「これから三人の娘のいる、あの貧乏な老人の家へ魚を売りに行きなさい。もしお金がないといったら、末娘に一度口づけさせてくれたら魚を上げようと、いいなさい。それからここへもどって来れば魚の代金はわしが払ってやろう」。漁師はさっそくその老人の家へ行って「旦那、魚はいりませんか、新しくて上等の魚ですよ」というと、老人は「魚屋さん、買いたいんだけれども持ち合わせがなくてね」と答えました。漁師は「ようがす。おたくのいちばん下のお嬢さんに一度だけ口づけさせてくだされば、この魚をただでさし上げましょう」といいました。老人は末娘を呼んで「この人はお前のほほに口づけさせてくれれば魚を上げるといっているが、お前どうするかね」と尋ねると、末娘は「いいわ」と承知しました。

インディオの漁師は宮殿へ帰って王子に口づけして来たと報告しました。王子は漁師にお金を払い、漁師は喜んで帰って行きました。

次の朝、王子はまた老人の庭の前を通りました。そうして末娘を見つけると、「お嬢さん、あなたが水をやっているその庭には幾つ花が咲いていますか」と尋ねました。娘が「王子さま、空には幾つ星がありますか」と答えると、王子はさらに「お嬢さん、愚かなインディオの漁師はあなたに何度口づけをしましたか」といいました。すぐに娘は心の中で考えました。「これは王子のしわざだわ。こんどはわたしの負けよ、でも王子は毎日雌馬に乗って通られるから、ドン・パンチョがたしか持っていたあのロバを借りて、王子の雌馬をおどかしてやろう」

娘はドン・パンチョの所へ行ってロバを貸してくれと頼み、それを貸してもらいました。ある日王子が雌馬に乗って通っていると、娘はロバを放しました。発情したロバは雌馬を見るとあとを追い、雌馬の後ろから王子のおしりにかみついたり、けったりし始めました。王子は驚いて馬からとび降り、走って宮殿へ逃げて帰りました。

数日後、王子が老人の庭の前を通ると、末娘が庭に水をやっていました。王子が「お嬢さん、あなたが水をやっているその庭には幾つ花が咲いていますか」と尋ねると、娘は「王子さま、空には幾つ星がありますか」と答えました。王子がまた「愚かなインディオの漁師はあなたに何度口づけをしましたか」と尋ねると、娘は「あの気の立ったロバはあなたに何度かみついたり、けったりしましたか」と答えました。王子はこの問答に娘が勝ったのを見て娘にいいました。「お嬢さん、わたしはずっとあなたが好きだった。わたしと結婚してくれませんか」。娘は父親の所へ行ってこのことをいい、父親も承知したので、ふたりは結婚して幸福に暮らしました。

ホイーラー『メキシコ・ハリスコ地方の民話』第二話
（Mt. 879　メボウキの少女）

解説

本話は国王や王子、その他の身分高い人がたわむれに出したむずかしい謎をみごとに解決する賢い少年や少女をテーマとした一群の民話の一つである。

賢い少女をテーマとした民話は従来から多くの民俗学者によって研究テーマとされ、十九世紀の中葉以来、ドイツのテオドール・ベンファイ、ロシアのウェッセロフスキー、グリム昔話の註釈をつけたボルテとポリブカなどは皆、この種の民話について研究を発表している。中でもオランダのヤン・ドフリスは一九二八年ヘルシンキから民俗通信の一冊として、「謎を解く賢い人の話」を出版し、二六二の類話を研究して、サブタイプを設定し、従来のオリエント起源説を否定して、西欧に起源を求めた。ただかれはスペインやラテンアメリカのスペイン語の類話をまだ利用できなかったので、対象はMt. 875「賢い農夫の娘」に限られ、本話が属するMt. 879「メボウキの少女」には言及されていない。

本話が属する「メボウキのはち」は物語が、通常次のような要素で始まる点に特徴がある。

王(王子、またはその他の身分ある人)は偶然に三人(まれにひとり)の娘が草花(多くはメボウキ)に水をやっているところに通りかかり、「草花に幾つ葉(花)があるか」と尋ねる。ふたりの姉は答えられないが、いちばん年下の娘は、答えずに、空の星の数と海べの砂の数を尋ねる。王は答えられない。

この「メボウキのはち」は南欧とラテンアメリカ、それにハンガリーとトルコにのみ分布し、アアルネ＝トンプソンのリストには六十五の類話が記録されているが、ラテンアメリカでは二十二話(内チリ八話、プエルトリコ七話)が今までに報告されている。

この型の話のその後の発展で特徴的なのは次の四つのモチーフであるが、類話によってこのうちの一つまたは二つを欠くのが普通である。

魚売りのモチーフ――王は仕返しのため、娘の家から帰ると、魚売りに姿を変え、娘の口づけで魚を売る。

医師のモチーフ――王が病気であるのを知った娘は、医師に姿を変え、治療のためだとだまして王の肛門にカブラを突っ込む。または王にラバのおしりに口づけさせる。

驚かすモチーフ――娘は死人の姿をし、または王のへやにヤギを入れ、またはその他の方法で王を驚かす。

甘い人形のモチーフ――結婚後、娘は砂糖(蜜)で作った人形を寝床に寝かせておく。王は復しゅうを考えて、娘だと思って人形を剣で刺す。砂糖がとんで王の口にはいると、王はすぐに後悔して「彼女の死は甘い」という。隠れていた娘が現われ、ふたりは幸福に暮らす。

本話では第一と第三のモチーフを含み、しかも第一モチーフでは自分が変装せず、漁師を使用する。

この型の民話が初めて文献に現われるのは十七世紀前半にナポリで書かれたバジーレの『ペンタメロン』第二日第三話「ビオラ」で、草花に水をやるモチーフはないが、その他の部分は現在の伝承とほぼ同じ要素がそろっている。

26 手まねで話す神父

チリ

昔、聖フランシスコ修道院にローマ教皇の巡察使がもうすぐ到着するという知らせが届きました。この巡察使はたいそうな賢者だが、また非常な論客で、しかも手まねで話したり、議論したりするといううわさでした。しかも巡察使の手まねを理解しない修道院はいつも悲惨な目にあうというのです。このことが修道院の神父たちにはとても頭痛の種でした。いったいだれが、この知識の塊のような巡察使に応待し、しかもその手まねの会話を理解できるというのでしょうか。哀れな神父たちは心配と恐れで頭をかかえていました。

この修道院に、いつも庭仕事をしている下働きの在俗の僧がいました。名前はフルヘンシオ修道士といい、無教養ですが、朗らかで、大胆な若者でした。かれは修道院の偉い神父たちがびくびくした顔をしているのを見て、いつも自分をかわいがってくれる院長に近づき「恐れながら」と前置きしてから、こう尋ねました。「神父さま、いってえ、何が神父さま方を悩ませているんでごぜえますか。皆さんがそろいもそろって頭を垂れ、浮かねえ顔つきをしてござっしゃるが」

話しかけられた院長は、自分たちの上に降りかかって来た不幸を話して聞かせ、さらに「しかも訪問されるお方に立ち合えるような、けづめを磨きあげたおんどり(そうそうとした論客)が見つからぬので、その不幸は間違いなくやって来るのだよ」と語りました。するとフルヘンシオ修道士は、「ようがす。あっしが、そのおんどりになりますべえ。神父さま、どうぞご安心くだせえ」といいました。

次の日、そのあまり歓迎されざる巡察使が到着し、修道院の人びとは皆、列を作って巡察使を迎えました。到着した巡察使は口を開かず、ただあいさつのしるしに軽くうなずいただけでした。

もっとも恐ろしい食事の時間がやって来ました。というのは、この巡察使は、その犠牲者が消化不良を起こすのを楽しんででもいるかのように、いつも食事の時間に討論を始めるのがたいそうすきでした。みんなが食堂にはいると、食事前に祈るのがならわしになっている食前の祈りを終え、各人がその座席にすわりました。するとそのとき、巡察使は立ち上がり、指を一本前に出しました。すぐにフルヘンシオ修道士は中央へ進み出て、指を二本前につき出しました。こんどは巡察使が指を三本出しました。すると修道士はこぶしを作って前に突き出してこれに答えました。巡察使がテーブルからリンゴを取り上げて、ゆっくりと相手に投げるかっこうをすると、これまた修道士もテーブルからパンを取り上げて、たいそうゆっくりとその手を上に上げるかっこうをしました。するとやっと巡察使は満足げな様子で腰をおろしました。その上機嫌な顔つきを見て、神父たち一同はほっとして、初めて食欲を感じ、おいしそうに食事を始めました。

滞在はただの一日ですみました。そうして次の日朝早く、巡察使は帰って行くことになっていました。帰られる前に院長は「猊下《げいか》、まことに恐れいりますが、昨日の猊下とフルヘンシオ修道士との討論はどのような意味を持っているのかお教えくださいませんでしょうか。正直に白状いたしますならば、わたしにはよくわかりかねるのですが」と尋ねますと、巡察使は次のように答えました。

「院長よ、フルヘンシオ修道士はまことの賢者で、ミサを司式するそなたら多くの神父たちよりもずっとミサを唱えるにふさわしいお方じゃ。そなたに申し聞かせるが、わしが指を一本出したのは『神は唯一におわします』といいたかったのじゃ。すると修道士は指を二本出して答えられた。これは『たしかに父なる神からわれわれは生命をさずかっているが、救いは子なる神から来るものである』という意味じゃ。そこでじゃ、わたしは指を三本立てて『父なる神と子なる神に、聖霊なる神を付け加えなければならない。これで神は三つのペルソナ(三位)からなっていることになる』ということ、フルヘンシオ修道士はただちに、わしのいった意味を理解された。それはこぶしを作られたからじゃ。これは正しく『神の三位が一体にほかならぬ』ことを示されたのじゃ。すぐにわしはリンゴを示した。それで『われわれの先祖は禁断の実を食べて、神への不従順の罪を犯したために、人類に死がもたらされた』ということを表わそうとしたのじゃ。すると修道士はパンを取って、わしに『たとえアダムの罪によって人類が滅びの道を歩んだのが事実としても、ご聖体(パン)の拝領によって、人間は罪をあがなわれた』といわれた。まことにフルヘンシオ修道士は賢者中の賢者、偉大なるお方じゃ」

巡察使は帰りました。食堂では、神父たちが重荷から解放されて明るい空気がただよっていました。食欲が満たされると、院長はフルヘンシオ修道士に話し掛け、「巡察使がそなたにいわれ、そなたがお答えした手まねと、どうしてその意味がそなたにわかったのか、わたしたちにぜひ話してくれ」といいました。すると修道士は次のように答えました。

「いんや、何も問題は難しいこたあなかったでがすよ。学問も何もいらねえだ。神父さま、あっしらの話を説明しますべえ。

巡察使さまがあっしに指を一本出して『わしのいうことがわからなけりゃ、指を一本お前のけつの穴に突っこむぞ』といわれたで、『おめえさまが指を一本突っこみなさるなら、あっしもおめえさまのけつの穴に指を二本突っこみますぞ』といいましただ。するとあの方は『それじゃ、三本突っこむぞ』といわれたで、あっしゃこぶしを作って『このこぶしを突っこみますぞ』と答えましただ。するとあの方は怒られて『不届き者め、こんなふうにわしにたてつくなら、このリンゴをお前に投げつけてやる』といわれたで、あっしゃ『リンゴを投げる？ こりゃかなわん。おめえさまがリンゴを投げつけなさるなら、しかたがねえから、このパンで防ぎますべえ』といったんでさあ。これが全部で、皆さんがたもおわかりのように、こんなことを判じるのになんの頭もいらねえでがすよ」

ラバル「カラウエの口頭伝承からとった伝承、伝説、民話」第二二話
(Mt. 224A　神父とユダヤ人の間の手まねの論争)

解説

この片《かた》や敬けんな神学論を、片やソドミー的なくすぐりでもって笑いとばす、ある点では、かなり反教権的なこの笑話も、わが国の読者には、昔話や落語でおなじみの「こんにゃく問答」の類話だとすぐにおわかりになるであろう(なお、余談であるが、ラテンアメリカの民話には非常に肛門にまつわる話が多い。エクアドルの高名な民俗学者カルバーリョ・ネト教授は『民俗と精神分析』という大著で、民話および物語詩《ロマンセ》に現われたこの種の実例を数多く集め、研究していられる)。「こんにゃく問答」は洋の東西に広く分布はするが、それほど多く見られる話ではない。アアルネ＝トンプソンのリストでは、わずか二十一話しか記録されておらず、しかもその内、十一話はリトアニア一国のものである。その上、純粋に口承のものではなく、むしろ文字を通じて伝播した疑いの濃い民話であり、宗教的権威を嘲笑しているのは興味深い特徴である。ラテンアメリカでは、本話を除いて、アルゼンチンに一話と、ブラジルに一話が採集されているだけで、アルゼンチンの類話は国王とごろつきの問答であり、ブラジ

ルのは、賢人と牛乳屋の問答である。

　この話が欧米で最初に記録されているのは、中世スペイン最大の作品の一つであるイータの僧正ホアン・ルイスの著した『良き恋の書』(十四世紀前半)の中に、ギリシア人とローマ人の論争としておもしろく書かれているものであり、十六世紀になると、フランスのラブレーの名著『パンタグリュエル物語』第十九章にイギリス人が手まねでした論争のことを記している。そのほかアイルランドの伝説にも、イタリアの小話《ノベッラ》にもこのテーマはしばしば取り入れられている。

　しかし、この話の起源を考えるとき、オリエントの類話を無視することはできない。アラビア語の作品「四十人の大臣」(バートン訳補遺の千夜一夜物語に含まれている)の一話には国王の前でのキリスト教の修道士とイスラム教の修道僧との問答として記し、またアラビアのイブン・ハシムの作品はイスラム教国の大使とギリシアの王子の間の問答にしている。

　王子は天を指さし、大使は天と地を指さす。王子が同じ身振りをくり返すと大使は指を二本出す。王子がオリーブの実を見せると、大使は卵を見せる。王子の解釈は、「神は天にあり、というと、大使は天にも地にもあり、というた。人類はただ一つの起源なりやと問うと、大使はアダムとイブのふたりじゃ、と答えた。オリーブは不思議なものか、と問うと、大使は、卵こそなお不思議なものなり、生物から出て、また別の生命を生じる、と答えた」。イスラムの大使の解釈は「わしの指一本でお前を天までほうり上げるぞ、といったので、わしは指一本でお前を天にほうり上げた上、地上へ投げつけてやる、といった。この指でお前の片目をくり抜いてやる、といったので、わしは、それじゃ、お前の両の目ん玉をくり抜くぞ、といった。お前にはこのオリーブしかやるものはないわい、といったので、そんなオリーブなんかほしくもない。この卵はとてもうまいからな、といってやった」

27 たちの悪い王さま

アメリカ・フロリダ州

ある所にたちの悪い、心根のいやしい王がいました。ある朝、王の寝起きに老婆が機嫌をそこねたので、国中のすべての老人を追っぱらおうと決心しました。そこで兵隊をやって一定の年齢を越えた年よりの首をはねさせました。兵隊は忠実に命令を守り、すべての老人は殺されてしまいました。ただひとり、山へ逃げてむすこの農場に隠れた老人だけが生き残ることができました。年よりがひとりまだ生き残っているといううわさが王の耳にはいり、すぐ王は兵隊を山へやってうわさがほんとうであるかどうかを調べさせ、もしほんとうであれば、ほかの老人と同じように殺すよう命じました。兵士たちはむすこの農場へ向かい、そこであらゆる手段を使って老人を捜し出そうとしたのですが、無駄に終わりました。老人はむすこの手で家の近くの僧院にかくまわれていたからです。

兵士たちはもどって、王にいくら努力しても、捜しても無駄であったと報告しました。王は怒り狂って、農場の主人であるむすこを連れて来るよう命じました。むすこが宮殿に着くと王は父親の居場所を訊問しましたが、むすこは父親のことは何一つ知らないと否定し続けました。王はむすこのことばを信用せず、父親が生きているかどうかをためして見ようと思って、むすこに「花の王」を捜して持って来るように命じました。この命令はもちろんこの哀れな若者にはとても不可能な難題でした。むすこは家にもどってそのことを妻に話しました。そして「『花の王』が見つからなければ、首を切るぞ」といわれていたので、若者はたいそう悲しんでいましたが、思いきって父親の隠れ場所へ行って王の命令を話しました。父はむすこの話を聞くと「心配はいらんぞ、わしがそのあり場所を知っているから」といいました。むすこは父親の指図どおりにその花を見つけ、王に献上しました。

老人のむすこが難題を見事にやってのけたので、王は驚きましたが、得意の悪智慧を働かせて「これはとてもお前ごときにできることではない。定めし賢い老人の入れ智慧であろう」と問いただしました。もちろん、むすこは、それは王の邪推だといい張りましたが、王は王でその若者にとてもそんな難題を解く力はない、うそをついていると信じていました。そこで王は今度は、期限をきって「鳥の王」を捜しにやり、限られた時間内に見つけられないときは死刑にするといいました。

むすこは家にもどるとすぐ父親のもとに行って、再び王の命令を話しました。老人は前回と同じようにむすこに道を教え、むすこは二度とも王の気まぐれな難題に答えることができました。求められた鳥を持って王の前に出頭すると王はますます腹を立て、「これこそお前ひとりの才覚ではあるまい」と疑いはつのる一方でした。そこで今度は「明日この宮殿に再び参れ。しかしじゃ、同時に宮殿の外と内とにいなければならぬぞ」と命じました。これは大変な難問でした。しかし老人である父親の智慧と才覚を信じていた若者は、すぐに父のもとを訪れて王の条件を話すと、父はどうすればその難問を切り抜けられるかを教えてくれました。

次の朝、宮殿に来ると若者は入口の天井に突き出ている梁《はり》になわをかけ、その端を腰のバンドにしばりつけて入口の外と内へブランコのようにゆれ始めました。王はこれを見て、若者が正しく命令をはたしたのを知って感心してしまいました。かれが同時に宮殿の外と内にいたからです。

しかし王はこれでも満足せず、最後のためしに、「今日のところは帰り、明日再び妻と犬を連れて出頭せよ」と命じました。次の日、若者が妻と犬を連れて出頭すると、王は若者にむちを渡し「老人のいる場所を白状するまで犬をむち打て」と命じました。しかし、犬は主人に忠実なので最後まで白状しませんでした。すると王は、次に妻をむち打つよう命じました。妻はすべての女性がそうであるように心弱く、打たれるとすぐに父親の隠し場所を白状してしまいました。老人が王の面前に連れて来られると、こんな立派なむすこを育てた父親の偉大さに心から感服し、優しく老人の肩へ手を置いて慰め、自分の出した命令を取り消し、老人をゆるしました。父親はむすこと嫁と犬を連れて農場へ帰り、いつまでも幸福に暮らしました。

ラルフ・スティール・ボッグズ「フロリダ州タンパのスペイン系の民俗」(サザン・フォークロア・クォータリー、一九三八年)より

(Mt. 981　隠れている老人の智慧が王国を救う)

解説

本話が採集されたタンパはアメリカ・フロリダ州中部の西岸にあり、メキシコ湾に面した港町である。フロリダ州はもとスペイン領で一八一九年にアメリカに割譲されたが、南西諸州に比較すると、古いスペイン文化はそれほど残っていない。その意味

では非常に珍しい資料といえる。

これはわが国ではあまりにも有名な「親捨て山」の話である。ラテンアメリカでは本話のほかに報告がなく、またスペイン、ポルトガルでも採集された例がない。欧州でも、特にアイルランド（九十一例）、リトアニア（五十四例）、ユーゴスラビア（六十六例）の三国に多く類話が発見されている。ともあれ、欧州からトルコ、ユダヤ、アラビア、インド、中国、東はわが国とユーラシア大陸を東西に帯状に分布しアメリカ大陸に及んでいる状態から見ても、明らかにこの型はオリエント、またはインド起源の民話であろう。

なお、わが国には多い「親捨てもっこ」の話（昔話集成第五二三C）はフランス中世の寓話詩《ファブリオー》の中にはあるが、ラテンアメリカの民話としては報告されていない。

28 知らない人に買ってもらいな

グアテマラ

ドン・ヘスス・ネウスモスカーダは単純な男で、その上熱心なキリスト教信者、そしてなんでも信じ込んでしまう男でした。ある日、チャントラの市《いち》へラバを買いに行きました。しかし、背中にはお金の一杯はいった袋を背負っていましたので、市の雑踏には付きもののふたりの泥棒がチェスとっつあん（ヘススの通称）に目を着け、あとについて行きました。チェスとっつあんは、あちこち見て回ったあげく、気に入ったラバを見つけました。そこでとっつあんがそのラバにさんざんけちをつけたり、また売り手がそのラバの長所をいろいろ並べあげた末、やっとふたりとも手を打ち、とっつあんはラバをはたごまでひいて行き、はたごの前の杭《くい》にしばりつけて、充分牧草をやっておきました。

とっつあんはその夜はとても心配で、眠るどころではなく、五分ごとに外へ自分のラバを見に行きました。ふたりの泥棒の方はとっつあんを一晩中見張っていましたが、ちょっとしたすきにそのラバをほどいて、その綱を泥棒のひとりの首筋に結びつけ、四つんばいにはっていました。

少したってチェスとっつあんは、メキシコ松を細くさいて火をつけた明かりを手に持ち、へやから出て来ましたが、ラバのいた所に首筋をつながれた人間が四つんばいになり、いっしょうけんめい牧草を食べているのを見て驚き、しり餅をついてしまいました。やっと気を落ちつけると、遠くの方からこわごわ十字を切り、「全能の神のみ名にかけて、おめえさまはそこでいったい何してるだ」と尋ねました。すると泥棒は次のように答えました。「ああご親切な旦那さま、あっしはたいそう親に罰《ばち》あたりなことをしでかした人間ですが、その親不孝のために、魔女に魔法を掛けられてラバになってしまったんでさあ。ところが、魔法を掛けるとき、魔女が『お前のやったことにつぐないをするため、世の中をあちこちさすらい歩きな。でも、もし心の底からまっとうな男に買ってもらったときにゃ、お前に掛けてある魔法は消えて、人間にもどれるだろうて』とあっしにいいましたんで。そのとき以来あっしはたいそうつれえ目を見やした。柱にくくりつけられて、せりで売られもしやした。そしてパスカミオ・タルトゥーサ旦那があっしを買ってくだせえましたが、あの方は異端者なもんで、人間の姿にもどることあできなかったんでさあ。でも、とうとう幸運なことに、聖者さまのようなあなたさまがあっしを買ってくだせえましたので、三十分前にもとの姿にもどれやした。ただ、まだあっしの手足はヒヅメのままのような気がしやして、綱をほどくことができねえんでさあ」

チェスとっつあんはいいました。「わかっただよ。おめえさんをほどいてやるべえ、だがおめえを買うために払ってしまったお金はいったいだれが弁償してくれるだかね。おめえがわしにそれを払ってくれるだかね」

するとラバの男は答えました。「どこへお金を持ってめえったらよいので？　まずあっしの綱をほどいてくだせえ、そしてあっしに祝福を与え、五ペソほどお金を貸してくだせえ。きっとあれもこれも神さまがあなたさまに返してくだせえますよ。だって神さまが借金をしたままだなんて聞いたこともねえですから」。チェスとっつあんはとうとう得心して男を放してやりました。

次の日、とっつあんはなくしてしまったラバの代わりを見つけようと、市《いち》へ行きましたが、心の中は善行をしたという喜びで一杯でした。そのときです。とっつあんは、なくしてしまったラバとよく似ているラバが売りに出ているのを見つけました。近よってよく調べ、その寸法と色あいと焼き印をじっと眺め、前の日の売り渡し証文を取り出して、目の前のラバの特徴と比べてみると、前日に買ったのと同じラバであることがわかりました。

チェスとっつあんはそのラバに近づいて小声でいいました。「この馬鹿者め、また悪いことをしやがって。わしゃもうおめえを二度と買いもどしてやらねえぞ。おめえの素姓《すじょう》を知らねえ人に買ってもらいな」

アドリアン・レシーノス「グアテマラの民話」第五話(米国民俗学雑誌第三一巻)

(Mt. 1529　どろぼうが馬に姿を変えられたという)

解説

ラテンアメリカではスペインと同じように、口承文学の中にピカロ(悪者)話の伝統があるが、本話は、信心深く悪魔の存在を信じる大衆をまんまとだましてしまうピカロの姿がおもしろく描かれており、特に最後の一句が落語の「落ち」のようによくきいている。このようにピカロには既成の観念にとらわれない開明的な性格がある。従来、ラテンアメリカやスペインには聖者譚や奇跡譚のような話が多いことばかりが強調された感があるが、それと同時にラテンアメリカで、かなり反宗教的な話が民衆のかっさいを浴びている点にも目を向けなければならない。

この民話は、それほど数多くはないが、欧米各国から報告があり、アアルネ＝トンプソンのリストには約六十話が記録されている。ラテンアメリカでは本話のほかに、チリに一話(学生が仲間と語らって農夫からロバを奪う)、メキシコに一話(どろぼうがロバひきからロバを奪う)発見されている。

29 ホアンとチキチン

ドミニカ共和国

昔、ふたりの男が道で出会いました。ひとりは貧乏なチキチン、もうひとりは地主のホアンという男でした。ホアンはそのとき三頭の馬を連れ、チキチンは一頭のやせ馬に乗っていました。ふたりは共に町へ行く途中で、いっしょに行くことになりました。ホアンはチキチンに「おい、一つだけお前にいっておくぞ。町への途中でわしの馬をお前のだと決していうのではないぞ」と念を押すと、かれは「はい、わかりました」と答えました。

しかし一軒の家の前を通るとき、チキチンは「シッ、シッ、わしの愛馬よ」と掛け声を掛けました。ホアンは「チキチン、お前がまた、わしの馬をお前のだといったなら、そのやせ馬を殺してしまうからそう思え」とおどしました。しかし別の家の前を通ったとき、チキチンはいわれたことをもう忘れてしまって「シッ、シッ、わしの愛馬よ」と掛け声を掛けました。そこでホアンは馬から降り、チキチンをやせ馬から引きずり降ろして、その馬を殺し、ひとりで町へ行ってしまいました。

チキチンは仕方なく、殺された馬の皮をはぎ、それを袋に入れてその辺の宿を求めて行きました。一軒の家にはいろうとすると、その家の女房がかまどの中にブドウ酒のびんと、焼いたブタ一頭と、そのほか数々のごちそうを隠しているのが見えました。またその家の下男は急いで聖器係僧《サクリスタン》をトランクの中に隠していました。チキチンは家にはいると袋を背中にかついで、入口のいすに腰をおろしました。

この家の主人が帰って来てテーブルにつき、チキチンもいっしょに食べるよう招待してくれたので、ふたりは夕食を始めました。いろいろと世間話をしているうちに、主人が(ホアキンという名前でしたが)チキチンに「あんたは袋の中に何を持っているんだね」と尋ねました。チキチンは「これはなんでもわしの尋ねることによく答えてくれる占いの袋なんですよ」と答えました。ホアキンは「それじゃ、わしが外に出ていた間、女房が家で何をしていたか占ってくれないか」といいました。

チキチンはしばらく、袋に聞いているようなふりをして、やがてテーブルにもどり、ホアキンにいいました。「わしにわかることは、あんたの奥さんがかまどの中にブドウ酒と、焼いたブタと、そのほかのごちそうをしまい、また下男にいいつけて、トランクの中に坊主を隠したことだけですよ」。ホアキンは「もしそいつが本当なら、その袋をいい値で買ってやろう」といって、かまどへ行ってみると、いった通りのものがありました。そこで、こんどはトランクを開くと、聖器係僧がいたので、棒でたたき、半殺しの目にあわせました。感心した主人は、五千ペソで袋をわけてくれといい、チキチンは「よろしい、今すぐ現金を払ってくださるなら、譲りましょう」といって袋を売りました。

チキチンはホアンの所へもどって来ました。ホアンはかれがたくさんのお金を持っているのを見て、どうしてそんなにお金をもうけたのかと尋ねました。チキチンは「馬の皮を売りました」と答えました。そこでホアンは自分の三頭の馬を殺し、その皮をはいで売りに行きました。しかし売れたお金はたったの五ペソにすぎません。とうとう腹を立てたホアンはチキチンの母親を殺そうと、かれの家へ出かけて行きました。そして夜中にそっと家の中にはいり、寝ている母親をおのでなぐりつけて殺してしまいました。

次の日、チキチンは母親の死体をかついで御者が見ていない間に馬車の中へ入れておきました。御者が馬車に乗って町へ向かうと、かれは馬車の通り道へ先回りし、馬車が来ると「乗せてくれ」といいました。「どうぞ」と答えると、乗り込むふりをして、死体を見つけ、「いったいこれはどうしたこった。わしの母親が死んでるじゃないか。お前はわしの母親を殺したんだな。いっしょに警察に行こう」といいました。御者は千ペソ出して、だれにもいわないようにと頼み、チキチンもやっと承知して、お金をもらって帰りました。

ホアンは、チキチンが御者からもらった大金を持ち帰ったのを見て、「どうしてそんなにたくさんお金をもうけたのだ」と尋ねました。母親の死体を売ってもうけましたというと、ホアンも家に帰って母親を殺し、死体をかついで町へ行き、「死体はいらんかね、死体はいらんかね」といって売り歩きました。しかし、だれも買う人はなく、すぐに警察につかまえられてしまい、死ぬほどどむち打たれました。

(以下話は「俵薬師」型に展開する。――ホアンにつかまり、袋に入れられたチキチンは、王女と結婚するとだまして羊飼いと代わってもらい、羊飼いが身がわりに殺される。数日後、チキチンは多くの羊を連れてホアンの前に現われ、海中にたくさんの羊がいたという。ホアンは羊をとろうと思って、チキチンに頼んで、袋に入れて、海に投げ込んでもらう。こうして、あとに残ったチキチンは、ホアンの全財産をわがものにする。）

アンドラーデ『ドミニカ共和国の民俗』第一五話
（Mt. 1535　金持ちのお百姓と貧乏なお百姓）

解説

本話はわが国でも「馬の皮占《かわうら》」（昔話集成第六一六）といわれる狡猾者譚と細部に至るまで一致する物語で、世界的な分布を持つ笑話である。本話と本書の次の二つの笑話はともに、地主と貧農、または神父と貧農の間の社会的葛藤を主題とする笑話で、勧善懲悪でない代表的な民話というべきだろう。

エスピノーサはこの型の民話を次のように、三つのサブタイプに分類している。

Ⅰ型　金持ちにやせ馬を殺される。馬の皮（鳥）で、泊まり合わせた家の女房の姦通を占う。「五度殺される死体」のモチーフ、「俵薬師」モチーフで終わる。もっとも完全な型。本話を含み、ラテンアメリカで五話報告がある。

Ⅱ型　Ⅰ型に似ているが、ただ馬の皮で姦通を占うモチーフを欠く。プエルトリコから一話報告されている。

Ⅲ型　発端は、やせ馬が病死し、または誤って、馬を殺してしまう。以下はⅠ型に同じ。メキシコとアメリカ・コロラド州からそれぞれ一話報告されている。

なお、本話の登場人物のホアンは、恐らくホアン・ソンソで「馬鹿者ホアン」であり、チキチンは「背の低い人」「一寸法師」を意味する語である。

30 ホアン・ソンソとペドロ・アニマル

ドミニカ共和国

ホアン・ソンソは仕事に行くので、ばかの兄、ペドロ・アニマルに、るす中母親をぬるま湯の風呂に入れ、昼食にはそこに置いてある卵を食べさせ、よく看病するようにといいつけておきました。

ホアンが出かけて行くとペドロは湯をぐらぐらわかし、熱湯の中に母親を入れて死なせてしまい、まだそれに気づかず、母親の口に卵を押しこんで、鼻先へ卵を塗りつけてしまいました。

ホアンは仕事から帰って見て、いったい母親はどうしたのかと、兄に尋ねました。すると兄は「ぼく、お昼ごはんに卵をかあちゃんにやったんだよ。そしたら、かあちゃん死んでるんだ」と答えました。そこでホアンは母親の死体をロバに乗せ、神父が教会で告解を聞いている所へロバを放ちました。

神父は母親に二、三度声を掛けましたが、なんの返事もないので腹を立て、母親に平手打ちをくらわせると、母親はロバから落ちました。するとホアンがやって来て「あなたはわしの母親を殺したな、さあいっしょに警察に行こう」といいました。神父は「袋に一杯銀貨をあげるから、警察にだけは黙っておいてくれ」と頼み、ホアンも承知してお金の袋をもらいました。

かれは母親の死体を再びロバに乗せ、馬をたくさん持っている近所の地主が馬を放している囲いにそのロバを放ちました。すると何匹もの馬がロバを追い回し、ロバの背から母親の死体を落としました。ホアンは地主の家をたずねて「旦那の馬がわしの母親を殺しました」といいました。旦那が見に来ると、その通りでした。「これで警察にはいわず、黙っていてくれ」といってホアンにたくさんのお金を渡しました。このようにしてホアンとペドロは母親の死体を使って大金持ちになりました。

アンドラーデ『ドミニカ共和国の民俗』第三話

（Mt. 1537　五たび殺された死体）

解説

幾度も殺され、殺人の罪を免がれるため、死体をあちこち持ち運び、または、金にするため死体を埋めたり、掘り出したりする民話は世界的に有名で、アアルネ＝トンプソンのリストでは一五三六Ａ「箱の中の女」と一五三七「五たび殺された死体」の二つに分けて、前者は約五三〇、後者は約二〇〇の話数が記録され、ラテンアメリカでは、前者は十、後者は二十二の類話を筆者は知っている。

アメリカの民話研究家エスピノーサはこの型の世界の類話を研究し、八つのサブタイプに分類した。本書の訳例はその第七のサブタイプに属し、このタイプがスペイン語圏にもっとも多い型である。この亜型の標準的な要素は次のようなものである。

㈠悪人または愚か者が母親に食事をさせ、または風呂へ入れ、誤って死なせてしまう。

㈡(イ)殺人の罪を他人に転嫁するため死体を家のとびらにもたせかけておく。第三者が戸を開き、死体は倒れて死ぬ。

(ロ)死体を他人の庭に入れて、果実を手に持たせ、または馬に乗せておく、持ち主が来て、死体を殺し、または馬から落とす。

(ハ)死体を教会の祭壇、または告解室に置く。

㈢死体を乗せた馬は司教の乗った雌馬を追う。司祭は逃げ出し、殺人者に金を払う。

この型の民話は「愚か者話」と結び付くか、悪者的《ピカレスク》な狡猾者譚と結び付くのが普通で、前者の場合は本話のように愚兄の不始末を賢弟が細工して、司祭に罪を着せる反教権的な性質を帯び、後者の場合は、富んだ兄と貧しい弟の、または地主と小作人との社会的葛藤をテーマとしているものが多い。

この種の物語の世界最古の記録は千夜一夜物語の中の「せむし男の物語」(バートン版第二十四、二十五夜)として、発端の部分にこの物語がわく物語として利用されている。これは食物をのどに詰めたせむしが死んだと思って責任を他人に着せる発端である。

欧州最古の記録は十三世紀フランスの作と思われる「修道僧《ドゥ・セグレタン・モワヌ》」以下五篇の寓話詩《ファブリオー》である。フランスのスシェルの研究によると、この五篇はともに創作ではなく、当時伝承されていた民話の韻文による再話に過ぎず、現在の欧米の民話がこれらの寓話詩から出たものでは決してない。五篇は筋の展開に若干の違いはあっても、発端は妻を寝取られた夫が復しゅうのために犯す殺人であって、現代欧米の伝承とは違い、むしろ日本の「智慧有殿」に似ている。

近世以降、欧州では数々の物語集にこのテーマが繰り返されているが、イタリア十五世紀のマズッチョの著した「小説集《ノベルリーノ》」もこれを取りあげ、スペインのホアン・ティモネーダは一五六七年初版の出た「小話集《パトラニュエロ》」第三話でマズッチョを材料にして短かい物語を書いている。その荒筋は次の通りである。

パリの税吏エスロバヤは裏に住む人妻パトリシアにしつこくいい寄る。パトリシアは夫チベリオに告げ、夫は妻にいって税吏を家におびき寄せて殺す。死体を税吏の家の裏庭にかつぎ込み、用を足しているようにかがませておく。税吏を恨む第三の男がその家をたずね、返事のないのに腹を立て、しゃがんでいる税吏の死体をなぐり殺す。死体をかついで再びチベリオの家の戸口に立たせておく。チベリオは次の朝、起きて死体を見つけ、驚いて税吏の雄馬に死体を乗せておく。税吏を殺したと信じている男は、様子をうかがいに雌馬に乗って家に近づくと、死体を乗せた雄馬は手綱を切って、男のあとを追って来る。男は恐ろしくなって逃げ回るが、死体を乗せた馬もどこまでも追って来て、町中は大騒ぎになり男は捕えられる。

わが国ではこの型の昔話を「智慧有殿」(昔話集成第六二四)または「分別八十八《やそはち》」と呼び、筋ははるかに技巧的になっているが、妻の情人を殺すことから物語は始まるものが多い。

またこの物語は、洋の東西を問わず、「馬の皮占《かわうら》」型(Mt. 1535)の後半の一部分に接合している例が多く(本書第二十九話参照)、また「金ひり馬」型や「俵薬師」型(Mt. 1539)のモチーフの一つになっている例もある(本書第三十一話参照)。

31 ペドロ・デ・ウルデマラス

プエルトリコ

昔むかし、ペドロ・デ・ウルデマラスという名のたいそうたちの悪い人間がいました。このペドロはマヌエルという男にたくさんの借金をしました。ある日マヌエルがペドロの家へ借金を返してもらいに行きました。しかしペドロはマヌエルが来るのを予想していたので土製のなべで煮物を始めました。かれが近づいて来るのを見ると、ペドロはそのなべを降ろしましたが、炭火がなくても、なべはまだ煮え立っていました。

すぐにマヌエルはやって来て、「そのなべを売ってくれないか」といいましたが、ペドロは「売りたくないね。でもこれを売って、借金を帳消しにし、まだいくらかわしにつりが来るかね」と尋ね、しばらく考えてから「もしわしに五十ペソくれるなら譲ろう」と答えました。マヌエルはその条件で承知し、なべを妻のもとに持ち帰って「このなべは炭火に掛けなくても自然に煮えるなべだ」といいました。妻は火に掛けないで煮えるのを待ちましたが、半日たってもなべは元のままでした。夫にそのことをいうと、かれはすぐにペドロのもとへ飛んで行きました。

ペドロは当然マヌエルが怒ってもどって来ることがわかっていたので、前もって母親にこう頼みました。「マヌエルがなべの代金を取り返しに来たら、おかあさんはわたしとけんかしてください。この血の詰まった獣のぼうこうを胸に当てておいてください。わたしがナイフで胸を刺したら、死んだふりをして倒れてください。そしてこの笛を吹いたら、動き出し、笛を吹きやめたとき、生き返ったふりをしてください」

ペドロと母親は打ち合わせ通りにしました。マヌエルがやって来ると、ふたりはけんかを始め、すぐにペドロは母親を殺し、笛を吹いて生き返らせました。マヌエルはそれを買いたくなりました。そこでさらに百ペソ出してその笛を買い取りました。家にもどると妻を殺し、笛を吹いても生き返りません。ふたりの警官がやって来て、マヌエルは捕えられ、終身懲役の刑に処せられて、牢獄の中で死んでしまいました。

王はペドロがたいそう悪人であることを知って、かれを捜させ、捕えると袋に入れてがけから投げ落とすことになりました。家来が袋を置いて準備をしていると、かれは袋の中から「結婚したくない、結婚したくない」と叫び始めました。通りかかったヒツジ飼いが「どうしてお前さんはその中で『結婚したくない』なんていっているんだね」と尋ねると、「どうしてかだって？　みんなはわしを王女と結婚させようとしているんだが、わしは王女とは結婚したくないんだよ」と答えました。ヒツジ飼いは「それじゃ、そこから出て代わってくれないか。わしゃ喜んで結婚するよ」といったので、ペドロは外に出て、ヒツジ飼いを袋に入れてやりました。やがて家来がもどって来て、その袋をがけから投げ落とし、ペドロは家へもどりました。

数日するとペドロはヒツジを百頭ほど連れて王宮の前を通りました。国王は驚いて「ペドロ、いったいどうしたのだ。わしはお前をあのがけから投げ落とさせたのに」というと、「はい、陛下はわたしをとてもよい所へやってくださいました。この通りヒツジをもらって帰りました。あそこにはもっともっとたくさんのヒツジがいます」と答えました。「それじゃ、今日の午後来て、ぜひわしをあそこから落としてくれ」

そこでペドロは王さまをがけから突き落としましたが、いまだに王さまはそこから上がって来ません。

メイスン＝エスピノーサ『プエルトリコの民俗』Ⅰの第七二話
（Mt. 1539　利口な男とだまされやすい男）

解説

本話はラテンアメリカやスペインの昔話の代表的な狡猾者であるペドロ・デ・ウルデマラス(Pedro de Urdemalas)を主人公にした話の一つである。この主人公は記載文芸の世界にも、時どき現われることはあるが、なんといっても主要な舞台は民話の世界で、狡智譚や狡猾者譚であれば必ず顔を出す。十五世紀末に書かれたネブリハの辞書にもこの人物の名がのっているし、セルバンテスもこの人物を主人公にした戯曲を書いている。ただ、わが国の吉四六さんや寝太郎のように歴史的な実在人物に比定しようとする動きはなかった。この名前は地方により、Pedro el de Malas とか Pedro Ordimales といった風にいろいろとなまっているが、方言周圏論を証明するようにスペインよりも、ラテンアメリカの方にかえって正確な名前が多く見いだされる。しかし、プエルトリコやドミニカ共和国では一種の民衆語源でペドロ・アニマレス(動物のペドロ)といったひどいなまりも生じている(本書第三十話にもペドロ・アニマルという名が現われている)。

本話は、わが国の「金ひり馬」(昔話集成第六二二)と「俵薬師」(昔話集成第六一八)の類話であり、またグリム昔話第六十一番「小百姓」とも平行したモチーフを持つ狡猾者譚である。エスピノーサはこの型の民話を次の二つのサブタイプに分類している。

I型　いろいろなにせ物を売りつける「金ひり馬」モチーフに「俵薬師」モチーフが付いたもの。ラテンアメリカでは本話を含めて七話が報告されている。

II型「金ひり馬」モチーフだけで「俵薬師」モチーフを欠くもの。ラテンアメリカでは九話が報告されている。

売りつけるにせ物については、本話の「炭火いらずのなべ」「人を生き返らせる笛」のほかに、「占いの鳥」「借金を支払ってくれる帽子」「金ひりロバ」「金ひり牛」「使いに行ってくれるウサギ」といったいろいろな物が語られている。

32 さっかく

ブラジル

昔、ペドロという名のたいそうずる賢い、人をだますのが好きな男がいました。ある日、道を歩いていると、雌の子ヒツジをひいている老人に出会いました。ペドロはすぐ一計を案じ老人にことばをかけました。「こんにちは、おじいさん」「こんにちは」「どこへこのかわいい小犬を連れて行きなさるのかね。この斑点《はんてん》の犬はよく狩りをするだろうよ」「小犬だって?」「うん、この小犬だよ」「これは犬じゃないよ。食料にする雌の子ヒツジじゃよ」「おやおや、子ヒツジだって、こいつが子ヒツジだったら、おれさまなど、さしずめ教会の神父さまというところだろうよ……」

こう話したあと、すぐに道ばたの林の中に身を隠しました。老人はヒツジをながめながら、何かなっとくの行かないような気持ちで道を歩き続けました。男は変装して先回りし、また声を掛けました。「やあ、よい天気だね。その小犬は売るのかい。いい値を付けようじゃないか」「売りに出す犬なんか持ってないよ。こいつは雌の子ヒツジじゃよ」「おじいさん、じょう談はやめとこうよ。雌の子ヒツジぐらいなんども お目にかかっているし、犬だってよく知ってるよ。なんで間違うものかね」。そうい っておいて男は通り過ぎて行きました。老人は驚いて、自分の子ヒツジがほんとうに ヒツジなのか、それとも犬なのかと気になり始めました。

しばらくたってから、ペドロはまた顔つきを変え、衣服も着替えて、老人のそばを 通りかかり、老人に「その犬を売ってくれないかね」と尋ねました。老人は悲しそう に「いや、だめだ」といったので、ペドロは道ばたの林の中に身を隠しました。老人 は立ち止まって、じっと自分のヒツジをながめていましたが、やがて心の中で考えま した。「悪魔が犬に変えよったに違いないわい」

そうして老人はそのヒツジを道ばたにほうり投げると、さっさと去って行きました。 ペドロはそれを見るとすぐさま出て来て、子ヒツジを捕え、そのヒツジでおいしい料 理を作りました。

カマラ・カスクード『ブラジルの民話三十話』第一話

（Mt. 1551　ヒツジをブタだといいはる）

解説

本話は現在ブラジル最高の民俗学の権威であるカマラ・カスクード氏が、父の代から家にいた家政婦ルイサ・フレイラ（通称ビビ）という老婆から聞きとったものである。

この老婆は一八七〇年ごろ、ブラジルのリオ・グランデ・ド・ノルテ州で生まれた白人で、八十歳を過ぎて一九五三年亡くなったが、自分の名前もサインできない文盲で、それだけ伝承には忠実であったと想像される。一九一五年、四十歳を過ぎて未亡人となり、氏の家に来て、少年時代の未来の民俗学者に多くの民話を語ったといわれる。氏は、彼女の語った民話を記録し、死後『ブラジルの民話三十話』と題して出版したが、本話はその最初にあがっている話である。

この話は七百年以前から文献に記されている話であり、洋の東西に広がっている話であるが、採集された話数は決して多くない。アアルネ＝トンプソンのリストでは二十話が記されているが、ほぼ南欧に分布が限られているようである。ラテンアメリカでは、本話のほかに同じブラジルのナタル州で一話とアメリカのコロラド州で一話が採集されているだけである。

ナタル州の話は次のようなものである。

数人の学生が七面鳥売りを見て、あいつをからかってやろうと決める。道にばらばらになり、最初の学生が「そのアヒルは幾らだい」と聞く。「アヒル?」「そのあんたが売っているアヒルだよ」「アヒルじゃない。七面鳥だよ」「七面鳥だって! 平べったい口ばしと、広がった足をよく見な! アヒルだよ」。男が歩いて行くと、次々と学生が「アヒルはいくらだ」と何回も同じことを尋ねる。とうとう男は自分でもアヒルだと思い込んでしまい、「アヒルはいらんかね」と呼び売りながら歩く。

次に中世の文献に現われたこの話を列挙すると、まず、インドのパンチャタントラの第三章挿話四「バラモンとヤギと三人の悪漢の話」では、ミトラシャルマーというバラモンが、火の神への供儀の家畜をかついで歩いていると、悪漢は順に「犬だ」「若者の死骸だ」「ロバだ」というので、魔物だと思って捨ててしまう。

インドのヒトーパデーシャ第四章やカター・サリット・サーガラでは、バラモンがヤギを買って、かついで歩いていると、三人の悪漢が犬だというので、捨ててしまう。パンチャタントラの系統を引くスペインの「カリーラとディムナ」第六章でも、僧侶がシカを買って、かついで歩いていると、三人の悪漢が犬だといって、捨てさせる。

このほか、内容は異なるが、同様のさっ覚の話が、欧州中世のゲスタ・ロマノールム第一三二話やジャック・ド・ビトリー寓話集第二十話にもあり、また十四世紀ポルトガルのトランコーソ寓話集にも、ヒツジを犬と思いこまされる例がのっている。

近世にはいって、ボッカチオのデカメロン第九日第三話で、男性に妊娠していると信じこませることさえできる例を記している。シモーネ先生は、ブルノやブッファルマッコや、ネッロの頼みで、カランドリーノに、妊娠していると思いこませる。カランドリーノはその薬のために前記の三人にお金とオンドリを与え、分娩せずにすまされたと安心する。

十六世紀初期イタリアのストラパローラが書いた「楽しき夜」第一夜第二話ではスパルパシフイコ神父がラバを買ってひいて行くと三人のどろぼうがロバだと信じこませて、そのラバを捨てさせる。

33 いちばん良い夢

プエルトリコ

およそ二十年ほど昔の話です。バヤモンの町の郊外へ三人の学生が旅行に出かけました。ひとりはホアン・コンラッドという法学部の学生、もうひとりはペドロ・サンチェスという工学部の学生、最後のひとりはホセ・リベラいう名で医学の勉強をしていました。この三人の若者はたいへん貧乏で、学資も続かないほどでしたが、ある日、五日間ほどの旅行に出かけようと決めました。

三人の学生はバヤモンの町を出て、ずっと離れたいなかへ向かって歩きました。三人の持ち金はひとりわずか二センタボほどでした。昼ごろになって三人ともかなり空腹になったので、いちばんおなかのふくれる物を一センタボだけ買うことになりました。店に行ってみて、いちばん安い物はバナナだったので、ひとり一センタボずつのバナナを買って食べ、残りの一センタボでそれぞれ夕食のためのパンを買いました。そのようにして、その日一日は過ごしましたが、次の日は食料を買うお金がただの一センタボも残っていませんでした。三人は相談した結果、どこでもいいから着いた所で水を一杯所望し、もしその場で食事の用意がしてあれば、そこでなんとかしてごちそうになれるよう頼んでみようということになりました。

三人の学生はこのように決めて、このやり方でなんとか四日目まで食いつなぎました。しかし、五日目だけは、いくらあちらこちらで頼んでも食べ物に有りつけず、もう夕方の五時になるというのに、昼食さえまだ食べていないといった状態でした。朝から道で拾った数箇の果物をかじっただけだったのです。六時近くになってほのかに煙の上がっている一軒の家へたどり着きました。そこでは二頭のごく小さいブタの子を焼いているところでした。三人が一夜の宿を頼むと、その家の主婦は快《こころ》よく承知してくれました。

ブタの子が焼けると三人の学生にブタの子一頭と細いバナナ二本が出て「どうぞお好きなように分けてください」といいました。三人ともたいそう空腹だったので、小さいブタの子と二本のバナナではとても腹一杯食べることはできません。この様子を見た主婦は、うまく解決するため一つの案を出し、三人はそれに従うことにしました。それは、これから三人が横になってひと眠りし、いちばん遠い所へ行った夢を見た者がそのブタの子を食べようというのです。

そこで三人はいちばん遠方へ行く夢を見ようと横になりました。三人のうちいちばんずる賢いホセが、あまりの空腹で寝つかれないのでベッドから起き上がり、そのブタの子とバナナをむしゃむしゃと食べてしまい、ブタのはいっていたはちにお盆でふたをしておきました。

目をさまし、夢を話し合う時間がやって来ました。最初ホアンが雲の上へ上がって神さまに出会った夢を見たと話しました。二ばんめにペドロが海中の水のしずくの数をマイル数になおしたほど遠く離れた所へ行った夢を見たと話しました。三ばんめにホセがいいました。「諸君、ぼくは何も夢を見なかったんだ。でも君たちがたいそう遠くへ行ってしまったのは知っていたんだ。だからとても今夜の内には帰れまいと思って、おいしいブタの子と素晴らしいバナナ二本は先にいただいちゃったよ」

これを聞いたふたりは怒って棒を持ってホセを追い回しました。が、結局何も食べずに寝るより仕方ありませんでした。

次の日三人はそれぞれ自分の家にもどりました。

メイスン＝エスピノーサ『プエルトリコの民俗』Ⅳの第九話

（Mt. 1626　夢のパン）

解説

このオリエント起源だと考えられ、欧州で中世紀から伝承が記録されている話は、アイルランドの四十二話と、プエルトリコの十話を除くと、欧州では分布が西に薄く、東に厚いようである。ラテンアメリカでは、プエルトリコに異常に多く、これを除くと五話しか筆者は知らない。もっとも、『メキシコの民話』の著者、アメリコ・パレーデスは、「この話はメキシコで、中でも特に北部メキシコとアメリカ南西部では、だれもが知っている話であるにもかかわらず、印刷された書物に書かれることが少ないのは不思議である。もっとも、一種のワイ談として語られるのが普通である」と書いている。

この話のもっとも古い記録は、パリ国立図書館にあるアラビア語の古写本 Mozhat el-Adaba で、イスラム教徒と、キリスト教徒とユダヤ教徒が一つの菓子をめぐって、夢を見あう話であるといわれている。欧州最初の類話は十二世紀にスペイン在住のユダヤ人、ペドロ・アルフォンソがラテン語で書いた『僧侶の教え《ディスキプリーナ・クレリカリス》』の第十九話で、ふたりの都会の人と、ひとりのいなか者が、メッカ巡礼の途中、一つのパンをめぐって夢を見る話となっている。そこでは、ひとりは天国へ行った夢を、もうひとりは地獄へ行った夢を見たと語る。

また『ゲスタ・ロマノールム』第一〇九話では、三人の友が巡礼した際の、ひと山のパンをめぐっての話で、やはりひとりは天国へ、ひとりは地獄へ行った夢を見たと語っている。

現代採集された民話では、イエスと聖ペテロと聖ヨハネが一きれのチーズを争い（ブラジル）、また、キリストとペテロとユダがパンを争い（ブラジル）、また、イエズス会士、ドミニコ会士、カプチン会士の三人の修道士がフライを争い（ブラジル）、ふたりの学者と料理人が子ヒツジの頭の料理を争い（コロラド州）、三人のガリシア人が若鶏の料理を争い（プエルトリコ）、ふたりのガリシア人とひとりのアンダルシア人が雌鶏の料理を争う（プエルトリコ）、などの例がある。変わっているのはワイ談的な世間話に変質している類話もあり、先にのべた『メキシコの民話』では、ふたりの精神病医の話で、民話の中にケネディ大統領や、マリリン・モンロー、それに裸体のキム・ノヴァックまで登場する。

わが国では、筆者の知る限り、この型の類話が一例だけ報告されている。それは武田正氏が「雪女房」で報告された山形県置賜《おきたま》の類話で、「夢と餅」と題され、村の三人兄弟が「たがかんねような大きな餅もらって」、奴宿《やっこやど》で、「いちばんといい初夢を見た人あ、この餅食うことと決めたらええがんべ」ということになり、三男の三之助が実際、餅を食べてしまう話で、筋の運びから、会話にいたるまで、まったく欧米のものと同じであるが、みごとに我が国の風土に密着して語られている。この話の伝承された筋道を知りたいものである。

34 ジョアン・グルメテ

ブラジル

昔、たいそうばかなくつ屋と、そのくつ屋にいつも忠告してくれる弟子がいました。あるとき、くつ屋がゴムのりを冷やそうと、せと物のかけらに入れておくと、七匹のハエがその中に落ちて動けなくなり、死んでしまいました。弟子はこれを見て、帽子に大きな字で『ひと打ち七殺のジョアン・グルメテ』と書くよう親方に勧め、親方はいわれた通りにしました。

これを見た人びとは、このくつ屋はたいそう強い男に違いないと思い込みました。あるとき、何もかも破壊し、人を食べるどう猛なオロチが現われました。それは七つの首と七枚の舌を持ち、毎日、人間を捜しにやって来ては七人ずつ食べ、もうその町の男を食いつくして、女を食っていました。国王は軍隊にそのオロチを殺すよう命じましたが、軍隊にもどうすることもできません。そのとき、町にたったひと打ちで七人も殺したまったく恐れを知らない勇者がおり、オロチを退治できるのはこの者をおいてないだろうといううわさを王は耳にしました。

王はジョアン・グルメテを呼び寄せ、ある怪獣を殺すように命じました。くつ屋はたいそう驚きましたが、どうしても本当のことを王にわかってもらえませんので、しかたなくオロチを殺しにまいりましょうといいました。くつ屋は国王の御前から退出すると、泣きそうになって弟子の所へ行き、「助けてくれ、こんどはおれもおしまいだ」といいました。弟子はいいました。「なんでもありません。オロチのいる所には古い教会がありますから、オロチが遠くの方に見えたら、走って教会の中に逃げこみなさい。奥の方に穴がありますからそこから外へ出なさい。オロチもきっと中へはいるに違いありませんから、そのときとびらをしめ、中へ閉じこめて、餓え死にさせましょう。それでうまく行くでしょう」。ジョアン・グルメテはたいへん満足して、出かけて行きました。多くの人びとが怪獣の最期を見とどけようとかれについて行きました。

グルメテは、オロチを遠くに見つけると、大急ぎで列をなして逃げる群集といっしょに教会の中へはいりました。どう猛なオロチもかれのあとを追って中へはいりました。くつ屋は教会の奥にある穴から外へ出ましたが、オロチは図体がとても大きいので穴を通り抜けることができません。外にいた人びとがとびらを閉じ、怪獣は中で餓え死にしてしまいました。そこでグルメテは七つの首を切り、王さまはくつ屋に伯爵の称号とたくさんのお金を与えました。

またあるとき、三人のとても大きくて恐ろしい巨人が現われてあらゆるものを破壊し、人を殺したり、盗みを働いたりしましたが、だれも三人を退治することができません。人びとは国王にグルメテだけがあの悪人どもを退治できると知らせました。そこで王はかれを呼びよせ、この大きな災難から町を救ってくれるよう頼みました。くつ屋はこんどこそ生きた心地もなく、王の御前を立ち去ると弟子の所へ行っていいました。「こんどこそわしも最期だ。あのオロチはなんといっても獣だったからだますのはたやすかった。しかしこんどの巨人は人間だ。どうしてそいつらをわしが倒すことができようか、これでわしもおだぶつだ」

弟子は親方にいいました。「なんでもありません。隠れていなさい。巨人どもがやって来る前に木に登っておきなさい。そこへやって来て、食事をしたり、休んだりするでしょう。やつらのひとりひとりの上に頭ほどの大きい石を三つ綱にしばってつり下げておきなさい。そして巨人が眠ったら、綱を一本切って最初の巨人の頭の上に石を落とし、このようにしてひとつずつ落として行けばいいのですよ」

　ジョアン・グルメテは出発し、とても大きい木の所に着くと、巨人がいつもそこで眠るので、体の重みで地面にできた三つのくぼみが見えました。かれは非常に重い石を三つ拾い、三人の巨人のちょうど頭の上にあたる所にある三本の木の枝につるしました。そうしてから静かに木によじ登って、茂みに身を隠していました。巨人たちがそこへ近づくと大きな地響きがして、グルメテは恐ろしさのあまり、もう少しでころげ落ちるところでした。巨人がそこへやって来ると、くつ屋の親方のいる所にもう少しで巨人の頭が当たりそうになりました。そこで巨人たちはたらふく食べたり、飲んだりし、すっかり酔っぱらって横になり、眠ってしまいました。そこでグルメテが石の綱を一本切ると石はうまくひとりの巨人の頭の上に落ちました。その巨人は目をさまして「なんてこった。お前たちはおれをからかう気か。今おれの頭をげんこでなぐったろう」といいましたが、すぐにまた寝入ってしまいました。

　そこでグルメテはもう一つの石の綱を切りました。その石はもうひとりの巨人の頭に当たり、その巨人もまた仲間のひとりが自分の頭をぶったのだと考えて、たいそう腹をたて、「もしこんなことが続くようだと、おれは本気で仕返しをしてやるぞ」といいました。このように巨人たちは騒いでいましたが、やがて寝入ってしまいました。

少ししてからくつ屋は最後の石を落としました。その石は三番目の巨人に命中し、かれらは仲間がしたのだと思い込み、たがいになぐり合い、ぶつかり合い、争って、とうとう三人共地面に伸びてしまいました。ジョアン・グルメテは木から降りて三人の首を切り、それを持って王さまに見せに行きました。そこで盛大な宴会が催され、グルメテ伯爵は将軍の称号と、たくさんのお金をもらって、大金持ちになりました。

それから少したって、王は遠征のため戦争を起こしました。しかし王の軍隊はほとんど壊滅し、兵士たちがいちばん信頼していたラカイオ将軍も戦死しました。王が非常に落胆していると、『ひと打ち七殺の』将軍ジョアン・グルメテ伯爵を呼ぶよりほかに勝つ方法はないでしょうと助言する者がありました。王さまはかれを呼び寄せ、「戦いに行って勝ってきてくれ。そのときは余の娘を妻にやろう」と約束しました。くつ屋は恐ろしさのあまり卒倒しそうになりましたが、弟子に会いに行き、「オロチや巨人はばかだった。しかしこんどは武器を使う戦争だ。ああ、助けてくれ」といいました。かつての弟子は親方を勇気づけ「ラカイオ将軍の軍服を着て、かれの馬に乗り、あとは運を天に任せなさい」といいました。

グルメテは出発しました。戦場では、ラカイオ将軍は国王に会いに宮廷へ行っているのだといって真相が兵士たちに隠されていましたので、将軍の死はまだ知られていませんでした。グルメテはラカイオの軍服を身につけ、充分に武装し、将軍の愛馬にまたがって前線へ出かけて行きました。馬がかけ出すと、くつ屋は馬の乗り方を知らなかったので、落ちそうになり「落ちる《ラ・カイオ》、落ちる《ラ・カイオ》！」と叫びました。これを聞いた兵士たちは、以前のラカイオ将軍だと思い込み、力づいて進撃し、敵を討ち破ってしまいました。このようにして戦いは終わり、グルメテは勝利者として王女と結婚しました。

結婚式の夜、盛大なパーティが催され、昔のくつ屋は飲み過ぎて、ベッドにはいって横になるとすぐブタのようないびきをかき、夢を見て大きな声で寝ごとをいい始めました。「ここん所をもっと押すんだ。この底皮を打て。糸にろうを塗れ」

王女はたいそう驚いて不愉快になり、次の日、父王に「夫は一晩中、くつ屋のことを寝ごとでいっています。わたしはくつ屋と結婚したに違いありません」と不平をいいました。国王は兵士に見張りをするよう命じ、娘に「もし今夜も昨夜のような寝ごとをいったなら、わたしに知らせなさい。あいつを捕えて殺してやるから」といいました。グルメテの弟子はこのことを知り、親方にこう教えました。「今夜も昨夜のように仕事のことを寝ごとにいったら、あなたは殺されますよ。今日は一滴も酒を飲んではいけません。ベッドにはいったら、眠って戦争の夢を見ているふりをして兵士たちに叫び、剣を抜き、壁に切りつけなさい。そうすればうまく行くでしょう」

グルメテはいわれたようにしました。ベッドの中で眠ったふりをし、叫び声を上げて、軍隊に命令し始め、剣を取り、もう少しで王女を傷つけそうになり、王女はびっくりしてしまいました。王さまはこれを聞いて、たいそう満足し、王女をしかっていいました。「お前は偉大な男、勇敢な戦士と結婚したのだ。くつ屋の話をするなんてとんでもない。二度というなよ」。それから後、グルメテは安心して眠り、いつも底皮やくつのことを夢に見たそうです。

シルビオ・ロメロ『ブラジルの民話』第一八話

（Mt. 1640　勇敢な仕立て屋）

解説

うぬぼれ屋の臆病者が、たまたま一打ちで多くのハエを殺したところから、それを自慢に旅に出、王の命令でふたりの巨人や、イノシシや、その他の猛獣を「けがの功名」や、トリックを使って打ち破り、王女と結婚する。その後、寝ごとをいって王女に素姓《すじょう》を見破られるが、機智によってうまく難を逃がれる。このような型の話は、その主人公の仕立て屋であるところから、グリム昔話第二十番の題をとって普通「勇敢な仕立て屋」と呼ばれる。

この話は欧米でとても人気のある話で、ラテンアメリカでも現在まで十八の類話が採集されている。本話はその中でも、もっとも完全な類話であるが、ただ、主人公のそばに助言者の弟子がいて、この話の狡猾者譚《ピカレスク》的要素を受け持って、主人公の臆病者としての性格をいっそう浮き彫りにし、この話を秀れたものにしている。

この型の話は、わが国の「けがの功名」と内容において一致しているが、伝播については肯定的に考えない方が安全であろう。ただ、寝言をいって妻に素姓を知られるモチーフや、猛獣退治に行って恐ろしくなり、木の上に上がると短剣がすべり落ちて(日本では毒のはいった食べ物が落ちて)猛獣を殺すモチーフなど、偶然の一致と思われない類似点もある。

なお、この型の話の主人公については、仕立て屋が多いが、ラテンアメリカでは本話と同様くつ屋である例もある(アメリカ・コロラド州、アルゼンチン)。スペインやラテンアメリカでは仕立て屋やくつ屋は、かじ屋、漁師、聖器係僧《サクリスタン》、学生などとともに民話によく登場する職業であるが、特に仕立て屋は不正直者で臆病者であることの代名詞であった。「まともなやつはひとりもいない。みんな仕立て屋だ」ということばもあり、「仕立て屋とくつ屋と散髪屋、だれひとり正直者はない」という成句もあったほど偏見を持たれていた。

また以前にはこういう民謡も歌われていた。

七人の仕立て屋で一人前
証人になるには十四人
受取りにサインするには二十二人も必要さ。

アマーロとっつあん仕立て屋で
後にはどろぼうになりました。
しかし、ズボンの生地を盗まない
仕立て屋なんかあるものか。

スペイン古典劇の大家ティルソ・デ・モリーナもその作品「聖者と仕立て屋」でこれと同じようなことをセリフに入れている。

しかし、仕立て屋、くつ屋、それに理髪師までも、かつての世界では村から村へ行商する流浪の手工業者であったことを考えると、農民がかれらに対して持っていた感情も理解できようというものである。そういった意味でこの型の話も、またもっと仕立て屋の臆病さを誇張した話も、仕立て屋自身が伝承し語って歩いた話であると考えるべきであり、誇張した臆病さは、農民から不正直者と見られることに対する自己弁護なのではないかと考えられる。

Ⅳ　形式譚

35 十二の数え歌

チリ

たいそう美しい娘を持った未亡人がいました。その家では家事の雑用のためにパンチョという名の黒人奴隷を使っていました。この黒人はとても働き者で熱心なキリスト信者でした。娘は年ごろになるといっそう美しくなり、この黒人がお嬢さんに対して感じていた親しみの気持ちが、やがて愛情に変わり、その恋心が募って、パンチョは食事もしなければ、眠りもせず、働く元気さえなくなってしまいました。

哀れな黒人は、自分の命さえ奪われかねないこの情熱から自分を解き放ってくださるようにと、神さまや、すべての聖者に祈り、すがりました。しかし神さまはまるで耳が聞こえないかのように、この祈りに耳をお貸しになりませんでした。

失望してなすべきもなく、ある夜、黒人は家を出て丘に登り悪魔を呼び出して助けを請いました。悪魔は呼び掛けるとすぐに現われて、パンチョの頼みに答えてこういいました。「もしお前が望むなら、ロシータ(主人のお嬢さんはこういう名前でした）がお前に恋をして、ふたりが結婚できるようにしてやろう。しかし二十年たてば、わしはお前を迎えに来る。そのとき、わしの尋ねる『十二の数え歌』に答えることができないと、お前の魂はわしがもらうことにしよう」「結構です。その約束に同意します」と、パンチョは喜びに顔を輝かせて答えました。そうして自分の静脈から取り出した血で、同意したばかりの契約を記した契約書にサインし、証書を悪魔に手渡しました。

次の日、朝早く黒人は主人の家をたずねました。未亡人と娘はバルコニーに腰をおろしていました。娘は黒人を見ると、母親に「ねえ、おかあさん、あそこにパンチート（パンチョの愛称）が来たわ」といいました。母親は不思議がって「パンチートがいったいどうしたの」と聞き返しました。この娘はこれまでいつもこの黒人をファシーコと呼んで軽べつしていたからです。しかしロシータは母親に何も答えませんでした。そのとき以来、ロシータは「パンチート上へお上がり」「パンチート下へおいで」「パンチートこっちへいらっしゃい」となんでもパンチョでなければだめでした。

母親も娘をかれと結婚させないわけにはいきませんでした。それ以外どうすることもできなかったのです。しかし娘は世間ていがあるので夫の黒人と家を出なければなりませんでした。そして家を出るとき、彼女がたいそうあがめていた聖ペテロの聖像だけ家から持ち出しました。

ロシータは心からパンチョを愛し、たいそう幸福に暮らしていました。パンチョの方も、少しでも妻の生活を楽にしてやろうと、激しい労働で身を粉にして働き、妻と次々と生まれた四人の子供に何不自由なく過ごさせました。この四人の混血児《ムラート》はとてもきれいでかわいく、この夫婦の喜びの種でした。

しかし「すべてうれしいことは、つかの間よ……」という小唄もあります。あの約束があるだけに、なおさらのことです。約束に定められていた期限は早くも近づいて来ました。悪魔は注意深く、時どき姿を見せては、パンチョに約束を思い出させました。「パンチョ、もう一か月するとお前を連れに来るぞ」「お前を連れに来るまで、もう半月しか残っていないぞ」「パンチョ、一週間しかないぞ」といったようにです。

かわいそうなパンチョは悲しみに打ちひしがれてしまいました。知人の間をいくら尋ねて回っても、「十二の数え歌」など、知っている人はどこにもありませんでした。これさえわかれば、悪魔の手から逃がれられるのです。

夫が悲しみふさいでいるのに気がついたロシータは、どうぞわたしを愛してくださっているのだったら、あなたの悲しみの原因をいってくださいと頼みました。そしてなん度もなん度も頼んだあげく、夫はやっとそのわけを話し、悪魔が自分を連れに来る日まで、あとわずか二日しか残っていないのだといいました。

ロシータは、前にお話ししたように、たいそう聖ペテロをあがめていましたので夫にこういいました。「聖者におすがりしましょう。そうしてすべては聖者のみ手にゆだねましょう。聖ペテロさまは必ず、悪魔からわたしたちをお救いくださることでしょう。いつもわたしを哀れんでくださり、わたしの出会うあらゆる危険からわたしを助けてくださったのです」。そこで夫婦は使徒の中でも最高の使徒である聖ペテロの像の前にひざまずいて一心に祈りました。

悪魔と結んだ約束によるパンチョがこの世で過ごせる最後の夜が来ました。哀れな黒人と妻の顔に流れる涙は、ふたりを苦しめている深い悲しみを物語っていました。あたりは深い沈黙に閉ざされていました。とつぜん、戸を三度ノックする音が聞こえました。パンチョが戸をあけに出て行きました。戸をたたいたのは貧しい旅の男で、「今夜、一夜の宿を貸してください」と哀れな声で頼み、「道に迷ってしまって泊まるところがないのです」と付け加えました。ふたりが入口で話しているのを耳にしたロシータは、自分の席から、その男に「中へおはいり」と呼びかけ、いすをさし出しました。それは頭のはげた、どこか神々《こうごう》しい顔つきの、白いふさふさしたあごひげをたくわえた老人でした。

その老人との話に夢中になっている間に、夫婦は自分たちを脅かしている不幸と、さし迫った危険のことをすっかり忘れてしまい、老人の話を聞いていると時のたつのを感じませんでした。

時計が十二時を打ち始めると、戸を強くたたく音が聞こえ、乾いたかん高い声が、問答をしかけて来ました。「友よ、十二の数え歌を知っているか」。するとその老人は立ち上がって、うまくパンチョの声をまねながら、パンチョより先に答えました。「尋ねて見なさい。答えましょう」

「よろしい」外からの声がいいました。「友よ、第一をいってみよ」「わたしはそなたの友人じゃなくて敵《かたき》だが、第一を答えよう。第一は何か。ベツレヘムで生まれ、いつも変わらず清純な聖母マリアさまだ」

「よろしい、それじゃ友よ、第二をいってみよ」「わたしはそなたの友人じゃなくて敵だが、第二を答えよう。第二は何か。神がシナイの山でモーセに渡された律法を記した二枚の石板だ」

「よろしい、それじゃ友よ、第三をいってみよ」「わたしはそなたの友人じゃなくて敵だが、第三を答えよう。第三は何か。われわれの満足と喜びのために天国で輝いている三人のマリアさまだ」

「よろしい、それじゃ友よ、第四をいってみよ」「わたしはそなたの友人じゃなくて敵だが、第四を答えよう。第四は何か。それは四人の福音記者。すなわち、マルコ、ルカ、マタイ、ヨハネの四人の聖者だ」

「よろしい、それじゃ友よ、第五をいってみよ」「わたしはそなたの友人じゃなくて敵だが、第五を答えよう。第五は何か。十字架のイエスが傷つけられた五つの主な傷跡だ」

「よろしい、それじゃ友よ、第六をいってみよ」「わたしはそなたの友人じゃなくて敵だが、第六を答えよう。第六は何か。エルサレムの神殿でともされた六本のろうそくだ」

「よろしい、それじゃ友よ、第七をいってみよ」「わたしはそなたの友人じゃなくて敵だが、第七を答えよう。第七は何か。七層の天だ」

「よろしい、それじゃ友よ、第八をいってみよ」「わたしはそなたの友人じゃなくて敵だが、第八を答えよう。第八は何か。イエスが山上で説教された八福だ」

「よろしい、それじゃ友よ、第九をいってみよ」「わたしはそなたの友人じゃなくて敵だが、第九を答えよう。第九は何か。イエスが聖なる母の胎内にいられた九か月だ」

「よろしい、それじゃ友よ、第十をいってみよ」「わたしはそなたの友人じゃなくて敵だが、第十を答えよう。第十は何か。それはモーセの十戒だ」

「よろしい、それじゃ友よ、第十一をいってみよ」「わたしはそなたの友人じゃなくて敵だが、第十一を答えよう。第十一は何か。それは一万一千人の（スペイン語では十一千人の）乙女だ」

「よろしい、それじゃ友よ、第十二をいってみよ」「わたしはそなたの友人じゃなくて敵だが、第十二を答えよう。第十二は何か。それは十二使徒だ。十二を尋ねた者は十三を問わないうちに、悪い行ないの報いで飛んで行ってしまえ」

老人がこのことばをいい終わった瞬間、ちょうど火薬のたるが爆発したようなものすごい爆音が聞こえ、へやには煙が立ちこめ、強いイオウのにおいに、そのへやにいた三人はひどいくしゃみをしました。

煙が消えると、夫婦の目の前には長い長衣《トゥニカ》をつけ、右手に大きいかぎを持ち、頭の回りには光の輪で囲まれた老人が立っていました。それはロシータがまくらもとにいつもおいてあがめていた聖像そのものの姿でした。パンチョとロシータは思わず敬けんな気持ちになり、老人の前にひざまずきました。そして、すぐに目を上げてみると、もう老人の姿はそこにはありませんでした。

これが「十二の数え歌」の起源です。人びとは別にこれといった理由もなく、これを「聖シプリアーノの祈り」と呼び、悪魔や、魔法使いや、その他あらゆる危難に対し、とても霊験あらたかな力を持った祈りであるといっています。

ラバル『チリの民話』第二部第四三話

（Mt. 2010　十二のことば）

解説

語られる内容の興味によってではなく、形式のおもしろさによって聞かせる民話は形式譚と呼ばれる。その中には果てなし話、掛け合い話などがあるが、もっとも大きい位置を占めるものは累積譚または「だんだん話」である。これは同種類のことばを繰り返し重ねて行くことによって聞き手に興味を感じさせようという、どちらかというとリズム感に訴える、民謡に近いプリミティブな民話である。グリム第三十二番「しらみっことのみっこ」などはこの種の民話であるが、マルッティ・ハアビオは大冊二巻の「累積譚研究」で累積譚のいくつかの型の起源と研究について書いている。ラテン系の民族はとくにこの種の民話を豊かにもっているようである。

本話は強い宗教的色彩をもった累積譚の一種でアアルネ＝トンプソンのリストでは、六十五話が記録され、ラテンアメリカでは十七の類話が記録されている。しかしこの話は民謡のテキストの中に見いだされるものも多く、エスピノーサは全欧米で二〇二の比較資料を集めている。

この話は前半の悪魔との契約の部分と、後半の呪術的役割を果たす十二の数え歌の部分に分けられる。前者は全体のわく物語をなし、欧米の民話によくあるテーマで、本書の「死神の名付け親」などと同一の思想的背景のもとに生まれた民話である。後者の「数え歌」は民話から独立しても一種のカテキズム的な用途をもつもので、当初の起源からこの歌は教義を教育する用途をもって生まれたものであるらしい。

現在知られている最古の記録は中世ペルシアのパーレヴィ語の「呪術師ゴシティフ

リアーノの物語」で、ゾロアスター教の教義を説いたものであるが、物語の全体の荒筋は次の通りである。

アフトという妖術師はなぞを解く呪術師のいる町を訪れ、解けないときは殺すとおどかして三十三のなぞを出す。呪術師のゴシティフリアーノという者がすべてを解いて難をのがれる。次にかれはアフトに逆に三つのなぞを出す。アフトは解けないので、悪神アーリマンに助けを乞うが、なぞは解けない。ゴシティフリアーノは地獄にもどるアフトを殺す。

アフトが出す三十三のなぞのうち十三番目のものがこの本話の起源と考えられるもので、教えが十二ではなく十である点を除けば、現代の伝承と同じ構想をもっており、この民話の東方《オリエント》起源は明白である。十の内容は(1)太陽、(2)呼気と吸気、(3)よき考え、よきことば、よき行ない、(4)水木地獣の四要素、(5)ペルシアの五王、(6)ガハンバルの六つの祭り、(7)七人の大天使、(8)八つのよき伝説、(9)人体の九つの口、(10)十本の指、となっている。

これが西方へ伝わり、イスラム教、ユダヤ教の伝承を通じてラテン語によるカトリックの伝承にはいり、欧州各国の民族語で語り歌われるようになったもので、旧教国と新教国の間に若干伝承の違いがあるのも興味深い。今本話の内容と比較するため、エスピノーサが集めた全欧米二〇二話中の頻度表を次に掲げることにしよう。

1　神…70％
2　モーセの石板…50％　新旧約聖書…20％
3　三位一体…38％　三人の族長…30％　三人のマリア…13％
4　四福音記者…76％　四福音書…13％
5　五つの傷跡…57％　モーセ五書…5％
6　六本のろうそく…29％
7　七つの秘蹟…30％　七つの星…17％　七つの喜び…10％
8　八福…26％　八つのコーラス…23％　八人の正しい者の魂…13％
9　天使の九つの合唱…44％　九か月…19％
10　十戒…88％
11　一万一千人の乙女…51％
12　十二使徒…77％

なお、この物語や歌の類話は、東洋にはないが、パーレヴィ語の伝承を受けたパーリ語の仏教系の伝承がある。これは新発意《しんぼち》を教化するためのクッダカ・パータ（少年僧問答）といわれるもので、渡辺照宏著『お経の話』（岩波新書）の中に訳文があることを指摘しておく。

36 ゴキブリのマンディンガ

コスタリカ

昔、ゴキブリのマンディンガちゃんが家の戸口をはいていて五センタボの銅貨を拾いました。そこでこれで何を買おうかしら、と考え始めました。

「五センタボで口紅を買おうかしら……だめだわ、似合わないわ」

「ソンブレロを買おうかしら……だめだわ、似合わないわ」

「手袋を買おうかしら……だめだわ、似合わないわ」

「五センタボでリボンを買おうかしら……そうだわ、きっと似合うわ」

そこで、店へ行って五センタボでリボンを買い、もどって、おふろにはいり、おけしょうをし、ばらばらになっている髪にくしを入れ、頭にリボンでちょう結びをつけ、駅前通りを散歩に出かけました。そうして、そこであいたベンチを捜し、腰をおろしました。

雄牛が通りかかり、たいそうおめかしをしているマンディンガちゃんを見て声を掛けました。「やあ、ゴキブリのマンディンガちゃん、わたしと結婚しないかい」ゴキブリは答えました。「晩にあなたはなんて鳴くの」「ムームーさ」。ゴキブリは耳を押さえて叫びました。「だめよ、わたしびっくりしちゃうわ」

やがて犬が通りかかり、同じようにプロポーズしました。「晩になんて鳴くの」とゴキブリは尋ねました。「グァウグァウさ」「だめよ、わたしびっくりしちゃうわ」

やがてオンドリが通りました。「ゴキブリのマンディンガちゃん、わたしと結婚しないかい」「晩になんて鳴くの」「キキリキーさ」「だめよ、わたしびっくりしちゃうわ」

最後にネズミのペレスが通りかかりました。ゴキブリの目は自然にペレスの方に向きました。ペレスはフロックコートを着てチロル帽をかぶり、手にはステッキを持って、とても素晴らしく見えました。

ペレスはゴキブリに近づき、非常に礼儀正しくことばを掛けました。「ゴキブリのマンディンガさん。わたしと結婚していただけませんか」「あなたは、晩にどういってお鳴きになるのかしら」「イ、イ、イです」

ゴキブリにはその声がたいへん素晴らしいもののように思えました。そこで彼女はベンチから立ち上がり、二匹は腕を組んで歩いて行きました。こうして二匹は結婚式をあげ、盛大な宴会を催しました。

式の翌朝、ゴキブリはたいそう世話女房らしく、夜明けとともに起き出して、天井裏に上がり、家の中をきちんと整とんしました。

昼ごはんのあとで、ゴキブリは米と牛乳を入れた大きななべを火にかけると、二つの水がめを、一つは頭にのせ、一つは腰に下げると、遠い泉へ水汲みに出かけました。しかし家を出る前に、彼女は夫に「火を見ていてちょうだいね。それにあぶないから、牛乳がゆのおなべでつまみ食いしないでね」といっておきました。

しかし、妻が出て行くとすぐにネズミのペレスは家の中からとびらに掛け金をおろし、なべをのぞきに行きました。片手をそっとなべの中に突っ込みましたが、すぐに引っこめました。「熱っ、やけどしそうだ」。また、もう片方の手をそっと突っ込みました。「熱っ、やけどしそうだ」。こんどは片足をぐっと突っ込みましたが、熱さに驚いてとび上がりました。「こんちくしょう。この牛乳がゆのおかげで皮がむけそうだ」。しかし、それでも、ほんのちょっとでもいいから、つまみ食いをしたかったのです。ペレスはいすを火に近づけ、いすの上に乗ってなべの中をのぞきこみました。

お米はフツフツと煮え立ち、それにゴキブリが粉チーズとシナモンを少し振っていたので、そそるようなよいかおりが立ちこめていました。ネズミのペレスはとてもしんぼうできず、なべの中をのぞきこんでその素晴らしいかおりの湯気を鼻一杯吸いこみました。

しかしそのとき、哀れなペレスは足をすべらせ、なべの中に落ちこんでしまいました。ゴキブリがもどってみると戸にはかぎが掛けられていたので、大工さんを呼んで戸をこじあけてもらわねばなりませんでした。中へはいると、何か不吉な予感がして心臓がドキドキしました。ゴキブリはへやのすみずみまで夫を捜し回り、それから、ふと気がついて牛乳がゆのなべの中をのぞきこみました。するとどうでしょう。いたのです。彼女の夫はその熱いスープの中で煮立ってクルクル回っていました。

哀れな彼女は気違いのようになり、近所中に聞こえるほど激しい悲鳴を上げました。二匹がきのう結婚したばかりなので、近所の人たちは心から気の毒に思い同情しました。彼女は立派なヒツギを注文し、その中に夫の死体を入れ、そのヒツギをへやの真ん中に置きました。そうしてゴキブリは入口の柱の所にすわってさめざめと泣いていました。

一匹のハトが通りかかってゴキブリに尋ねました。「ゴキブリのマンディンガ奥さん。どうしてそんなに悲しんでいるの」

ゴキブリは答えました。

「ネズミのペレスがなべに落ち
ゴキブリのマンディンガは
夫を思って泣いている」

ハトはいいました。

「それじゃ、わたしはハトだから
翼を片方切りましょう」

ハトが小屋に帰ると、小屋はハトの翼が片方ないのを見て、ハトに尋ねました。

「ハトさん、どうしてあなたは翼を切ったの」

ハトは答えました。

「ネズミのペレスがなべに落ち
ゴキブリのマンディンガは
夫を思って泣いている。

それでわたしはハトだから
翼を片方切りました」
するとハト小屋はハトにいいました。
「それじゃ、わたしはハト小屋だから
ひさしをはずしてしまいましょう」
そこへ王妃が通りかかり、ハト小屋に尋ねました。「ハト小屋さん、どうしてあなたはひさしをはずしたの」
「ネズミのペレスがなべに落ち
ゴキブリのマンディンガは
夫を思って泣いている。
それでわたしはハト小屋で
ひさしをはずしてしまいました」
王妃はいいました。
「それじゃ、わたしは王妃だから
足を片方折りましょう」

王妃がびっこを引きながら王の所へもどって来ると、王は王妃に尋ねました。「王妃よ、お前はどうして足を折ったのだ」

「ネズミのペレスがなべに落ち
ゴキブリのマンディンガが
夫を思って泣いている。
それでわたしは王妃だから
足を片方折りました」

王はいいました。

「それじゃ、わたしは王だから
この王冠をぬぎましょう」

王が王冠もかぶらないで川のほとりを通っていると、川が王に尋ねました。「王さま、どうして王冠もかぶらずにお歩きになるのですか」

「ネズミのペレスがなべに落ち
ゴキブリのマンディンガは
夫を思って泣いている。

それでわたしは王だから
この王冠をぬぎました」
川はいいました。
「それじゃ、わたしは川だから
干上がってしまいましょう」
黒人の下女が数人、つぼを持って川へ水くみに来ましたが、川が干上がってしまっているので、川に尋ねました。「川さん、どうして干上がってしまったのですか」
「ネズミのペレスがなべに落ち
ゴキブリのマンディンガが
夫を思って泣いている。
それでわたしは川だから
干上がってしまいました」
「それじゃ、わたしたちは女中だから
つぼを割ってしまいましょう」
黒人女たちがつぼを割っているところへ、老人が通りかかり、彼女らに尋ねました。

「どうしてつぼを割っているのだ」

「ネズミのペレスがなべに落ち

ゴキブリのマンディンガが

夫を思って泣いている。

それでわたしたちは女中だから

つぼを割ってしまいました」

老人はいいました。

「それじゃ、わたしは老人だから

首を切って死にましょう」

こういって、自分の首を切って死んでしまいました。

そうこうしているうちに埋葬の時間がやって来ました。ゴキブリは葬式の行列を盛大にしたかったので、楽隊を呼んでヒツギのあとから演奏しながら進ませました。

バイオリンやコントラバスがこんな歌をひきながら進んで行きました。

「口がいやしいそのために

ネズミのペレスはなべに落ち」

ひとつの穴からはいって
もうひとつの穴から出た。
あなた方がわたしに
ほかの話を語っておくれ。

カルメン・リラ『わがおばパンチータの民話』一八二―一八六ページ
（Mt. 2023　小アリが銅貨を見つける）

解説

この一種の累積譚はスペイン・ポルトガル語圏にほぼ限定される型で、それ以外の例話はトルコを除けば非常にわずかである。アアルネ＝トンプソンのリストでは三十二話が記録されているが、ラテンアメリカでは十八の類話を筆者は知っている。

この民話は通常三つの部分にわけられる。

第一は主人公が貨幣を拾い、それで買物を考えた末（この部分累積譚）、服飾品を買う。ネズミのペレスは彼女に求婚し（この部分累積譚）二匹は結婚する。

第二は、(イ)新夫のペレスがなべの中へ落ちて事故死するか、(ロ)用便のため、夜ベッドから降りたペレスがネコに食べられて死ぬ悲劇的な部分で、その悲劇が写実的にペーソスをもって語られる部分でもある。

第三は主人公の悲嘆と、いろいろな登場者の異常な服喪方法の物語で、普通韻文で語られアルテ・マヨールの十一音節詩の韻律をとっている。

エスピノーサによれば、この型の民話は次の三つのサブタイプに分類される。

第一型は三つの要素をともに備えているもので、第二要素(イ)を含んでいる。もっとも完備した型。本書の例話はこれに属するが、ラテンアメリカでは三話ほどしか例がない。

第一A型は第三要素、すなわち奇妙な服喪の物語を欠いている型で、イベロアメリカではこれがもっとも多い。これが第一型よりもプリミティブなものか、それとも第一型の忘却による脱落より生じたものかは不明である。

第二型は、第二要素(ロ)を含み、第三要素を欠く型で、スペインにあってもラテンアメリカにはない。

なお、この民話の主人公はゴキブリである場合がもっとも多いが、アリである場合もあり、珍しい例としてキツネやクモの例もある。結婚の相手方はほとんど例外なくネズミでしかも常にペレスという名の付いているのはおもしろい。

37　果てなし話

ブラジル

昔、たいそう昔話を聞くのが好きな王さまがありました。あるとき「限りなく余に物語を語ってくれた者にはたくさんほうびをつかわす」といわれました。多くの人びとが来て昔話を語りましたが、だれの話もいつかは種が尽きてしまいました。ある日、ひとりの少年が来て、「終わりのない話をいたしましょう」といいました。王さまは喜んで聞くことになり、少年はこのように語り始めました。

――昔むかし、世界でいちばんたくさんアヒルを飼っている男がいました。その近くに小川があり、そこでアヒルが遊んでいました。あるとき、大雨が降ったので、小川の水かさがふえ、大きい流れになりました。朝、少年はアヒルの群れを対岸に連れて行こうとしました。最初の一羽が水にはいり、流れが強いので流れに打ち勝とうとし、いっしょうけんめい泳ぎ続けました。――

少年はここまで話して口を閉じました。すると王さまは「さあ、続けよ」といわれました。「アヒルの群れを渡らせてください。陛下」と少年はいって、また口をつぐみました。王は「それで、アヒルを渡らせてしまったとして、その話の残りはどうなるのだ」と尋ねられました。「王さま、もう少しお待ちになって、アヒルを全部渡らせてください。そうでないと、この話がおもしろくなくなります」と少年は答えました。王はしばらく待っていましたが、ついに尋ねられました。「アヒルはどうなったかな」「今まだ渡っております」「まだたくさんアヒルが残っているか」「渡ったのはほんの少しだけでございます」「こんな話はきりがないわい」「そうです。これが陛下のお求めになった、きりのない果てなし話でございます」

国王はたいへん興味深く思われて、少年にたくさんほうびをお与えになりました。

カマラ・カスクード『ブラジルの民話三十話』第六一話

（Mt. 2300　果てなし話）

解説

民話の国際性を論じるとき、単に内容の国際的伝播のみならず、形式が民族を越えて共通していることにも注目しなければならない。本話はいわゆる「果てなし話」で日本昔話集成、第六四一「昔語らい」とまったく同じ内容を持っている。

アアルネ＝トンプソンのリストでは約一七〇の類話が記録され（その内リトアニア一国で一一二話）、ラテンアメリカでは本話を含めて六話が採集されているが、この話の性質上、実際はそれ以上、広く分布しているものと思われる。

この物語が初めて文献に現われるのは、十二世紀初頭スペインでペドロ・アルフォンソの書いた『僧侶の教え《ディスキプリーナ・クレリカリス》』第十二話である。

ある夜、眠れない王の求めに応じて fabulista（おとぎの衆）は次から次へと物語りをするが、王は満足しない。とうとう、おとぎの衆は次のような話をする。——ある男が市《いち》へ行って、二千頭のヒツジを買う。帰り道、川が増水して渡れないので、小舟を一そう借りて、二頭のヒツジを乗せて渡り始めた。ここまで話すと、おとぎの衆はいい眠りを始める。王が話を続けるようにいうと、「川はとても大きく、舟は小さくて、ヒツジは多いので、ヒツジをみんな渡し終えるまで、しばらく待ってください」という。王は退屈して、もうそれ以上、話を聞かせるようにとはいわなかった。

この話が十七世紀のスペインでよく知られていたことは、ドン・キホーテ正篇第二十章でサンチョ・パンサが主人キホーテの気持ちを静めるために、この果てなし話をしたことから推定できる。

「……漁師のそばに舟が一そうあったが、小さい舟でね。人ひとりとヤギ一ぴき乗せるのがせいぜいに思われただ。……漁師が舟に乗って、一ぴきのヤギを渡した。もどって来てまた一ぴき渡した。もどって来て、また一ぴき渡した……」(永田寛定訳)

イタリア十三世紀の『古譚百話』や、十五世紀に出たポッジョの『小話集』第九話にもこのヒツジの果てなし話は記録されている。

現代のラテンアメリカの伝承では、チリのラバルが『チリの果てなし話』を著わしたが、これ自体、この種の話の集成である。その第十二話に「ガチョウ」という題でこの型の話がのっている。

数千羽のガチョウを持ったガチョウ売りが、国王の大宴会に間に合わせるため、ガチョウを運ぶ。道は川にかかるが、ガチョウ一羽しか通れない橋がかかっているだけである。そこでガチョウは列を作って一羽ずつ渡って行く――ここまで来ると語り手が黙るので、聞き手が「それから」というと、「まだ渡り切っていない」といって待たせる。

ラテンアメリカ民話の研究のあらまし

三原幸久

以下、ラテンアメリカでも特に民話の採集が進んでいるメキシコ、チリ、アルゼンチンの三国について、民話の採集と研究の跡をたどってみよう。この三国以外でもブラジルと大アンチル諸島(キューバ、ドミニカ共和国、プエルトリコ)は、比較的民話採集の歴史が古く、数冊の価値の高い民話集も出版されているが、紙面の制限もあるので、他の諸地域と合わせて、末尾に文献目録だけを記しておいた。

メキシコ――アメリカ南西部の旧メキシコ領を含む

スペインのエルナン・コルテスがアステカ王国を滅ぼす以前に、メキシコ原住民の間で民話が語られていた証拠がある。『ヌエバ・イスパニア(メキシコの旧称)征服の真実史』の中で、著者のベルナル・ディアス・デル・カスティーリョは、コルテスの通訳であり、愛人であった原住民の女性ラ・マリンチェのことを記すとき、彼女がその家族によって奴隷に売られ、コルテスによって救出された後、家族にあったが、恐れおののいている家族を寛大にゆるしてやったばかりか、贈り物を贈って慰めてやったエピソードを書いた後、「この彼女の話は、ヨセフがエジプトで自分を売った兄に対面したときの物語(創世記四十二章以下)と同じように思われる」と記しており、この伝記自体が一つの説話であることを暗に認めている。

十九世紀の中頃メキシコが独立戦争に情熱を傾けると共に、知識人はようやく、自分たちの郷土に関心をいだき、一種の郷土主義的《コストゥンブリスタ》な作品が現われたが、この傾向を背景に一八五〇年代には、ヘスス・ロメロやホアン・デ・ディオス・ペサによって文学的に再話されたものではあるが、メキシコの伝説集が出版され、科学的な民俗学勃興の基礎が生まれて来た。

メキシコ民俗学は一八八三年に書かれたダニエル・ブリントンの作品『ユカタンの民俗』で始まるといわれる。この作品には、習慣や、信仰、伝説と共に、英訳のついたマヤ語の魔法譚が一話含まれている。

一八八九年には、「米国民俗学雑誌」第二巻にガチェットがスペイン語で「メキシコの民謡」を発表しているが、これは、かれが勤務していたブラウンズビルの対岸の町マタモーロス（メキシコ・タマウリパス州）で採集したもので、民謡にまじって、Mt. 2013 の累積譚が含まれている。

二十世紀にはいって、米国民俗学会の内部でメキシコの民話に対する関心が異常に高まった。これは、北米大陸の原住民の人類学的研究が進むにつれて、三世紀のあいだ原住民と共に暮らし、その日常生活に深い影響を与えたスペインの文化要素を合わせて研究する必要を感じたからで、この研究の先頭にはコロンビア大学のフランツ・ボアズ教授と、スペイン語系の民話研究の最高権威であり、かれ自身ニューメキシコ出身で、スペイン語が母語であったスタンフォード大学のアウレリオ・エスピノーサ教授が立っていた。

初期の採訪は、エスピノーサがニューメキシコで行ない、最初の学問的な民話集として、一九一一年の民俗学雑誌に十二話の民話を発表し、以後一六年まで引き続いて六十四話のメキシコとニューメキシコの民話を発表し、当時としてはかなり詳細な註解をつけている。かれはこの採訪によって、メキシコの民話はスペインのものをそのまま受け継いでおり、原住民の影響をほとんど受けていないという結論に達したが、この考え方は、その後ブラジルを除く全ラテンアメリカに適用できることが確認されている。すなわち、原住民の民話は無数のスペイン民話の影響を受けているが、白人の民話にはほとんど原住民の民話の要素が認められないというのである。

ボアズは南部のオアハカ州で採集した十二の民話を一九一二年に発表したほか、ニューメキシコのラグーナやスニ等の原住民がスペイン人から学んだ民話を採集、発表した。一九一二―三五年の間に、この両名以外にも、オールデン・メイスン、ウィリアム・メチリング、黒人民話の研究者として有名なエルジー・クルーズ・パーソンズ、ジョン・ターナー・リード等がメキシコの民話を「米国民俗学雑誌」に発表しているが、特にリードのは、わずか七話であるが、テキストのほかにアアルネ＝トンプソンの型番号と、エスピノーサの『スペイン民話集』の中の類話を註記している。

また英訳の形ではあるが民俗学雑誌以外の人類学関係の雑誌にも、レッドフィールドとフォスターが、それぞれユカタンとシェラ・ポポルカのかなりの数の民話を発表している。

一冊にまとまった形の民話集として、後にプエルトリコの民話を多く採集したポール・レイディンが一一七話を集め、エスピノーサと共同編集で『オアハカの民俗』を出版している。ただこれは直接採集ではなく、レィディンの求めに応じて、インディオ出身の青年がスペイン語で記述した話を集めたもので、学問的価値にかなり問題があるといわれ、註も採集データもついていない。

一九四〇年前後に三つの主要な民話集が公刊された。第一はエスピノーサの次男のホセ・マヌエル・エスピノーサによるニューメキシコの民話集で、直接採訪により、音声表記にも、類話比較のための註にも注意の行き届いた作品である。次いでホイーラーによるハリスコ地方の民話集が公刊された。これは二二六話を含む大冊であるが、註の型番号にかなりの誤りや問題点があるようである。第三は、エスピノーサの弟子のホアン・ラエルによるニューメキシコとコロラドのコレクションで、五一八話を含み、ラテンアメリカ最大の民話集である。

このほか、原住民の民話については、ナワトル語(旧アステカ王国の公用語)のテキストと対訳の形で書かれた言語学者パブロ・ゴンサレス・カサノバの『原住民の民話』と、国立原住民研究所から出たウォールター・ミラーの『ミヘスの民話』は豊富な人類学的背景のもとに編集された秀れた作品である。

以上のようなさまざまの形の刊行物があるにもかかわらず、なお研究者の手元に稿本の形のまま、刊行されていない多くの民話集があるのは事実である。たとえばスタンリー・ローブ(Stanley Robe)のハリスコ地方で集めた二一〇話以上の民話は未発表であるし、ビルヒニア・ロドリゲス・リベーラ(Virginia Rodríguez Rivera)やガブリエル・モエダノ(Gabriel Moedano)も多くの未発表の民話を持っているといわれている。

〔メキシコの主要な民話集と研究書〕

注　JAFL…Journal of American Folklore(米国民俗学雑誌)

(a)　アメリカ南西部の旧メキシコ領地域

Aurelio Macedonio Espinosa: New Mexican Spanish Folk-lore III Folktales(ニューメキシコのスペイン系民族、民話) JAFL Vol. 24(1911), pp. 397–444

Aurelio Macedonio Espinosa: Cuentitos Populares Nuevomejicanos y su Transcripción Fonética(ニューメキシコの民話とその発音記号による音写) Bulletin de Dialectologie Romane, IV(1912), pp. 97–105

Aurelio Macedonio Espinosa: New Mexican Spanish Folk-lore VII More Folk-tales（ニューメキシコのスペイン系民俗、民話続編）JAFL Vol. 27(1914), pp. 119–147
Elsie Clews Parsons & Franz Boas: Spanish Tales from Laguna and Zuñi, New Mexico（ニューメキシコのラグナーとスニのスペイン系の民話）JAFL Vol. 33(1920), pp. 47–72
Mrs. Ruth Laughlin Barker: New Mexico Witch Tales（ニューメキシコの魔法譚）Tone the Bell Easy, ed. by J. Frank Dobie, Texas Folklore Society Publications, X, 1 (1932), pp. 62–70
Helen Zunser: A New Mexican Village（ニューメキシコの村）JAFL Vol. 48(1935), pp. 125–178
Elsie Clews Parsons: Pueblo-Indian Folk-Tales, Probably of Spanish Provenience（スペイン系と推定されるプエブロインディアンの民話）JAFL Vol. 48(1935), pp. 216–253
Dolores Huning & Irene Fisher: Three Spanish Folk Tales（三つのスペイン系の民話）New Mexico Quarterly, VI, 1(Feb. 1936), pp. 39–49

Dolores Huning & Irene Fisher: Folk Tales from the Spanish（スペイン語の民話） New Mexico Quarterly, VII, 2(May 1937), pp. 121–130

José Manuel Espinosa: Spanish Folk-Tales from New Mexico（ニューメキシコのスペイン系の民話） New York, 1937, American Folklore Society, 222 pp.

Arthur L. Campa: Spanish Traditional Tales in the South West（南西部のスペイン系の民話） Western Folklore VI, 4(Oct. 1947), pp. 322–334

Juan B. Rael: Cuentos Españoles de Colorado y de Nuevo México（コロラドとニューメキシコのスペイン系の民話） 2 vols. Stanford, no date, 819 pp.

Aurelio Macedonio Espinosa: Spanish Folktales from California（カリフォルニアのスペイン系の民話） Hispania Vol. 23, pp. 121–144

(b) メキシコ

Daniel G. Brinton: The Folk-lore of Yucatan（ユカタンの民俗） The Folklore Journal I (1883), pp. 244–256

Albert S. Gatschet: Popular Rimes from Mexico（メキシコの民謡） JAFL Vol. 2(1889), pp. 48–53

Alden Mason: Four Mexican-Spanish Fairy-Tales from Azqueltán, Jalisco（ハリスコ・アスケルタンの四つのメキシコの民話）JAFL Vol. 25(1912), pp. 191–198

William Hubbs Mechling: Stories from Tuxtepec, Oaxaca（オアハカ州トフテペックの民話）JAFL Vol. 25(1912), pp. 199–203

Franz Boas: Notes on Mexican Folk-lore（メキシコ民俗についての註釈）JAFL Vol. 25 (1912), pp. 204–260

Alden Mason: Folk-tales of the Tepecanos（テペカノの民話）JAFL Vol. 27(1914), pp. 148–231

Paul Radin & Aurelio Macedonio Espinosa: Folk-tales from Oaxaca（オアハカの民話）JAFL Vol. 28(1915), pp. 390–408

William Hubbs Mechling: Stories & Songs from the Southern Atlantic Coastal Region of Mexico（メキシコ南部大西洋岸の民話と民謡）JAFL Vol. 29(1916), pp. 546–558

Paul Radin & Aurelio M. Espinosa: El Folklore de Oaxaca（オアハカの民俗）New York, 1917

Paul Siliceo Pauer: Folk-tales from Mexico（メキシコの民話）JAFL Vol. 31（1918）, pp. 552–553

Max Leopold Wagner: Algunas Apuntaciones sobre el Folklore Mexicano（メキシコ民俗についての研究ノート）JAFL Vol. 40（1927）, pp. 105–143

Rubén M. Campos: El Folklore Literario de México（メキシコの民俗文学）México D. F., 1929, pp. 57–67; 533–601

Elsie Clews Parsons: Zapoteca and Spanish Tales of Mitla, Oaxaca（オアハカ、ミトラのサポテカ、スペイン系の民話）JAFL Vol. 45（1932）, pp. 318–362

John Turner Reid: Seven Folk-tales from Mexico（七つのメキシコ民話）JAFL Vol. 48（1935）, pp. 109–124

Riley Aiken: A Pack Load of Mexican Tales（一連のメキシコ民話）Texas Folklore Society Publications Vol. 12（1935）, pp. 1–87

Margaret Park Redfield: The Folk Literature of a Yucatecan Town（あるユカタンの町の民俗文学）Contributions to American Archaeology 3（1937）, pp. 1–50

Alfredo Ibarra: Cuentos y Leyendas de México（メキシコの民話と伝説）México D. F.,

1941

Howard T. Wheeler: Tales from Jalisco, Mexico（メキシコ・ハリスコ地方の民話） Philadelphia, 1943, American Folklore Society, 562 pp.

George M. Foster: Sierra Popoluca Folklore and Beliefs（シエラ・ポポルカの民俗と俗信） University of California Publications in American Archaeology and Ethnology Vol. 42(1945), pp. 177–250

Sol Tax: Folk Tales in Chichicastenango, An Unsolved Puzzle（チチカステナンゴの民話、解けないパズル） JAFL Vol. 62(1949), pp. 125–135

Vicente T. Mendoza & Virginia Rodríguez Rivera de Mendoza: Folklore de San Pedro Piedra Gorda, Zacatecas（サカテカスのサン・ペドロ・ピエドラ・ゴルダの民俗） México D. F., 1952, pp. 387–427

Walter S. Miller: Cuentos Mixes（ミヘスの民話） México D. F., 1956

Riley Aiken: Six Tales from Mexico（メキシコ民話六話） Texas Folklore Society Publications Vol. 27(1957), pp. 78–95

Miriam W. Hiester: Tales of the Paisanos（パイサノの民話） Texas Folklore Society

Publications Vol. 30(1961), pp. 226–243
Riley Aiken: Fifteen Mexican Tales（メキシコ民話十五話）Texas Folklore Society Publications Vol. 32(1964), pp. 3–56
Américo Paredes: Folktales of Mexico（メキシコの民話）Chicago & London, 1970, University of Chicago Press, 282 pp.

(c) メキシコ（ナワトル語によるもの）

Franz Boas & José María Arreola: Cuentos en Mexicano de Milpa Alta D. F.（ミルパ・アルタのメキシコ語の民話）JAFL Vol. 33(1920), pp. 1–24
Pablo González Casanova: Cuento en Mexicano de Milpa Alta D. F.（ミルパ・アルタのメキシコ語の民話）JAFL Vol. 33(1920), pp. 25–27
Franz Boas & Herman K. Haeberlin: Ten Folktales in Modern Nahuatl（現代ナワトル語の民話十話）JAFL Vol. 37(1934), pp. 345–370
Pablo González Casanova: Cuentos Indígenas（原住民の民話）México D. F., 1965, 113 pp.

チリ

チリはラテンアメリカの中でも、もっとも早く民話研究の生まれた国である。一八八三年イギリス人のモーアがコンセプション州サンタホアナで採集した五つの民話が「スペイン民俗全書」第一巻の中で発表された。これがチリの民話が世に出た最初であったが、チリ国内では、ほとんど反響を呼ばなかった。

一八九〇年ドイツの言語学者で、チリ大学の教授となって赴任したロドルフォ・レンスの到着とともに、民話の採集と研究が本格的に始まった。一八九一年レンスは純粋に言語学的な目的のために、原住民アラウカーノ族の住む地方への調査を行なったが、その際、チリのインディオの間で語られる民話の重要性に気づき、一八九四―九六年の間にアラウカーノ語で語られた二十六の民話を採集し、スペイン語訳をつけて発表、それが大部分欧州起源のものであることを立証した。これに次いで、フェリックス・ホセ・デ・アウグスタ等数人の神父が十二のアラウカーノ族の民話を採集、発表している。

しかしアラウカーノ民話の発表も、直接的にチリ民俗学の勃興を促すことにはならず、ここでもレンスのイニシァティブを待たねばならなかった。一九〇五年レンスはチリ民俗学研究についてのプログラムを発表してチリ民俗学の基礎を作り上げ、一九〇九年七月民俗学会初の会合を開いたが、これはラテンアメリカで最初の民俗学会であった。この会はレンスが会長であった間に五十二回の会合を持ったが、学会誌「チリ民俗学雑誌」(一九一一―一九一六)は「チリ大学学報」「チリ歴史地理雑誌」とともに、チリ民話の発表の場となった。学会員の幾人かのメンバーが民話の採集を始めたが、レンスはこれらの材料の中から六話を選び、それに十九世紀にモーアが採集した一話をつけ加えて、一九〇九年「一群のチリの民話」と題する、この時代最高の水準を行く秀れた比較研究を発表した。これは Mt. 403「性質の良い花嫁と悪い花嫁」、Mt. 706「手なし娘」、Mt. 707「三人の黄金のむすこ」の三つの型の民話を扱ったものである。この中でレンスは、スペイン語に民話そのものを表わす術語がないので、古語であるコンセーハ(Conseja)の復活を主張したが、かれ自身、コンセーハと、従来のクエント・ポプラール(Cuento Popular)の両者を使っており、実現をみなかった。少し後にレンスは、また二十五話の謎話を発表し、七つに分類すべきことをのべている。

チリ民俗学会の中で、最大の採集を行なったのはラモン・A・ラバルで、生涯の最良の時期を民話の採集にささげた。かれは一九一〇年『チリの果てなし話』を出版しているが、その後、詳しい形式の記述が特徴的な「カラウエの口頭伝承からとった伝承、伝説、民話」を一九二〇年に発表し、一九二三年には、伝説を合わせて、八十三話を含む『チリの民話』を発表した。

チリ民俗学会には、このほかに二言語使用のアラウカーノ族からの民話を採集したサウニエール夫人、グスマン・マトゥラーナ、レベカ・ラモン、エルネスト・モンテネグロ等の民話集が三〇年代までに発表されている。

第二次大戦後のチリ民話の採集と研究は、ヨランド・ピノ・サーベドラの独壇場の感がある。かれは一九四八年、民謡の採訪に、エルキ川の渓谷地帯を訪れ、民話がなおも語られていることを知って、対象を民話に切りかえ、一九五八年まで、ほぼチリ全土にわたって二七〇話を集め、詳細な註をつけて、一九六〇—六三年、三冊の『チリの民話』を出版した。これはチリ最大の民話集で、註の広汎な点でも、エスピノーサのスペイン民話のコレクションに次ぐ重要な作品である。また同氏は一九七〇年『チリ・アルゼンチンの民話』を書いたが、これは一九〇三年アルゼンチンとチリとの国境地帯に生まれ、六歳のときから、チリ人の祖父や、ガウチョ（カーウボーイ）から民話を聞いた老婆ドミンガ・フェンテスの語る二十話のコレクションである。

〔チリの主要な民話集と研究書〕

Rodolfo Lenz: Estudios Araucanos（アラウカーノ研究）Santiago, 1895–1897

Rodolfo Lenz: Araukanische Märchen und Erzählungen mitgeteilt von Segundo Jara（セグンド・ハラによって伝えられたアラウカーノ族の民話と物語）Valparaíso, 1896

Rodolfo Lenz: Un Grupo de Consejas Chilenas（1群のチリの民話）Santiago, 1912, Imprenta Cervantes, 152 pp.

Rodolfo Lenz: Cuentos de Adivinanzas Corrientes en Chile（チリに流布している謎話）Revista de Folklore Chileno II, pp. 337–383; III, pp. 267–309（1912–1914）

Fray Félix José de Augusta: Lecturas Araucanas（アラウカーノ語読本）Padre las Casas, 1910; 2nd ed. 1934

Ramón A. Laval: Cuentos Chilenos de Nunca Acabar（チリの果てなし話）Revista de Folklore Chileno I, 2a.（1910）, pp. 3–44

Ramón A. Laval: Tradiciones, Leyendas y Cuentos Populares Recogidos de la Tradición Oral en Carahue（カラウエの口頭伝承からとった伝承、伝説、民話）Santiago, 1920, Imprenta Universitaria, 264 pp.

Ramón A. Laval: Cuentos Populares en Chile（チリの民話）Santiago, 1923, Imprenta Cervantes

Ramón A. Laval: Cuentos de Pedro Urdemalas（ペドロ・ウルデマラスの話）Santiago, Revista de Folklore Chileno VI, 1925, pp. 147–203; 2nd ed. 1943

Sperata R. de Saunière: Cuentos Populares Araucanos y Chilenos, recogidos de la Tradición Oral（口頭伝承から採集したアラウカーノとチリの民話）Revista de Folklore Chileno VII（1918）, pp. 3–282

Rebeca Román: Folklore de la Antigua Provincia de Colchagua, V, Cuentos（古いコルチャグァ州の民俗、民話）Revista Chilena de Historia y Geografía LXII No. 66, pp. 206–236（1929）

Ernesto Montenegro: Mi Tío Ventura, Cuentos Populares de Chile（わがおじベントゥーラ、チリの民話）Santiago, Editora Zig-Zag, 1933; 2nd ed. 1938; 3rd ed. 1962, 188 pp.

Manuel Guzmán Maturana: Cuentos Tradicionales en Chile（チリの伝承的民話）Anales de la Universidad de Chile, Año XCII, Nos. 14–15 (1934), pp. 34–81; pp. 5–78

Yolando Pino Saavedra: Cuentos Folklóricos de Chile（チリの民話）Santiago, Editorial Universitaria, 1960–1963, 1078 pp.

Yolando Pino Saavedra: Cuentos Orales Chileno Argentinos（チリ・アルゼンチンの民話）Santiago, Editorial Universitaria, 1970, 236 pp.

アルゼンチン

アルゼンチンでは、民話の採集や研究はチリに比較して遅く起こった。アルゼンチンの民話が初めて紹介されたのは、一九〇四年ドイツのシュツットガルトで開かれた第十四回アメリカ研究者会議で、ロベルト・レーマン・ニーチェが「アルゼンチンのアラウカーノ族のあいだにある欧州の民話」と題して発表した、アラウカーノの六つの物語である。このうちの二つはMt. 327Aの「ヘンゼルとグレーテル」と

Mt. 130の「ブレーメンの音楽隊」と同型の話であった。一九〇八年、同氏は「皮をむかれたニワトリ」(半分のヒヨコ)についての小論文を発表し、サン・ルイス州で採集した類話を挿入し、また一九一一年には、『ラプラタ河流域地方の謎かけ』を書き、その中に多くの謎かけと関連した民話を発表している。

一九四〇年、ベルナルド・カナル・フェイホーは、特にキツネにまつわる民話を集め、欧州中世の「キツネ物語」始め、多くの文学作品との比較研究を発表した。また一九四一年、ホアン・カルロス・ダバロスは『民話の起源』なる一書を著わして、アルゼンチンのすべての民話が欧州起源であるという過去の説には疑問があり、少数ではあるが、原住民起源のものがあることを主張している。

アルゼンチン、チリの両国で、期せずして民話研究の発端の役割りを果たしたアラウカーノ族の民話については、ベルタ・キョスレル・イルグ夫人がほぼ完全な採集を行なっている。夫人はアンデス山脈のサン・マルティンの山中の村で、医師をしていた夫とともに三十五年間アラウカーノ族と共に暮らし、原住民の深い信頼をかちえて、数百の民話を集めたが、一九五〇年代に、その一部分をスペイン語とドイツ語で発表している。

しかしながら、アルゼンチンの民話が、真に組織的に採集され、研究されるには、一九四四年の国立伝承研究所(Instituto Nacional de la Tradición)の設立を待たねばならなかった。研究所は単に国内で採集された民話資料の整理保存にあたるばかりでなく、学問的に分類された民話集の出版を企て、一九四八年「アルゼンチンの口承民話」の題名で六十六話を含む民話集が研究所の会誌上に発表されたが、これは、アルゼンチンで初めて、アアルネ＝トンプソンの『民話の話型』とボッグズの『スペイン民話の型索引』による型番号と、トンプソンの「モチーフ索引」によるモチーフ番号のつけられた民話集であった。

一九五九年には、ホセ・インベリョーニを始めとする数人の民俗学者が共同で『アルゼンチンの民俗』なる便覧を書いた。その序章には民話研究の分野におけるフィンランド学派の労作が紹介され、第三章にはアルゼンチンにおける主要な民話の型についての解説がなされている。

伝承研究所の設立以来、各州の地方民俗誌や民話集の出版が急激に興り、ヘスス・マリア・カリソ、アルベルト・カリソ、オラシオ・ラバ、フェルミン・アンサラス、フリオ・アランブル等がそれぞれ民話集を出しているが、大部分は、大きくテーマ別に民話を分けているだけで、話者についての詳細なデータや、型番号の記述がほとんどないのは残念である。こうした中で、一九六〇—六四年に司法教育省国立人類学研究所から出版された、スサナ・チェルトゥディ女史の編集になる『アルゼンチンの民話』二巻は、二百話を含み、量においてもアルゼンチン最大のコレクションであるのみならず、豊富な註釈を持った真の科学的な民話集として、チリのピノ・サーベドラの作品に匹敵するものといえよう。なお同女史には、ほかに狡猾譚の主人公から題名をとった『兵士のホアン』という小さい民話集や、主として動物の話を集めた『キツネの話』というコレクションもある。特に後者に、「キツネとアルマジロ」の話が多いのは、アルゼンチンの土地柄を示していて興味深い。

なお、チェルトゥディ女史によれば、一九六三年現在で、アルゼンチンでは、再話によるものを含め、一〇九の書物、雑誌が民話の比較研究資料として存在するといわれている。

〔アルゼンチンの主要な民話集と研究書〕

Robert Lehmann-Nitsche: Europäische Märchen unter den argentinischen Araukanern（アルゼンチンのアラウカーノ族のあいだにある欧州の民話）Internationaler

Amerikanisten-Kongress, Vierzehnte Tagung, Stuttgart, 1904

Robert Lehmann-Nitsche: Märchen der argentinischen Indianer（アルゼンチンのインディアンの民話） Zeitschrift des Vereins für Volkskunde in Berlin, Heft 2（1906）, pp. 156–164

Robert Lehmann-Nitsche: ¿Quiere que le cuente el cuento del Gallo Pelado?（皮をむかれたニワトリの話をしましょうか） Buenos Aires, Revista de Derecho, Historia y Letras XXX, 1908, pp. 297–306

Robert Lehmann-Nitsche: Adivinanzas Rioplatenses（ラプラタ河流域地方の謎かけ） Buenos Aires, Coni, 1911

Bernardo Canal Feijóo: Los Casos de "Juan", El Ciclo Popular de la Picardía Criolla（ホアンぎつねの事件、アメリカの一群の狡猾者話） Buenos Aires, 1940

Consejo Superior de Educación: Antología Folklórica Argentina, para las Escuelas de Adultos（成人学校のためのアルゼンチンの民俗文集） Buenos Aires, Guillermo Kraft Ltda., 1949, 245 pp.

Consejo Superior de Educación: Antología Folklórica Argentina, para las Escuelas Primarias（小学校のためのアルゼンチンの民俗文集） Buenos Aires, Guillermo Kraft Ltda., 1949

Juan Carlos Dávalos: Origen del Cuento Popular（民話の起源） Buenos Aires, Boletín de la Academia de Letras IX, 1941, pp. 159–184

Jesús María Carrizo: Cuentos de Brujería（魔法使いの話） Buenos Aires, Boletín del Departamento de Folklore del Instituto de Cooperación Universitaria I, No. 3, 1941

Jesús María Carrizo: Cuentos de la Tradición Oral Argentina, Catamarca（アルゼンチンの口承民話、カタマルカの民話） Revista del Instituto Nacional de la Tradición, Año I, Entrega 1 y 2, pp. 51–101; 209–257, 1948

Fermín A. Anzalaz: Cuentos y Tradiciones de la Rioja（ラ・リオハの民話と伝承） la Rioja, Ed. Tribuna, 1946

Alberto Carrizo: Cuentos de la Tradición Oral Argentina, Cuentos de Alpatauca（アルゼンチンの口承民話、アルパタウカの民話） Buenos Aires, Revista del Instituto Nacional de la Tradición, Año I, Entrega 2, 1948

Julio Aramburu: Las Hazañas de Pedro Urdemalas（ペドロ・ウルデマラスの手がら）Buenos Aires, El Ateneo, 1949, 193 pp.

Horacio Rava: El Ciclo de San Pedro en el Folklore de Tucumán（トゥクマンの民俗における1群の聖ペテロの話）Tucumán, Boletín de la Asociación Tucumana de Folklore, Año II, Vol. I, No. 21–22, enero-febrero, 1952

Bertha Kössler Ilg: Cuentan los Araucanos（アラウカーノ族は語る）Buenos Aires, Espasa Calpe（Colección Austral No. 1208）, 1954, 153 pp.

Bertha Kössler Ilg: Indianer Märchen aus den Kordilleren（コルディリェーラのインディアンの民話）Düsseldorf-Köln, 1956

Susana Chertudi: Juan Soldao（兵士のホアン）Buenos Aires, Editorial Universitaria, 1962, 159 pp.

Susana Chertudi: Cuentos Folklóricos de la Argentina（アルゼンチンの民話）Buenos Aires, Instituto Nacional de Antolopología, 2 vols., 1960–1964, 255 pp. + 226 pp.

Susana Chertudi: Cuentos del Zorro（きつねの話）Buenos Aires, Editorial Universitaria, 1965, 104 pp.

Juan Zacarías Agüero Vera: Cuentos Populares de la Rioja（ラ・リオハの民話） la Rioja, 1965

*

〔その他の地域の主要な民話集〕

プエルトリコ

J. Alden Mason & Aurelio Macedonio Espinosa: Portorican Folk-lore: Folktales（プエルトリコの民俗、民話） JAFL Vol. 34（1916）, pp. 143–208; Vol. 35（1917）, pp. 1–61; Vol. 37（1918）, pp. 247–344; Vol. 38（1919）, pp. 507–618; Vol. 39（1920）, pp. 227–369; Vol. 40（1921）, pp. 313–414; Vol. 42（1923）, pp. 85–156

Ralph Steele Boggs: Seven Folk-tales from Porto Rico（プエルトリコ民話七話） JAFL Vol. 42（1923）, pp. 157–166

Rafael Ramírez de Arellano: Folklore Portorriqueño（プエルトリコの民俗） Madrid, Centro de Estudios Históricos, 1928, pp. 13–214

Ricardo E. Alegría: Cuentos Folklóricos de Puerto Rico（プエルトリコの民話）San Juan, Colección de Estudios Puertorriqueños, 1969, 120 pp.

グアテマラ

Adrián Recinos: Cuentos Populares de Guatemala（グアテマラの民話）JAFL Vol. 31 (1918), pp. 472-487

キューバ

Portell Vilá: Cuentos Populares Cubanos（キューバの民話）125 Cuban Folktales in Manuscript

Samuel J. Feijóo: Cuentos Populares Cubanos（キューバの民話）2 vols. las Villas, 1960-1962, Universidad de las Villas, 294 pp. + 225 pp.

ドミニカ共和国

Manuel J. Andrade: Folk-lore from the Dominican Republic（ドミニカ共和国の民俗）New York, 1930, American Folklore Society, 431 pp.

コスタリカ

Carmen Lyra: Los Cuentos de mi Tía Panchita（わがおばパンチータの民話）San José,

1926, Imprenta María v, de Lines, 172 pp.

コロンビア

T. Alden Mason: Cuatro Cuentos Colombianos（コロンビアの民話四話）JAFL Vol. 43 (1924), pp. 216–218

エクアドル

Paulo de Carvalho Neto: Cuentos Folklóricos del Ecuador（エクアドルの民話）Quito, Editorial Universitaria, 1966, 305 pp.

ペルー

Arturo Jiménez Borja: Cuentos Peruanos（ペルーの民話）Lima, Editorial Lumen, 1937, 31 pp.

José María Arguedas: Mitos, Leyendas y Cuentos Peruanos（ペルーの神話、伝説と民話）Lima, 1947

José María Arguedas: Canciones y Cuentos del Pueblo Quechua（ケチュア族の民謡と民話）Lima, Editorial Huascarán, 1949, 163 pp.

Brigido Varillas Gallardo: Apuntes para el Folklore de Yauyos（ヤウヨの民俗雑記）

Lima, Editorial Huascarán, 1965, pp. 45–63

ウルグアイ

Serafín J. García: Las Aventuras de Juan el Zorro（きつねのホアンの冒険） Montevideo, Ediciones Ciudadela, 1950, 225 pp.

キュラソー

N. M. Geerdink & Jesurun Pinto: Cuentanan di Nanzi（ナンシ物語） Curaçao, Aruba Drukkerij, 1965, 77 pp.

ブラジル

Charles Frederick Hartt: Amazonian Tortoise Myths（アマゾンのカメの物語） Rio de Janeiro, 1875

Couto de Magalhães: O Selvagem（森の人） Rio de Janeiro, 1876

Sílvio Romero: Contos Populares do Brazil（ブラジルの民話） Lisboa, 1885; 2nd ed. Rio de Janeiro, 1954, Livraria José Olympio Editora, 441 pp.

João da Silva Campos: Contos e Fábulas Populares da Bahia（バイーアの民話と寓話） Rio de Janeiro, O Folclore no Brasil by Basílio de Magalhães, 1928, pp. 179–340

Luís da Câmara Cascudo: Contos Tradicionais do Brasil（ブラジルの伝承民話） Rio de Janeiro, 1946; 2nd ed. 1967, Ouro, 480 pp.

Aluísio de Almeida: 50 Contos Populares de São Paulo（サンパウロの民話五十話） São Paulo, 1947

Lindolfo Gomes: Contos Populares Brasileiros（ブラジルの民話） São Paulo, 1948

Luís da Câmara Cascudo: Trinta Estórias Brasileiras（ブラジルの民話三十話） Porto, Portucalense Editora, 1955, 170 pp.

〔編集付記〕

本書は、三原幸久著『ラテンアメリカの昔話』(民俗民芸双書67、岩崎美術社、一九七二年)を文庫化したものである。今回の岩波文庫化にあたっては、三原幸久氏の著作権継承者のご了解を得て、書名を『ラテンアメリカ民話集』に、また三原幸久著を三原幸久編訳に改めた。

(岩波文庫編集部)

ラテンアメリカ民話集《みんわしゅう》

2019年12月13日　第1刷発行

編訳者　三原幸久《みはらゆきひさ》

発行者　岡本　厚

発行所　株式会社　岩波書店
〒101-8002 東京都千代田区一ツ橋2-5-5
案内 03-5210-4000　営業部 03-5210-4111
文庫編集部 03-5210-4051
https://www.iwanami.co.jp/

印刷・三陽社　カバー・精興社　製本・中永製本

ISBN 978-4-00-327991-5　　Printed in Japan

読書子に寄す

――岩波文庫発刊に際して――

岩波茂雄

真理は万人によって求められることを自ら欲し、芸術は万人によって愛されることを自ら望む。かつては民を愚昧ならしめるために学芸が最も狭き堂宇に閉鎖されたことがあった。今や知識と美とを特権階級の独占より奪い返すことはつねに進取的なる民衆の切実なる要求である。岩波文庫はこの要求に応じそれに励まされて生まれた。それは生命ある不朽の書を少数者の書斎と研究室とより解放して街頭にくまなく立たしめ民衆に伍せしめるであろう。近時大量生産予約出版の流行を見る。その広告宣伝の狂態はしばらくおくも、後代にのこすと誇称する全集がその編集に万全の用意をなしたるか。千古の典籍の翻訳企図に敬虔の態度を欠かざりしか。さらに分売を許さず読者を繫縛して数十冊を強うるがごとき、はたしてその揚言する学芸解放のゆえんなりや。吾人は天下の名士の声に和してこれを推挙するに躊躇するものである。このときにあたって、岩波書店は自己の責務のいよいよ重大なるを思い、従来の方針の徹底を期するため、すでに十数年以前より志して来た計画を慎重審議この際断然実行することにした。吾人は範をかのレクラム文庫にとり、古今東西にわたって文芸・哲学・社会科学・自然科学等種類のいかんを問わず、いやしくも万人の必読すべき真に古典的価値ある書をきわめて簡易なる形式において逐次刊行し、あらゆる人間に須要なる生活向上の資料、生活批判の原理を提供せんと欲する。この文庫は予約出版の方法を排したるがゆえに、読者は自己の欲する時に自己の欲する書物を各個に自由に選択することができる。携帯に便にして価格の低きを最主とするがゆえに、外観を顧みざるも内容に至っては厳選最も力を尽くし、従来の岩波出版物の特色をますます発揮せしめようとする。この計画たるや世間の一時の投機的なるものと異なり、永遠の事業として吾人は微力を傾倒し、あらゆる犠牲を忍んで今後永久に継続発展せしめ、もって文庫の使命を遺憾なく果たさしめることを期する。芸術を愛し知識を求むる士の自ら進んでこの挙に参加し、希望と忠言とを寄せられることは吾人の熱望するところである。その性質上経済的には最も困難多きこの事業にあえて当たらんとする吾人の志を諒として、その達成のため世の読書子とのうるわしき共同を期待する。

昭和二年七月

《南北ヨーロッパ他文学》〔赤〕

ダンテ 新生　山川丙三郎訳
抜目のない未亡人　ゴルドーニ 平川祐弘訳
珈琲店・恋人たち　ゴルドーニ 平川祐弘訳
夢のなかの夢　タブッキ 和田忠彦訳
カヴァレリーア・ルスティカーナ 他十一篇　G・ヴェルガ 河島英昭訳
ルネッサンス巷談集　フランコ・サケッティ 杉浦明平訳
むずかしい愛　カルヴィーノ 和田忠彦訳
カルヴィーノ アメリカ講義 —新たな千年紀のための六つのメモ　米川良夫 和田忠彦訳
まっぷたつの子爵　カルヴィーノ 河島英昭訳
魔法の庭・空を見上げる部族 他十四篇　カルヴィーノ 和田忠彦訳
愛神の戯れ —牧歌劇『アミンタ』　トルクァート・タッソ 鷲平京子訳
タッソ エルサレム解放　A・ジュリアーニ編 鷲平京子訳
わが秘密　ペトラルカ 近藤恒一訳
ペトラルカ 無知について　近藤恒一訳
美しい夏　パヴェーゼ 河島英昭訳
流刑　パヴェーゼ 河島英昭訳

祭の夜　パヴェーゼ 河島英昭訳
月と篝火　パヴェーゼ 河島英昭訳
ウンベルト・エーコ 小説の森散策　和田忠彦訳
バウドリーノ 全二冊　ウンベルト・エーコ 堤康徳訳
タタール人の砂漠　ブッツァーティ 脇功訳
七人の使者・神を見た犬 他十三篇　ブッツァーティ 脇功訳
ラサリーリョ・デ・トルメスの生涯　会田由訳
ドン・キホーテ 前篇 全三冊　セルバンテス 牛島信明訳
ドン・キホーテ 後篇 全三冊　セルバンテス 牛島信明訳
セルバンテス短篇集　牛島信明編訳
恐ろしき媒　ホセ・エチェガライ 永田寛定訳
作り上げた利害　ベナベンテ 永田寛定訳
エスピノーサ スペイン民話集　三原幸久編訳
エル・シードの歌　長南実訳
娘たちの空返事 他一篇　モラティン 佐竹謙一訳
プラテーロとわたし　J・R・ヒメーネス 長南実訳
オルメードの騎士　ロペ・デ・ベガ 長南実訳

父の死に寄せる詩　ホルヘ・マンリーケ 佐竹謙一訳
サラマンカの学生 他六篇　エスプロンセーダ 佐竹謙一訳
セビーリャの色事師と石の招客 他一篇　ティルソ・デ・モリーナ 佐竹謙一訳
ティラン・ロ・ブラン 全四冊　J・マルトゥレイ M・J・ダ・ガルバ 田澤耕訳
完訳 アンデルセン童話集 全七冊　大畑末吉訳
即興詩人 全二冊　アンデルセン 大畑末吉訳
絵のない絵本　アンデルセン 大畑末吉訳
ヴィクトリア　クヌート・ハムスン 冨原眞弓訳
フィンランド叙事詩 カレワラ 全二冊　リョンロット編 小泉保訳
イプセン 人形の家　原千代海訳
イプセン ヘッダ・ガーブレル　原千代海訳
令嬢ユリェ　ストリントベルク 茅野蕭々訳
ポルトガリヤの皇帝さん　ラーゲルレーヴ イシガオサム訳
アミエルの日記 全四冊　河野与一訳
クオ・ワディス 全三冊　シェンキェーヴィチ 木村彰一訳
おばあさん　ニェムツォヴァー 栗栖継訳
山椒魚戦争　カレル・チャペック 栗栖継訳

ロボット（R・U・R） チャペック 千野栄一訳
尼僧ヨアンナ イヴァシュキェヴィッチ 関口時正訳
牛乳屋テヴィエ ショレム・アレイヘム 西成彦訳
完訳 千一夜物語 全十三冊 豊島与志雄 渡辺一夫 佐藤正彰 岡部正孝 訳
ルバイヤート オマル・ハイヤーム 小川亮作訳
ゴレスターン サアディー 沢英三訳
アブー・ヌワース アラブ飲酒詩選 塙治夫編訳
中世騎士物語 ブルフィンチ 野上弥生子訳
コルタサル短篇集 悪魔の涎・追い求める男 他八篇 木村榮一訳
遊戯の終わり コルタサル 木村榮一訳
秘密の武器 コルタサル 木村榮一訳
ペドロ・パラモ フアン・ルルフォ 杉山晃 増田義郎 訳
燃える平原 フアン・ルルフォ 杉山晃訳
伝奇集 J・L・ボルヘス 鼓直訳
創造者 J・L・ボルヘス 鼓直訳
続審問 J・L・ボルヘス 中村健二訳
七つの夜 J・L・ボルヘス 野谷文昭訳

詩という仕事について J・L・ボルヘス 鼓直訳
汚辱の世界史 J・L・ボルヘス 中村健二訳
ブロディーの報告書 J・L・ボルヘス 鼓直訳
アレフ J・L・ボルヘス 鼓直訳
語るボルヘス ―書物・不死性・時間ほか J・L・ボルヘス 木村榮一訳
20世紀ラテンアメリカ短篇選 野谷文昭編訳
フエンテス短篇集 アウラ・純な魂 他四篇 木村榮一訳
グアテマラ伝説集 M・A・アストゥリアス 牛島信明訳
緑の家 全二冊 バルガス＝リョサ 木村榮一訳
密林の語り部 バルガス＝リョサ 西村英一郎訳
ラ・カテドラルでの対話 バルガス＝リョサ 旦敬介訳
弓と竪琴 オクタビオ・パス 牛島信明訳
失われた足跡 カルペンティエル 牛島信明訳
やし酒飲み エイモス・チュツオーラ 土屋哲訳
薬草まじない エイモス・チュツオーラ 土屋哲訳
ジャンプ 他十一篇 ナディン・ゴーディマ 柳沢由実子訳
マイケル・K J・M・クッツェー くぼたのぞみ訳

キリストはエボリで止まった カルロ・レーヴィ 竹山博英訳
クァジーモド全詩集 河島英昭訳
ウンガレッティ全詩集 河島英昭訳
冗談 ミラン・クンデラ 西永良成訳
小説の技法 ミラン・クンデラ 西永良成訳
世界イディッシュ短篇選 西成彦編訳

《イギリス文学》〔赤〕

ユートピア　トマス・モア　平井正穂訳
完訳カンタベリー物語　全三冊　チョーサー　桝井迪夫訳
ヴェニスの商人　シェイクスピア　中野好夫訳
ジュリアス・シーザー　シェイクスピア　中野好夫訳
十二夜　シェイクスピア　小津次郎訳
ハムレット　シェイクスピア　野島秀勝訳
オセロウ　シェイクスピア　菅泰男訳
リア王　シェイクスピア　野島秀勝訳
マクベス　シェイクスピア　木下順二訳
ソネット集　シェイクスピア　高松雄一訳
ロミオとジューリエット　シェイクスピア　平井正穂訳
対訳シェイクスピア詩集 ―イギリス詩人選(1)　柴田稔彦編
失楽園　全二冊　ミルトン　平井正穂訳
ロビンソン・クルーソー　全二冊　デフォー　平井正穂訳
ガリヴァー旅行記　スウィフト　平井正穂訳
ジョウゼフ・アンドルーズ　全二冊　フィールディング　朱牟田夏雄訳

ウェイクフィールドの牧師 ―むだばなし　ゴールドスミス　小野寺健訳
幸福の探求 ―アビシニアの王子ラセラスの物語　サミュエル・ジョンソン　朱牟田夏雄訳
マンフレッド　バイロン　小川和夫訳
ワーズワース詩集　田部重治選訳
対訳ワーズワス詩集 ―イギリス詩人選(3)　山内久明編
湖の麗人　スコット　入江直祐訳
キプリング短篇集　橋本槙矩編訳
対訳コウルリッジ詩集 ―イギリス詩人選(7)　上島建吉編
高慢と偏見　全二冊　ジェーン・オースティン　富田彬訳
説きふせられて　ジェーン・オースティン　富田彬訳
エマ　全二冊　ジェーン・オースティン　工藤政司訳
対訳テニスン詩集 ―イギリス詩人選(5)　西前美巳編
虚栄の市　全四冊　サッカリー　中島賢二訳
床屋コックスの日記・馬丁粋語録　サッカレ　平井呈一訳
デイヴィッド・コパフィールド　全五冊　ディケンズ　石塚裕子訳
ディケンズ短篇集　小池滋　石塚裕子訳
炉辺のこほろぎ　ディケンズ　本多顕彰訳

ボズのスケッチ 短篇小説篇　全二冊　ディケンズ　藤岡啓介訳
アメリカ紀行　全二冊　ディケンズ　伊藤弘之・下笠徳次・隈元貞広訳
イタリアのおもかげ　ディケンズ　伊藤弘之・下笠徳次・隈元貞広訳
大いなる遺産　全二冊　ディケンズ　石塚裕子訳
荒涼館　全四冊　ディケンズ　佐々木徹訳
鎖を解かれたプロメテウス　シェリー　石川重俊訳
ジェイン・エア　全二冊　シャーロット・ブロンテ　河島弘美訳
嵐が丘　全二冊　エミリー・ブロンテ　河島弘美訳
教養と無秩序　マシュー・アーノルド　多田英次訳
アンデス登攀記　全二冊　ウィンパー　大貫良夫訳
ハーディ テス　全二冊　井上宗次・石田英二訳
緑の木蔭 和蘭派田園画　トマス・ハーディ　阿部知二訳
緑の館 ―熱帯林のロマンス　ハドソン　柏倉俊三訳
ジーキル博士とハイド氏　スティーヴンスン　海保眞夫訳
プリンス・オットー　スティーヴンスン　小川和夫訳
新アラビヤ夜話　スティーヴンスン　佐藤緑葉訳
南海千一夜物語　スティーヴンスン　中村徳三郎訳

若い人々のために 他十一篇	スティーヴンスン 岩田良吉訳
マーカイム・壜の小鬼 他五篇	スティーヴンソン 高松雄一 高松禎子訳
怪談 ―不思議なことの物語と研究	ラフカディオ・ハーン 平井呈一訳
心 ―日本の内面生活の暗示と影響	ラフカディオ・ハーン 平井呈一訳
サロメ	ワイルド 福田恆存訳
嘘から出た誠	ワイルド 岸本一郎訳
人と超人	バーナド・ショー 市川又彦訳
分らぬもんですよ	バァナード・ショウ 市川又彦訳
ヘンリ・ライクロフトの私記	ギッシング 平井正穂訳
南イタリア周遊記	ギッシング 小池滋訳
闇の奥	コンラッド 中野好夫訳
コンラッド短篇集	中島賢二編訳
対訳イエイツ詩集	高松雄一編
月と六ペンス	モーム 行方昭夫訳
読書案内 ―世界文学	W・S・モーム 西川正身訳
人間の絆 全三冊	モーム 行方昭夫訳
夫が多すぎて	モーム 海保眞夫訳
サミング・アップ	モーム 行方昭夫訳
モーム短篇選 全二冊	行方昭夫編訳
アシェンデン ―英国情報部員のファイル	モーム 中島賢二 岡田久雄訳
お菓子とビール	モーム 行方昭夫訳
荒地	T・S・エリオット 岩崎宗治訳
悪口学校	シェリダン 菅泰男訳
パリ・ロンドン放浪記	ジョージ・オーウェル 小野寺健訳
カタロニア讃歌	ジョージ・オーウェル 都築忠七訳
動物農場 ―おとぎばなし	ジョージ・オーウェル 川端康雄訳
対訳キーツ詩集 ―イギリス詩人選(10)	宮崎雄行編
キーツ詩集	中村健二訳
阿片常用者の告白	ド・クインシー 野島秀勝訳
20世紀イギリス短篇選 全二冊	小野寺健編訳
イギリス名詩選	平井正穂編
タイム・マシン 他九篇	H・G・ウエルズ 橋本槇矩訳
透明人間	H・G・ウエルズ 橋本槇矩訳
トーノ・バンゲイ 全二冊	ウェルズ 中西信太郎訳
愛されたもの	イーヴリン・ウォー 中村健二 出淵博訳
イギリス民話集	河野一郎編訳
フォースター評論集	小野寺健編訳
白衣の女 全三冊	ウィルキー・コリンズ 中島賢二訳
対訳英米童謡集	河野一郎編訳
灯台へ	ヴァージニア・ウルフ 御輿哲也訳
船出 全二冊	ヴァージニア・ウルフ 川西進訳
夜の来訪者	プリーストリー 安藤貞雄訳
イングランド紀行 全二冊	プリーストリー 橋本槇矩訳
アーネスト・ダウスン作品集	南條竹則編訳
スコットランド紀行	エドウィン・ミュア 橋本槇矩訳
ヘリック詩鈔	森亮訳
たいした問題じゃないが ―イギリス・コラム傑作選	行方昭夫編訳
英国ルネサンス恋愛ソネット集	岩崎宗治編訳
文学とは何か ―現代批評理論への招待 全二冊	テリー・イーグルトン 大橋洋一訳
D・G・ロセッティ作品集	南條竹則 松村伸一編訳

《アメリカ文学》〔赤〕

ギリシア・ローマ神話 付インド・北欧神話　ブルフィンチ　野上弥生子訳
中世騎士物語　ブルフィンチ　野上弥生子訳
フランクリン自伝　松本慎一・西川正身訳
フランクリンの手紙　蕗沢忠枝編訳
スケッチ・ブック 全二冊　アーヴィング　齊藤昇訳
アルハンブラ物語 全二冊　アーヴィング　平沼孝之訳
ウォルター・スコット邸訪問記　アーヴィング　齊藤昇訳
ブレイスブリッジ邸　アーヴィング　齊藤昇訳
完訳 緋文字　ホーソーン　八木敏雄訳
哀詩 エヴァンジェリン　ロングフェロー　斎藤悦子訳
黒猫・モルグ街の殺人事件 他五篇　ポオ　中野好夫訳
対訳 ポー詩集 —アメリカ詩人選(1)　加島祥造編
ユリイカ　ポオ　八木敏雄訳
ポオ評論集　八木敏雄編訳
森の生活（ウォールデン） 全二冊　ソロー　飯田実訳
市民の反抗 他五篇　H・D・ソロー　飯田実訳

白鯨 全三冊　メルヴィル　八木敏雄訳
ビリー・バッド　メルヴィル　坂下昇訳
幽霊船 他一篇　ハーマン・メルヴィル　坂下昇訳
対訳 ホイットマン詩集 —アメリカ詩人選(2)　木島始編
対訳 ディキンソン詩集 —アメリカ詩人選(3)　亀井俊介編
不思議な少年　マーク・トウェイン　中野好夫訳
王子と乞食　マーク・トウェーン　村岡花子訳
人間とは何か　マーク・トウェイン　中野好夫訳
ハックルベリー・フィンの冒険 全二冊　マーク・トウェイン　西田実訳
いのちの半ばに　ビアス　西川正身訳
新編 悪魔の辞典　ビアス　西川正身編訳
ビアス短篇集　大津栄一郎編訳
ヘンリー・ジェイムズ短篇集　大津栄一郎編訳
あしながおじさん　ジーン・ウェブスター　遠藤寿子訳
赤い武功章 他三篇　クレイン　西田実訳
シカゴ詩集　サンドバーグ　安藤一郎訳
熊 他三篇　フォークナー　加島祥造訳

響きと怒り 全二冊　フォークナー　平石貴樹・新納卓也訳
アブサロム、アブサロム！ 全二冊　フォークナー　藤平育子訳
八月の光 全二冊　フォークナー　諏訪部浩一訳
ブラック・ボーイ —ある幼少期の記録 全二冊　リチャード・ライト　野崎孝訳
オー・ヘンリー傑作選　大津栄一郎訳
小公子　バーネット　若松賤子訳
黒人のたましい　W・E・B・デュボイス　木島始・鮫島重俊・黄寅秀訳
アメリカ名詩選　亀井俊介・川本皓嗣編
魔法の樽 他十二篇　マラマッド　阿部公彦訳
青白い炎　ナボコフ　富士川義之訳
風と共に去りぬ 全六冊　マーガレット・ミッチェル　荒このみ訳
対訳 フロスト詩集 —アメリカ詩人選(4)　川本皓嗣編

《ドイツ文学》〔赤〕

- ニーベルンゲンの歌 全二冊 — 相良守峯訳
- 若きウェルテルの悩み — ゲーテ 竹山道雄訳
- ヴィルヘルム・マイスターの修業時代 全三冊 — ゲーテ 山崎章甫訳
- イタリア紀行 全三冊 — ゲーテ 相良守峯訳
- ファウスト 全二冊 — ゲーテ 相良守峯訳
- ゲーテとの対話 全三冊 — エッカーマン 山下肇訳
- ヴィルヘルム・テル — シラー 桜井政隆・桜井国隆訳
- スペインの太子 ドン・カルロス — シルレル 佐藤通次訳
- 青い花 — ノヴァーリス 青山隆夫訳
- 夜の讃歌・サイスの弟子たち 他一篇 — ノヴァーリス 今泉文子訳
- 完訳 グリム童話集 全五冊 — 金田鬼一訳
- ホフマン短篇集 — 池内紀編訳
- 水妖記（ウンディーネ） — フーケー 柴田治三郎訳
- O侯爵夫人 他六篇 — クライスト 相良守峯訳
- 影をなくした男 — シャミッソー 池内紀訳
- 流刑の神々・精霊物語 — ハイネ 小沢俊夫訳

- 冬物語 —ドイツ — ハイネ 井汲越次訳
- ユーディット 他一篇 — ヘッベル 吹田順助訳
- 芸術と革命 他四篇 — ワーグナー 北村義男訳
- ブリギッタ・森の泉 他一篇 — シュティフター 宇多五郎・高安国世訳
- みずうみ 他四篇 — シュトルム 関泰祐訳
- 聖ユルゲンにて・後見人カルステン 他一篇 — シュトルム 国松孝二訳
- 村のロメオとユリア — ケラー 草間平作訳
- 沈鐘 — ハウプトマン 阿部六郎訳
- 地霊・パンドラの箱 ルル二部作 — F・ヴェデキント 岩淵達治訳
- 春のめざめ — F・ヴェデキント 酒寄進一訳
- 夢小説・闇への逃走 他一篇 — シュニッツラー 池内紀・武村知子訳
- 花・死人に口なし 他七篇 — シュニッツラー 番匠谷英一・山本有三訳
- リルケ詩集 — 高安国世訳
- ドゥイノの悲歌 — リルケ 手塚富雄訳
- ブッデンブローク家の人びと 全三冊 — トーマス・マン 望月市恵訳
- トオマス・マン短篇集 — 実吉捷郎訳
- 魔の山 全二冊 — トーマス・マン 関泰祐・望月市恵訳

- トニオ・クレエゲル — トオマス・マン 実吉捷郎訳
- ヴェニスに死す — トオマス・マン 実吉捷郎訳
- 車輪の下 — ヘルマン・ヘッセ 実吉捷郎訳
- 漂泊の魂 クヌルプ — ヘルマン・ヘッセ 相良守峯訳
- デミアン — ヘルマン・ヘッセ 実吉捷郎訳
- シッダルタ — ヘッセ 手塚富雄訳
- ルーマニア日記 — カロッサ 高橋健二訳
- 美しき惑いの年 — カロッサ 手塚富雄訳
- 若き日の変転 — カロッサ 斎藤栄治訳
- 幼年時代 — カロッサ 斎藤栄治訳
- 指導と信従 — カロッサ 国松孝二訳
- ジョゼフ・フーシェ —ある政治的人間の肖像 — シュテファン・ツワイク 高橋禎二・秋山英夫訳
- 変身・断食芸人 — カフカ 山下肇・山下萬里訳
- 審判 — カフカ 辻瑆訳
- カフカ短篇集 — 池内紀編訳
- カフカ寓話集 — 池内紀編訳
- 三文オペラ — ブレヒト 岩淵達治訳

肝っ玉おっ母とその子どもたち　ブレヒト　岩淵達治訳
ドイツ炉辺ばなし集 ―カレンダーゲシヒテン　ヘーベル　木下康光編訳
憂愁夫人　ズーデルマン　相良守峯訳
悪童物語　ルウドヰヒ・トオマ　実吉捷郎訳
ティル・オイレンシュピーゲルの愉快ないたずら　阿部謹也訳
大理石像・デュランデ城悲歌　アイヒェンドルフ　関泰祐訳
改訳 愉しき放浪児　アイヒェンドルフ　関泰祐訳
ホフマンスタール詩集　川村二郎訳
陽気なヴッツ先生 他一篇　ジャン・パウル　岩田行一訳
インド紀行 全二冊　ボンゼルス　実吉捷郎訳
ドイツ名詩選　生野幸吉・檜山哲彦編
蝶の生活　シュナック　岡田朝雄訳
聖なる酔っぱらいの伝説 他四篇　ヨーゼフ・ロート　池内紀訳
ラデツキー行進曲 全二冊　ヨーゼフ・ロート　平田達治訳
人生処方詩集　エーリヒ・ケストナー　小松太郎訳
三十歳　インゲボルク・バッハマン　松永美穂訳
第七の十字架 全二冊　アンナ・ゼーガース　山下肇・新村浩訳

《フランス文学》〔赤〕

ロランの歌　有永弘人訳
ラブレー第一之書 ガルガンチュワ物語　渡辺一夫訳
ラブレー第二之書 パンタグリュエル物語　渡辺一夫訳
ラブレー第三之書 パンタグリュエル物語　渡辺一夫訳
ラブレー第四之書 パンタグリュエル物語　渡辺一夫訳
ラブレー第五之書 パンタグリュエル物語　渡辺一夫訳
ピエール・パトラン先生　渡辺一夫訳
日月両世界旅行記　シラノ・ド・ベルジュラック　赤木昭三訳
ロンサール詩集　ロンサール　井上究一郎訳
エセー 全六冊　モンテーニュ　原二郎訳
ラ・ロシュフコー箴言集　二宮フサ訳
ブリタニキュス ベレニス　ラシーヌ　渡辺守章訳
ドン・ジュアン ―石像の宴　モリエール　鈴木力衛訳
完訳 ペロー童話集　新倉朗子訳
偽りの告白　マリヴォー　鈴木力衛訳
贋の侍女・愛の勝利　マリヴォー　佐藤実枝・井村順一訳

カンディード 他五篇　ヴォルテール　植田祐次訳
哲学書簡　ヴォルテール　林達夫訳
孤独な散歩者の夢想　ルソー　今野一雄訳
フィガロの結婚　ボオマルシェエ　辰野隆訳
危険な関係 全二冊　ラクロ　伊吹武彦訳
美味礼讃 全二冊　ブリアーサヴァラン　関根秀雄・戸部松実訳
恋愛論 全二冊　スタンダール　杉本圭子訳
赤と黒 全二冊　スタンダール　桑原武夫・生島遼一訳
ヴァニナ・ヴァニニ 他四篇　スタンダール　生島遼一訳
ゴプセック・毬打つ猫の店　バルザック　芳川泰久訳
サラジーヌ 他三篇　バルザック　芳川泰久訳
艶笑滑稽譚 全三冊　バルザック　石井晴一訳
レ・ミゼラブル 全四冊　ユーゴー　豊島与志雄訳
死刑囚最後の日　ユーゴー　豊島与志雄訳
ライン河幻想紀行　ユーゴー　榊原晃三編訳
ノートル＝ダム・ド・パリ 全二冊　ユーゴー　辻昶・松下和則訳
モンテ・クリスト伯 全七冊　アレクサンドル・デュマ　山内義雄訳

三銃士 全二冊	デュマ	生島遼一訳
エトルリヤの壺 他五篇	メリメ	杉捷夫訳
カルメン	メリメ	杉捷夫訳
愛の妖精（プチット・ファデット）	ジョルジュ・サンド	宮崎嶺雄訳
ボオドレール 悪の華		鈴木信太郎訳
ボヴァリー夫人 全二冊	フローベール	伊吹武彦訳
感情教育 全二冊	フローベール	生島遼一訳
紋切型辞典	フローベール	小倉孝誠訳
風車小屋だより	ドーデー	桜田佐訳
月曜物語	ドーデー	桜田佐訳
サフォ パリ風俗	ドーデー	朝倉季雄訳
プチ・ショーズ —ある少年の物語	ドーデー	原千代海訳
神々は渇く	アナトール・フランス	大塚幸男訳
テレーズ・ラカン 全二冊	エミール・ゾラ	小林正訳
ジェルミナール 全三冊	エミール・ゾラ	安士正夫訳
獣人 全二冊	エミール・ゾラ	川口篤訳
制作 全二冊	エミール・ゾラ	清水正和訳

水車小屋攻撃 他七篇	エミール・ゾラ	朝比奈弘治訳
氷島の漁夫	ピエール・ロチ	吉氷清訳
マラルメ詩集		渡辺守章訳
脂肪のかたまり	モーパッサン	高山鉄男訳
女の一生	モーパッサン	杉捷夫訳
モーパッサン短篇選		高山鉄男編訳
地獄の季節	ランボオ	小林秀雄訳
にんじん	ルナアル	岸田国士訳
ぶどう畑のぶどう作り	ルナアル	岸田国士訳
博物誌	ルナール	辻昶訳
ジャン・クリストフ 全四冊	ロマン・ローラン	豊島与志雄訳
ベートーヴェンの生涯	ロマン・ロラン	片山敏彦訳
ミケランジェロの生涯	ロマン・ロラン	高田博厚訳
フランシス・ジャム詩集		手塚伸一訳
三人の乙女たち	フランシス・ジャム	手塚伸一訳
背徳者	アンドレ・ジイド	川口篤訳
続コンゴ紀行 —チャド湖より還る	アンドレ・ジイド	杉捷夫訳

レオナルド・ダ・ヴィンチの方法	ポール・ヴァレリー	山田九朗訳
精神の危機 他十五篇	ポール・ヴァレリー	恒川邦夫訳
若き日の手紙	フィリップ	外山楢夫訳
朝のコント	フィリップ	淀野隆三訳
海の沈黙・星への歩み	ヴェルコール	河野與一 加藤周一訳
地底旅行	ジュール・ヴェルヌ	朝比奈弘治訳
八十日間世界一周	ジュール・ヴェルヌ	鈴木啓二訳
海底二万里 全二冊	ジュール・ヴェルヌ	朝比奈美知子訳
プロヴァンスの少女（ミレイユ）	ミストラル	杉冨士雄訳
結婚十五の歓び		新倉俊一訳
パリの夜 —革命下の民衆	レチフ・ド・ラ・ブルトンヌ	植田祐次編訳
シェリ	コレット	工藤庸子訳
シェリの最後	コレット	工藤庸子訳
生きている過去	レニエ	窪田般彌訳
ノディエ幻想短篇集	ノディエ	篠田知和基編訳
フランス短篇傑作選		山田稔編訳
シュルレアリスム宣言・溶ける魚	アンドレ・ブルトン	巖谷國士訳

岩波文庫の最新刊

プルースト作／吉川一義訳

失われた時を求めて 14

見出された時 II

正確で読みやすい訳文、詳細な図版と訳注により信頼される吉川訳プルースト、約十年をかけて完結。全巻の人名・地名・作品名を網羅した索引付。(全14冊完結)〔赤N五一一-一四〕 本体一五〇〇円

フエンテス作／木村榮一訳

アルテミオ・クルスの死

メキシコ革命の動乱を生き抜き、無恥な辣腕で経済界の大立者に成り上がった男の栄光と悲惨。フエンテスの代表作にして現代ラテンアメリカ文学の最重要作。〔赤七九四-二〕 本体一二〇〇円

ヘルマン・バール著／西村雅樹編訳

世紀末ウィーン文化評論集

クリムトやマーラー、ホフマンスタール、シュニッツラーなど、世紀末ウィーンの文化・芸術を多方面にわたって批評したバール。その代表的な評論を精選。〔青五八三-一〕 本体一二〇〇円

小杉泰編訳

ムハンマドのことば

―ハディース―

イスラームの開祖は高弟たちに何を語ったか。預言者の肉声を伝える膨大な「ハディース」を精選。詳細な注とともに、預言者の人となりや信仰の根幹を知る。〔青八二四-一〕 本体一六二〇円

……今月の重版再開……

手塚富雄訳

ゲオルゲ詩集

〔赤四三一-一〕 本体六六〇円

八杉龍一編訳

ダーウィニズム論集

〔青九三八-一〕 本体一〇一〇円

イグナチオ・デ・ロヨラ著／門脇佳吉訳・解説

霊操

〔青八二〇-一〕 本体九〇〇円

大岡信、奥本大三郎、川村二郎、小池滋、沼野充義編

世界文学のすすめ

〔別冊二二〕 本体八〇〇円

定価は表示価格に消費税が加算されます　2019. 11

岩波文庫の最新刊

復本一郎編
子規紀行文集
正岡子規の代表的な紀行文八篇を精選して、詳細な注解を付した。俳句革新の覇気に満ちた文学者が、最後まで渾身の力で綴った旅の記録。
〔緑一三-一二〕 本体七四〇円

三原幸久編訳
ラテンアメリカ民話集
ラテンアメリカに広く分布するもの、日本の昔話に関係がありそうなものを中心に三七話を精選し、内容にしたがって動物譚、本格民話、笑話、形式譚に分類した。
〔赤七九九-一〕 本体九二〇円

フローベール作／中條屋進訳
サラムボー(下)
カルタゴの統領の娘にして女神に仕えるサラムボーと、反乱軍の指導者マトーとの許されぬ恋。激情と官能と宿命が導く、古代オリエントの緋色の世界。(全二冊)
〔赤五三八-一二〕 本体八四〇円

……今月の重版再開……

清岡卓行編
金子光晴詩集
本体一〇〇〇円
〔緑一三二-一〕

荒畑寒村著
谷中村滅亡史
本体六六〇円
〔青一三七-三〕

河島英昭編訳
上 本体九七〇円・下 本体一〇二〇円

カルヴィーノ
イタリア民話集(上)(下)
〔赤七〇九-一・二〕

定価は表示価格に消費税が加算されます　2019. 12